所有的简单都不简单

肖红袖 著

陕西新华出版传媒集团
太白文艺出版社

开篇语：可能这正是你的全部人生

我做过五年的情感热线接听工作，但不是心理咨询，只能说是“陪聊”。五年的时间，数万条通话记录，形形色色的朋友倾诉着他们的喜悦与悲哀，也让我积累了大量的故事素材。这些故事有的仅是人生瞬间的状态，有的却是既有前言又有后语的“连续剧”，更多的则是情绪上的自然流露。隔着电话，对于陌生人，我们不用担心正常的生活秩序被打乱，大家更愿意去倾吐内心真实的想法。然而，在这本书里我并没有过多地引用他们的故事，而是整理出一些对于情感与生活的观点和态度，因为这些东西已经融入了我的生活。

我的生活除了写作之外更多是处于自由闲散的状态，去各地旅游，频繁地更换生活地点，在各种各样的路上。

我是一个比较崇尚自由的人。

我所理解的自由是一个相对的变量，它可能带着一些为所欲为的张狂，更多则是不损害他人的一种相处，毕竟人是要与人打交道的。贾平凹说：“朋友的圈子其实就是你人生的世界，你的为名为利的奋斗历程就是朋友的好与恶的历史。”我并没有把所有认识的人变成好朋友的本事，但这些人留给我很多教益，包括感动和启迪，还有那些教训或无奈的情绪。突然有一天我想到，我可以把这些故事分享给更多的人，至少它们能够让我们在成长的道路上多一些可以观看的风景。

这些风景里，有的关于爱情，不论是时下的风尚还是古老的传承，爱情总是令人伤筋动骨却又乐此不疲。还有一些关于婚姻，在两个人的世界里畅游，走进或走出。还有些风景是在职场或社交中遭遇的小事件，相信我的所见所闻所想，也正是你曾经历或将要去面对的。

朋友们开玩笑说这是一本心灵鸡汤，但我认为它并没有那么高浓度的养分，而仅仅是一杯清茶。饭后的那一段时光，手机之外的阅读，书卷之间流淌的喃喃絮语，带着倔强而真诚的作者的微笑，可能会有益于消化你暂时的迷惘。

一个人从单纯变得复杂并不难，从复杂变回单纯却很难。但是，我们的生活从来不缺乏复杂，我们的所过之处，所遇之人，所经历的种种，千万种心思，万千种考虑，无不如此。大概我们所缺乏的恰好是单纯去寻回自己的初心，安安静静地生活，从从容容地爱自己。

一杯滚烫的茶在壶里是浑浊的，即便茶汤清醇也会有很多气泡，因为它在承受煎熬。只有倒在杯子里，静了下来，放在桌子上，稳稳地捧在手心里，它才可能变得清净。做人大概也是这样的道理，就在此刻，一个氤氲着雾霭的北京初春的黎明，驱散睡意，我们闲散地聊着，不觉间会发现，活着真好。

活着真好，是我的一位老朋友经常挂在嘴边的话。他罹患胃癌多年，手术后一直在康复中。他比我大十岁，是个有故事的中年人，而这些故事不励志也不传奇，仅仅是平淡无奇的生活。

他说，如果你写一本书，里面没有曲折离奇，没有撕心裂肺，没有带着异域风情的炫耀和让人自豪感爆棚的情情调调，读者还会看吗？

我不知道。但是我想，只要是真诚的分享，总会得到真诚的回报。

所以，我给这本书取名：所有的简单都不简单。因为很多看似简单的背后都有着不简单的基础，你永远不会知道那位衣着平常的路人可能刚刚经过风尘仆仆的长途跋涉，也不会知道那个从容地坐在窗边喝咖啡的年轻女孩可能经历过生死绝恋。我们艳羡那些经过大风大浪的洗礼仍能保持一颗平常心的人，同时也不会轻视那些因为无知无畏而挑战世界、挥霍青春的人。

像一束光，没有颜色，但它其实是无数道彩虹在飞舞。也像一杯茶，滴滴藏着无数茶多酚，因此才会馥郁芬芳。世界是宏观的，也是微观的，事态万千也正是我们眼中小小的圈子，那么你身边的几个人，几件事，几种情感，几次经历，可能也正是你的全部人生。

所有的简单都不简单，所有的平凡也就都不平凡。这本书，献给简单却又不简单的你，平凡却又不平凡的人们。

2015年元月于北京

目　录

开篇语：可能这正是你的全部人生　/ 001

我比你成熟，是因为我更懂得管理情绪　/ 001
你不需要活在别人的认可里　/ 008
有些约会不要去　/ 014
学会为暗恋买单　/ 018
爱无能是一句令人恶心的漂亮话　/ 023
最好的朋友不会跟你借钱不还　/ 032
一朵受了伤的校花　/ 036
控制与被控制的战争　/ 049
原谅不是信任的延续　/ 055
学会给人机会　/ 063
杀死他的前女友　/ 071
所有的简单都不简单　/ 076
可怕的关怀　/ 082
任性的本钱　/ 087
爱就像一只蝴蝶　/ 093
把“为了你”换成“让我们”　/ 096
我怕来不及　/ 101
只要开心就是成功　/ 108

无须证明 / 114
不一样的傻大姐挺好的 / 118
倔强的得失 / 125
模仿是一种病 / 130
别让善意的谎言变成砂眼 / 136
让爱休眠 / 141
为至爱保留一段距离 / 147
到底谁活得像个笑话 / 153
没有所谓正确的选择 / 158
像泡菜那样活着 / 162
站直了，就不会害怕了 / 166
不开心的生产力 / 170
幸福的厚度 / 176
每天都要死一回 / 180
请把爱情一分为三 / 186
女孩，你为什么不生气 / 192
一个馍的爱情 / 198
没有开始，就不会有结束 / 202
你的男神，她的男人 / 206
想要有人带我走，去不一样的世界 / 212
人性膨胀的危机 / 217
让往事变成经历 / 220
爱其实是一个变量 / 224
伤疤是你最美的妆 / 228

成长，失去勇气的一种选择 / 232
把记忆还给过去 / 235
帮助别人就是帮助自己 / 240
锁在柜子里的杂志 / 246
不一样的双胞胎兄弟 / 250
当你想起不堪的往事 / 254
谁来分享女神的生日蛋糕 / 258
初识栀子花香 / 261
年轻的护照 / 264
一场大雨带来的启迪 / 268
另一场大雨带来的回忆 / 272
隐形的翅膀 / 275
黑皮肤的“白娘子” / 281

文字是我的情人·代后记 / 288

我比你成熟，是因为我更懂得管理情绪

自我是一把双刃剑，过于强调它会令你锋芒太利，虽说会消除异己但也会伤及无辜，导致被隔绝孤立；而过于放弃它，又会令自己迷失，成为无根的浮萍，甚至刷不出存在感来。

那自我到底是什么呢？心理学认为它是一种意识，或概念，是个体对自身的认识和对自身周围世界关系的认识。人的认识各有不同，这些不同的认识产生了对事物不同的态度，而对这些态度不同的体验，就是情绪。

我比你成熟，是因为我更懂得如何管理自己的情绪。

十年前在长沙，一个吵吵嚷嚷的办公室里，四个女孩七嘴八舌吵个不停。一个中年妇女愤怒地拍打着桌子，斥责送餐的厨师送来变质的肉。老实的厨师低头耷脑委屈地站在门口，面对她们伶牙俐齿的攻击他百口莫辩。我是她们的主管，知道事情的来龙去脉，最近业务不好大家都有些火大，值班的经理，也就是骂人的中年妇女雨晴正处于更年期，她几次刁难厨师，把火发到这个最软弱可欺的人头上。

我闻了闻那些肉，是刚从冰箱里拿出来的，并无异味。

为了安抚大家的情绪，我亲自下厨做了辣椒炒肉，准备和这些日夜值班的热线接线员共进午餐。

但雨晴的怒气并未消除，仍旧喋喋不休，骂骂咧咧。

和事佬没有做成，我说了两句，终于引火烧身，她把攻击的火力转移到我的身上。

“你们主管都是吃闲饭的，每天在办公室里吹着空调玩着电脑，机房里的人有多辛苦谁都看不见。拿臭肉来欺负我们，根本就是存心故意。我们不想吃肉，马上给我换，我们要喝鸡汤！别以为我不知道，你和小夏合起伙来整我们，你们两个早就勾搭成奸……”

小夏是刚毕业来实习的女生，才二十岁，试着做管理工作，此刻她就坐在我的身边。

本来无论她怎样攻击我我都能忍着不发火，但她越骂越过分，已经变成了涉及男女关系的人身攻击，我再也坐不住了，猛地站了起来，手里拿着一只钥匙包砸了过去，正中她面门。

她号叫着哭出声来，炸锅一般扑进厨房，大家以为她要寻菜刀砍人或自杀，但是并没有，她边哭边骂边转着，找到一部手机，准备报警。

终于她被大家拦住，公司老总出面压住了一切。

我的心反而平静了下来，静静地看着眼前的一出闹剧。

在办公室里，老总轻轻地叹息了一声，他说，再怎么样，你也不能去打一个女人啊……

我没有打她，我只是把手里的钥匙包丢过去砸了她的嘴，她骂得实在太难听，我也是一怒之下做出的本能反应。

老总说，如果她今天报了警，事情就不好收场了。你回去好好想一想，为什么我出面就能平息一切，而你却让事情变得更加糟糕了呢？

我想说，你是老总，她当然要给你面子，你有足够的权威震慑他人，你决定着员工的去留，决定着薪酬，决定着公司里的一切。

你是老总，成熟稳重，比我们大二十岁，正牌海归，经历过大风大浪，什么场面没见过，平息一段小小的争吵自然不算什么问题。

你比我们成熟，有丰富的经验，事情分得出缓急，说话懂得轻重，处理拿得准分寸，这些我们学也学不来。

但是，雨晴为什么会服从老总的管理，对我却不仅不服而且不屑，甚至故意作对呢？

我迷惘了。

一个星期后，雨晴辞职了。原来她早就计划跳槽，已经暗中找好了新的工作。我始终没有与她碰面，也没能对“打她”一事说声对不起。但她通过同事转达，其实她并不恨我。她一直耿耿于怀的人其实是小夏。

我有些豁然开朗的感觉，原来这才是问题的症结。

小夏是新来的实习生，因为业务能力出色而被破格提拔到办公室进入管理层，公司提拔小夏的主要原因是她很年轻并且是正规院校毕业，很有发展潜力。而雨晴已是中年，虽然工作时间长，但发展潜力小，所以一直在值班经理的位置上不再上升。雨晴把这一切归咎于小夏，认为是她挤对了自己，初来乍到的她怎么能这样顺利，怀疑是我这个办公室主管的作用。

于是她脑补出了我和小夏之间的暧昧关系。

看来是我疏忽了她们的心理活动。不同位置上不同的人有不同需求，而我只是一味地抓着业务，出现了问题去应对问题，却没能做好细致而微妙的管理工作。我应该事先就了解到她们的想法，在人事安排上尽量照顾到方方面面，要起用新人务必先得到老人认可和支持，不能强硬上马。在出现纠纷的时候态度要积极正确，不能光想着息事宁人，应该釜底抽薪，不可火上浇油。

我向老总汇报了这些想法，写了一份总结。

老总说总结做得还可以，但仍然不够准确。

一个月后我们进行了一次出游，大家乘坐竹筏在猛洞河上漂流，玩得很是尽兴。浑身湿透的老总像个孩子一般唱起了山歌，我揶揄他说，成熟的老男人也有发癫的时候。

换洗完衣服坐在太阳伞下喝茶，老总悄悄对我说，你干得好。

什么干得好？我没听明白。

他坏笑着说，揍得好。

雨晴业务能力不错，但最近一段时间突然下滑，原因很简单，她有了跳槽的计划，所以很多单子接出去了，这是一种吃里爬外的做法，只是暂时还没被抓到真凭实据。另外她性格飞扬跋扈，依仗着自己资格老年龄大，对同事尖酸刻薄，张口就骂，很多员工都被她辱骂过，但拿她没有办法。我这一砸，真是替大家出了口恶气。

但我这种行为始终是不对的，一个男人怎么能去打一个女人呢？哪怕她可能是欠揍的。

尤其是在工作单位，同事之间，她骂你，你也可以翘着兰花指骂她嘛。

那我做不到，论口才和骂人的花样，雨晴说自己天下第二，没人敢说自己是天下第一。

老总终究是老总，像狐狸一样狡猾，他对雨晴也是无可奈何，我的动粗反而催生了她的辞职，从此以后她就烦别人去了。

实际上，她也挺不容易的，这么大岁数换了很多份工作，几乎全都因与同事闹翻而辞职，这成了她的宿命。

老总说，雨晴是一个不懂得情绪管理的人。

她与老总年龄相差不了几岁，人生却很失败。这个不幸的女人原本有一份公务员的工作，因为不善处理人际关系备受排挤，家庭生活也不顺利，因丈夫外遇而离异，自己带着孩子生活。诸多不顺让她情绪很不稳定，暴躁的性格时常作祟。她有了火就要发出来，不砸东西不骂人就难以平息怨怒，受到一些委屈就会觉得天塌地陷，怀疑身边的人在陷害自己。

所谓的情绪管理，其实不过是在自己随心所欲时先平静下来想一想是否妥当，在不能随心所欲时又停下来想一想该如何解决问题。

想什么呢？想四个问题。

第一个问题是自己这样做是否值得。如果不值得就不要去做，如果值得就去做——但应该想想怎么去做。这实际是一种自我控制的表现。

第二个问题是给自己一个理由，去想想为什么这样做。

第三个问题是合理性的判断，也就是自我修正的一种过程。

第四个问题是自我调适，也就是应该怎样去做的有效补充。

世间种种，不论是工作还是生活抑或是情感，都逃离不了要面对这四个问题，这四个问题完全基于自我意识，而自我意识是能够训练出来的习惯。

有效地控制和管理自己的情绪，方能找到最好的处理方法，培养出各种能力，比如自我控制的能力，激励的能力，判断与识别他人情绪的能力，处理人际关系的能力。

老总成熟，是因为他比我们更懂得去管理自己的情绪。

他在留学的日子里，一个人置身陌生的阿拉伯半岛，男女分校，又没有任何娱乐活动，出门非常不方便，学习氛围很是压抑。而受当地习惯习俗的影响，那里的老师并不重视学业，有时连课都不来上，学生只能靠自学。这个时候他就靠宗教信仰来管理自己的情绪，否则成天面对茫茫沙漠恐怕得疯了。

他在创业初期，举步维艰，借自己哥哥的钱来维持公司运营，嫂子常冷言冷语来讨债，他默默告诉自己“人无远虑必有近忧”，用理想来管理自己的情绪，才能忍受住那些白眼，那些质疑与中伤。

在管理公司时更是百事缠身，十个员工有十个心思，一百个员工有一百种花样。现实不是小说，创业不是电影，再好的事业伙伴也都会有自己的算盘，凝聚在一起靠的不是满腔热血，而是文化。他用文化管理情绪，在公司里形成既严肃认真，又活泼开朗的工作氛围，包括跟我这个毛头小子都能沟通无碍。

可就是这样一位成熟的老总，竟然也对雨晴束手无策。

他说，我的肺都要气炸了，如果我年轻三十岁，可能早冲上去扇她耳光了。但是不行，我只能坐在那里，听她哭闹，看着她一边数落你们的不是，编造那些谎言，一边贪着小便宜从公司外面捞钱。

那当时你又是怎么管理情绪的呢？我问。

习惯。他说。

习惯是一种修养，能够形成自然。

当自然成为常态，也就不再因为不习惯而觉得受不了，不再因为受不了而失控。

好吧，我可能永远都无法像他那样成熟，但从今天起我愿意去养成管理情绪的习惯。

但没有了情绪我可能什么都写不出来了，这真是新一轮的苦恼啊。

你不需要活在别人的认可里

每次回家遇到邻居——一个九十多岁的老奶奶时，我总会停下脚步跟她打声招呼，她也非常喜欢找我聊天。但她口齿不清且带着浓重的口音，絮絮叨叨半天别人也听不明白她到底在说些什么。有一次我坐在院子里的山丁子树下喝茶，她又隔着矮墙对我比比画画，费了好大的劲我才听明白，原来她看我清瘦的样子，劝我待在家里别再出去。她说："你又瘦了，在外面肯定吃不饱。"

我没法跟她解释清楚，我喜欢自己瘦瘦的，不喜欢发胖。

老奶奶三十多岁开始守寡，一个人拉扯大了四个孩子。大概从四十几岁开始她就再也没有离开过小镇，从没出过远门。也就是说，她对外面世界的印象，大概还停留在四五十年以前，那时候的人只身在外，估计是很难吃饱的吧。

她不知道外面的世界发生了怎样天翻地覆的变化，这早已超出了她的认知。出于关爱，她认为如果小孩子不离开家，有亲人照顾，就不会挨冻受饿，也就不会变瘦了，因此她自心底对在外工作的生活状态是不认可的。

所以她把子女——说起来已是我的上一辈了——全都安排在她身边，她的孙辈她已无法掌控，但都离得不远，她的重孙辈自然都在读书，离家几千里。

说起这个，她老泪涟涟，仿佛受了天大的委屈，但你又无法责备她，老人终究是老了，思维僵化也是常态。

而有的年轻人，甚至比这位老人的思维还要僵化。他们受制于各种各样的言论，缺乏独立思想，容易被蛊惑或操纵，也就是所谓的“羊群效应”。这是一种可怕的盲从，只跟着领头羊一味前行，不论前方是悬崖还是河流，一个跳进去了后面的都会跟着往里跳，因为惯性使然，群体过于庞大，有不想跳的估计也很难抽身出来了。同样，群体意识很容易抹杀掉个体的选择，寻找认同感一度成为年轻人唯一的心理状态。古语云，“木秀于林，风必摧之”，比喻人如果有出众的品行与才干就很容易遭受嫉妒与指责，事实是，虽然真正优秀的人能够得到认可、赞美与崇拜，但人们更容易排挤异端——那些未必优秀却偏偏与众不同的人。

邻居家的小丁满就是这样的一个小孩，他读初中一年级，瘦小内向，是个几乎没什么优点的平凡男生。丁满是我给他取的外号，他倒是很喜欢这个名字，因为他觉得自己长得像动画片《狮子王》里的 Timon。

丁满被同学排挤得很严重，因为他跟他们玩不到一块儿去。

他不喜欢电子玩具，不喜欢摔跤打滚，不喜欢集体活动，但也只是不喜欢而已，并不代表他自闭，相反他很容易与人交流。即便如此，大家仍觉得他很无趣，对他也就爱答不理。有次在班级联欢会上他表演了一个诗歌朗诵的节目，大家都不给他鼓掌，他很尴尬地退场，回家之后把自己关在房间里不出来。他的父母把我叫去开解他。

我问他："你朗诵这首诗的目的是什么呢？"

他说："联欢会要表演节目，我不会别的，所以就表演这个了。"

"是老师要求必须表演的，还是你自己主动要表演的呢？"

"我自己要表演的。因为我很喜欢这首诗。"

"那就够了。"我告诉他，"你想要表演节目已经表演了，你喜欢的诗歌也朗诵了，他们喜欢或不喜欢是他们的事，你做这些其实并不是为了讨大家喜欢对吗？如果只是为了自己来做这件事情，你做到自己满意就算成功。如果你是为了讨别人喜欢，就要努力做好准备，研究大家喜欢的东西，迎合大家的需求。现在你并没付出那些努力，没能得到掌声是正常的。"

他表示接受这样的解释，不再郁闷，打开门出去玩儿了。

小孩子尚且如此，成年人也一样。

燕妮是表妹的闺蜜，刚应聘到了某宾馆做服务员，工作热情高涨，恨不得做到全天下的人都对她满意。她把走廊地板擦得光洁如镜，桌子板凳擦得一尘不染，床单铺得没有一丝褶皱，马桶洗得闪亮如新。她对客人客气得像是久别的亲人，不分昼夜随叫随到，鞍前马后任劳任怨。表妹说她是个完美主义者，做一件事情就一定要做到极致，我却不这样认为。

她所做的一切只是在表达着一种强烈的渴求认同的愿望，希望得到的是别人的肯定。

但事实恰好并非如此。在这个没有星级的宾馆里，客人是来自天南地北的山货采购员，他们似乎根本没有觉察到宾馆的卫生与服务到底多么好，只是临时找个歇脚的地方，越方便越随意越好。所以，他们沾着泥巴的鞋子毫不客气地从走廊踏过，扭头一口痰吐到痰盂外边，躺在床上吸烟，还偷偷用床单擦鞋子。

他们认为服务员被呼来喝去是理所应当的事情，所以动不动就站在走廊大声吆喝，根本不管你是值班一昼夜没有休息过还是忙得脚打后脑勺没时间过来。

而其他同事对她也颇为不满，因为她做得比别人好太多，反而让别人难做。你擦得过于光亮，老板自然喜欢，别人值班时就没法偷懒，同事对她恨之入骨，各种闲话也就接踵而来。

燕妮哭得像个泪人一般找表妹诉苦，觉得自己真是委屈至极，费力不讨好大概说的就是这种情况。

“现在你理解了为什么以前的服务员都那么大的脾气又那么懒散了？”我忍不住取笑她，像是在哄一个傻乎乎的小妹妹。别的服务员并非那么恶劣，她们也很善良、勤劳、热情，但她们更聪明，知道在什么样的环境里用什么样的方式能让客人满意并且同时避免自己做无用功。图方便的人你给他方便就行，住进宾馆的客人从不会是因为你这种星级服务水平而选择这里，仅仅是因为它便宜。

贪便宜就会接受低质量，你给他高质量的服务他会不认可、不自在、心虚。

你永远也无法做到面面俱到和完美无缺，不可能让每个人都满意，如果你觉得自己的价值非要从众口称赞中才能得到体现的话，可能一辈子都会求而不得。

离开小镇来到大城市时尚高档的写字楼里，环境不一样道理却仍然相同。

设计师阿 KEN 的好脾气大家有口皆碑，人称“改不厌”，意思就是他面对甲方的各种改稿要求，从来不会拒绝。曾有一个街头活动的海报稿子，前前后后改了一百多次，他都照做，没有一句怨言。这真是一件恐怖的事情，连旁观的人都已经骂娘千百遍了。

“客户虐我千百遍，我待客户如初恋。”

我很奇怪他是怎样做到的，起初以为他一定是因为涵养很好，性格很好，没有脾气甚至软弱可欺，认识他之后发觉事实并非如此。

阿 KEN 其实是一个很有个性的人，在他的家里，墙上挂着大幅作品，每一幅都色彩鲜明构图大胆，完全打破常规的处理手法令人诧异。他有自己的想法和创造力，这与他给客户设计的海报完全是两回事儿。

工作中完成的那些作品，他自己并不称之为作品，也会流光溢彩，但仅仅是任务，客户要的是大气、大气、再大气。大气就用金色，金色不行套个边，再不行做个浮雕效果，再不行配个黄河泰山之类的，总之是土是洋是什么都可以，阿 KEN 根本不会厌烦。

他说，工作时我就是个电脑，我不会去要求客户对设计师的尊重，因为他们不是来尊重我的，他们只是花钱来买自己的想法、呈现自己的需要罢了。遇到一个懂得尊重设计师的，他也不会让你改这么多遍，他认可你的作品就如同认可你的人一样。

认可我的人，我无须感激，用作品来说话。

认可我的工作，我就完成工作，改到客户满意为止，我只是执行工作的操作员，不会因此觉得不被尊重。

但实际上，我根本不需要活在别人的认可里。大多数时候，有些事做到让自己满意就行，不可能顾及太多人，因为那是顾及不完的。人的价值取向本来就是变化的多元的，要想活得开心，就得明白开心是什么。

开心不应该来自别人的看法与评价，而应该来自对自己的肯定。不要被别人的态度左右。

人生是短暂的，你永远不会变成所有人都喜欢的样子，为了迎合别人的喜欢而去为难自己，那是受不必要的委屈。你开心就尽情去开心，要发泄就肆意去发泄，为自己而活，率性一些没什么不好。

我有些哑然。

这样说来，阿 KEN 分明是个棱角分明相当自我的人，这样的人怎么可能成为“改不厌”，稿子改一百遍都不会发脾气？

难道仅仅是因为他把工作当成工作，而不去投入智慧和创意的一种机械的执行？那样工作完成得也不会很出色吧？

他诡异地一笑。

“看到墙上那些画了没？”他说，“我脾气大得很，但都发在这里了。”

原来改稿一百遍没脾气的他，每晚回来觉得有情绪无从发泄，就扯过画布来狠狠地画，一直画到累成狗，心情平静了为止。

人很难做到完全不需别人的认可而故我地活着，因为我们都需要交互与合作才能完成自己的人生。但也无须一直活在别人的认可里，因为别人的态度是可以不负责任的太过随机的产物，这些不确定性会构成恶劣的思想环境。

人生的成败，不在于环境的优劣，而在于你是否选对位置。

唯有收放自如，才能斩获成就。

有些约会不要去

临近年底，活动突然多了起来，有各种团建、年会、同乡会、信息发布会和客户答谢会等，除了官方组织的正规活动，还有非官方的私人聚会、联谊或交际，约不胜约。但是，我们却很难甄别这些聚会与活动哪个是有效的社交，哪个只会浪费时间。

对于一个深宅老男来说，曾见过不一样的风景，也知道不论是怎样的昨日重现，只要时间和角度不同都能找到新意，但是崭新的面孔与情绪又可能生出曾经沧海的感叹，瞬间心生倦意，所以反而更加却步了。推掉了几个约会，如，新朋友邀请听戏，老朋友举办的新作者培训结业酒会，还有些生日或周年庆之类。并非自己不需广结人脉，只是过度的社交已成负累。

删繁就简不得不为，有些约会不要去。

但是刚刚二十三岁的年轻女孩小潘则陷入没人约的苦恼里。

这个周六的下午，阳光好得像是偷来的，窗台上的水仙花静静开着，小潘叩响房门，来找我诉苦。她总会提一袋子蔬菜水果，我则提供些鸡鸭鱼肉，闲聊一个下午之后共同做晚餐。在北漂的时光里，我的家等同于她的娘家，我常慨叹，如果你交朋友的节奏能像往我这里跑得这么勤快，早该嫁出去了吧。

她也不是完全没人约，是约她的人她都不喜欢。

不喜欢就不去，很简单的原则。

这一次，一个在电视台录制节目时认识的小伙子约她去看电影。小潘是一个民族舞团的成员，基本功扎实但发展道路却很漫长曲折，所以经常会接一些非演出类的娱乐节目通告。上周电视台录了一期脱口秀为主的娱乐节目，邀请了两个类型截然相反的舞团进行“斗舞”。对方是个跳街舞的小伙子，健康帅气，美中不足的是个头有些矮。小潘与他在节目中做了一回舞伴，然后互相留了联系方式。之后小伙子便约她去看电影。

这是件好事啊，我说，至少证明他对你有好感。

现在的年轻人太自我，大都不会也不愿意去照顾别人的感受，人与人之间的关系非常脆弱，能够积极主动敞开心扉是难得的。小潘在工作中遇到过很多大叔级别的追求者，小伙子着实不多。

他个子太矮了。小潘说。

看着眼前亭亭玉立的小潘，我真替她着急。喝完一杯茶，我们在视频网站上看那期节目的回放，她指给我看那个小伙子的表演，看着其实并不矮，只是长得比较嫩，稚气未脱。小潘说，这个人一看就不够成熟，没有安全感，我才不要去跟他约会呢。

看电影啊姑娘，只是看电影。一场电影你看不了吃亏也看不了上当，走过路过不要错过，全场九十分钟，众目睽睽之下，他还能把你吃掉不成？看完电影你感觉不好就走，感觉还可以再去决定是否吃夜宵之类。一切都可以自己去把握——社交的第一步不是发射导弹的按钮，按下去了就一定要炸到哪里——中间会有多少回旋多少变化，而正是这样的回旋与变化之中，双方才会逐渐了解，了解对方的人品性格、情趣爱好，建立感情……而这个有一系列可能的约会被扼杀在萌芽之中了，多可惜。

小潘一点儿也不觉得可惜，或许她心仪的白马王子不应是这样出场的吧。

她不需要约会，她需要的是戴着面具骑着喷火的巨龙突然蹿出来把她掳走的王子带来的奇遇，而这样的人恐怕只存在于电视剧和小说里。她自然明白这个道理，但如同嗜睡的孩子不肯离开枕头一般，她执着地看护着自己的梦想。我想她和她的小伙伴们将来会成长为带着热腾腾光芒的剩女。但这也没什么不好，这世界上无论是单身还是结婚，自由是最重要的，幸福与快乐才是王道，不拘形式。

小潘说欧美国家的人喜欢开派对，那是因为他们人少。是啊，拿美国来说，就三亿人住得还很分散，每平方公里平均下来的数字是三十四个半，平时见面都难，哪像中国走到哪里都是人满为患。所以派对成了他们重要的和值得珍惜的交际方式，为了聚会难免精心装扮用心设计，玩得不亦乐乎。当然这也跟他们的文化有关，不做深究。

在我们这里最不缺的就是人，在男多女少的大背景下，小潘这样美丽又会跳舞的女孩子只会越来越抢手，各式好男人她可以尽情挑选，所以她不急。

话虽如此，但也要在什么季节种什么花，青春花季不去约会，老了再约恐怕走都走不动了。

有些约会不要去。曾经有过情感纠葛但已经结束关系的朋友相请，我不会去赴约，哪怕过去再相爱欢好都已成为过去，分要分得彻底，最忌藕断丝连。酒肉朋友纯粹吃吃喝喝的聚会，我也不会去，因为我没有太多时间浪费在茶余饭后家长里短的八卦上。

但我还是需要约会的，比如小潘的来访，我总会热情接待，尽心安排，因为她总能带给我新鲜的信息、年轻人的活力和那些稚趣的思考。

小潘在“有些约会不要去”的选项上，没有那么复杂多虑，答案清一色地只有三个字：不喜欢。

想想也是对的，不喜欢的事情人们肯定不会去做。但还是有很多人会去做违心的事，奔赴并不开心的约会，满腹牢骚和无奈。其实，如果有件事情令你为难但你仍不得不去做的时候，这件事的背后或它的结果里，肯定还是有着你想要的东西，要不然你怎么会去这样虐待自己呢？

弗洛伊德将人分为本我、自我以及超我。你的喜欢和不喜欢是出于本我，它没有理智也不受约束。在它之外，那些不得已而为之，都是为了保持自我而进行的战争。当你使用宗教、道德或规范来有所为和不为时，便是借助了超我的力量了。

小潘不会想得这么复杂，或许这正是我喜欢她的原因吧。

那么你呢，什么约会你会去，什么约会又不会去呢？

学会为暗恋买单

有个故事是这样的：

留学美国的男孩为了表达对北京女友的爱意，春节时悄悄去了阿根廷，买了一张当地的电话卡，通过地理定位计算出与女孩相对应的最远距离，然后打电话告诉她，我在这个星球上离你最远的地方，但我还是好想好想你。

不知那位女孩听到这番告白后是怎样的感受，听了这个故事的人表现出来的态度却截然不同。支持的一派认为男孩是个有心人，极尽浪漫令人感动；反对的一派则认为他矫情做作，有这闲工夫不如直接去北京与女孩团聚，纯属有钱烧的，脑残。

我不支持也不反对，对于爱情，每个人都有自己的表达方式。

因为每个人对爱情的理解都不一样，赋予它的功用也完全不同。

年轻的充满激情梦想的人通常更喜欢爱情带来的微妙感觉，那些创造奇迹般的精神享受，也就是所谓的浪漫。而经过人生风雨的人，多数不再向往出其不意的人生体验，他们更务实。

但不管怎样，活跃在脑海里的爱的情绪，最终都要化作身体力行的行为，如果只存活在想法里而没有外在的表达，那就只是暗恋。

暗恋也是需要人去买单的。

前不久一个面临高考的女生向我敞开了心扉，她暗恋同班的男生半年多了，最近到了茶不思饭不想的状态，严重影响了她的学习，成绩直线下降，她很担心自己会败在考场上。

高中时期显然不适合谈恋爱，这份心思如果被老师和家长获悉，可能会掀起一场轩然大波。所以暗恋只能是暗恋，成为折磨着她的心魔。她问我，怎么办？

我告诉她，不存在要怎么办的问题，喜欢一个人就是喜欢，你也可以不喜欢他。当然你会说自己做不到，既然如此，就继续喜欢下去，不要为难自己，坦然接受吧。

但是，这份喜欢令人心绪不宁，患得患失，左右为难，非常痛苦。

相思之苦大概是所有人都曾有过的人生体验，过来人都知道，令人痛苦的其实不是那份喜欢或爱慕，而是求之不得又不甘心的欲望。

这种痛苦，就是暗恋的代价。

我告诉她，要学会为暗恋买单。

爱情是两个人的事，暗恋却是一个人的事。在暗恋中，一切痛苦或快乐的体验都是一个人的体验，哪怕静静坐在角落里，心里是惊涛骇浪般的澎湃，身边人可能都毫无觉察，也没有人能够帮你分担这些。而这些心绪没有所谓的对与错，也不必刨根问底探寻它的源头，仅仅是因为，你长大了。

春天到了，万物复苏，种子总要发芽，花儿自然开放。在青春伊始的季节里，不论是男生还是女生，喜欢一个人是正常和自然的事情。这种喜欢常常只是性冲动的副产品，一种本能的对爱的渴求，在自己的爱情观还未成型之前的实习，所以初恋往往不会收获完美的结果，因为那是没什么营养根基的花儿结出来的青涩的果实。随着人生的逐步展开，人被环境改变的同时也自主地重塑着自我，从棱角分明到模棱两可，从随心所欲到有所为有所不为，每个人最终都会找到自己最合适的位置与角色，这个时候爱情仍旧可能是不完美的。因为在这个漫长的过程里，有的爱情已经变形，有的爱情已经变味，有的已经变得面目模糊，有的历久弥坚仍旧散发光彩，但却平淡地转化成了亲情。

所以，暗恋还仅仅是爱的雏形，是刚刚萌芽的一棵小苗，你让它冒出地面，要么它在春寒料峭中死去，要么它倔强生长，但它究竟会长成什么我们并不知道，可能是你喜欢的那棵美丽的树，也可能是令人始料不及极其厌恶的怪物，到时候后悔都来不及。

年轻的倔强总会怀着侥幸心理，坚持自己认定的无怨无悔，如果没有这样的盲目冲动，人类可能会停滞不前。然而，每个人的生命只有一次，每个人的成长道路也只能是一条不归之路，只看着眼前的世界，只顾及此刻的情绪与冲动，往往会为此付出沉重的代价。

学会为暗恋买单，其实就是理性地处理自己与欲望之间的关系。

如果有足够的勇气和决心，能够承受任何代价，那么告白未尝不可，也算是淋漓尽致地为自己的爱情做了努力。但是告白的结果无非是两种，要么成功了两个人开始了恋爱关系，要么失败了进入更加痛苦的失恋状态，而暗恋就像刺破了就不再拥有的气球，不会再淤塞于心折磨自己了。

你之所以烦恼，是因为你拥有了很多，还想拥有更多。

你要做父母眼中的好孩子，老师眼中的好学生，要有好成绩，考好的大学，要美好的未来，也要符合自己需求的爱情，你什么都想要，而这些东西可能不会全部归你所有，必须做出取舍的时候，你会如何？

所以此刻的你，什么道理都懂，只是不想承担责任。

你希望有人给你出主意，产生结果之后，好的自己去享受，不好的归咎于别人，因为是他让你这样去做的。

有句话说，如果你不知道自己要做一个什么样的人，那就做个自私的人吧。

因为至少自私的人以后不会后悔。

但是过于自私，往往会适得其反，会打落牙齿吞到肚子里，有苦难言。

暗恋原本就是一件极其自私的事情。

女生听完我的话后沉默良久，没再说话。

我知道她这种不稳定的情绪还会持续相当长的一段时间，甚至会伴随她一直到成年后、尘埃落定之前。在她的人生里，不论遇到什么样的爱情，都会左右权衡，瞻前顾后，喜忧参半，这是人之常情。我很高兴她能在迷惘的时候找我倾诉，至少我能够聆听她的心事，不会乱出主意。

跟与自己爱情观相近的朋友更容易找到共鸣，投机的交流也更加酣畅，产生的结果也更符合自己潜意识里的需求——然而，自己的笨拙也恰好是朋友的笨拙，自己的悲哀也可能是朋友的悲哀。所以我有心事的时候，总会找一个跟自己经历、见解、社会角色大相径庭的人去交流，在他们的世界里找差异而不是找共鸣。

小女孩更容易与同龄的女生找到共鸣，聊到一处，然后计划着怎么去告白或者是怎样继续隐藏与发酵心里的那份暗恋，她们乐此不疲。但是，这些私密的情绪酝酿在一起，最终得到的仍旧是迷惘。

没有迷惘就没有成长，她们要长大，需要这些。

所以我的话也就是点到即止了。最后我对她说，我不怕世间任何磨难、挫败或变故，只怕遇到一只装满眼泪的杯子，再也倒不进别的东西。

爱无能是一句令人恶心的漂亮话

这是一个有些悲伤的爱情故事，与其说是“因为爱情”，倒不如说是因为当事者的不够明智。

茵茵是我通过网络结识时间超过十年的网友之一，虽然生活中从未见过面，但在网络中无所不谈，认识她时她还在读书，转眼之间她已经成年，毕业后有了自己的事业，开了公司，也有了自己的爱情。

她的男朋友小汤比她小三岁，两个人是在留学的时光里相知相恋的，回国后不经双方家长同意，便执意合伙开办了一家公司，专营代购国外化妆品的业务，生意做得不大不小，前景还不错。但双方的情侣关系却没被家里人认可。小汤的父母是农村人，希望儿子娶个农村姑娘，原因是农村姑娘更懂得孝顺更服帖，小汤原本就是个不大强势的人，而茵茵太“能干”了，不像是传统的姑娘。茵茵的父母则希望女儿找个门当户对的城市男，他们听说过不少“凤凰男”的故事，更何况小汤的父母本就不大友善，他们无法接受这样的家庭。

但是两个人爱得很炽热也很坚决，不顾任何反对，生意照样做下去，生活也在继续。

小汤的父母见劝说无效，便使出装病的撒手锏，想让他回乡探望，然后进一步做“拆散”的工作。

这种伎俩对茵茵来说太小儿科，她猜准了病讯是假，圈套是真，所以坚决反对小汤回家探望。

小汤本就没什么主意，见茵茵态度强硬一再坚持，分析得也头头是道，便听取了她的意见。

父母等了一阵子也不见小汤回来，知道装病无效也就不再伪装，但放下狠话来，就是我们死了也不会同意你们在一起的，要么你就永远别回来了。

就这样，小汤一直留在城市里跟茵茵一起忙生意，过日子，两年没回过乡下，没见过父母。

虽然日子过得挺安稳幸福，但小汤心里总有着悬而未决的遗憾，跟父母的僵持总不能一直这样下去，总得找机会缓和吧？

临近年底，小汤决定回家探望一次。过去这么久了，他想，或许父母的态度已经转变了。

临行前茵茵叮嘱他，如果父母仍旧强烈反对两个人在一起，那他也要表明立场，自己的生活自己做主，自己的爱情自己争取，父母虽然出于一片好心，但不能这样蛮横地干涉子女的婚恋生活，总有一天他们不接受也得接受的。

小汤比茵茵乐观得多，他认为自己一定能做得通父母的工作，毕竟他们是最疼爱自己的亲人。

带着很多担忧送走了小汤之后，茵茵内心一直焦躁不安，等待着他反馈回来消息。

没想到小汤一直没有消息，三天内音讯全无，打电话不接，发信息不回，也不上网，处于失联状态，茵茵开始坐不住了。

小汤的家乡离他们生活的城市并不远，并且是飞机飞回，当天就应该能够到家，无论怎样报个平安总是应该的吧？这样没有了消息，一定是出了什么事情。

茵茵胡思乱想了很多，分析着各种可能性，最后得出结论：小汤被父母软禁了。

他们一定是反对两个人继续在一起，劝说无效，所以限制了他的自由，抢走了他的手机、电脑，不许他与外界联系。

那怎么办呢？茵茵倒不担心他的安危，只是担心他不回来，而且生意上的事情两个人是合伙人，很多决定要商量着进行，现在正是业务最为繁忙的时候，自己擅自做决定对小汤也是一种不尊重。

她开始想办法与小汤联系。

她找到了一位在小汤家乡的朋友，让他带着一束鲜花到小汤家登门拜访，自称是送快递的，鲜花是客户订制的快递服务，大意是送去祝福之类。

朋友顺利完成了任务，反馈回来的信息是，小汤的父母都在家，小汤的姐姐收的鲜花，看到快递上的地址之后就把他推出了门，很不客气的样子，大概猜到了送花的人是茵茵。至于小汤是否在家他不确定，看样子应该没有出别的事情，因为家里没有反常的动静。

茵茵更加确信了自己的判断。首先，小汤没有在路上出问题，如果出了问题的话他家不会那么平静。其次，家人限制了小汤的人身自由，要不然小汤怎么不出门来收快递而是他姐姐和父母出来的呢？

这一招没有奏效，但已经无法再用第二次，小汤的父母对这位“快递员”的态度很不友好，并且起了戒心。

到底该怎么办？茵茵忧心忡忡。

又过了两天，小汤仍旧没有任何消息，茵茵想到了报警。

小汤是她的合伙人，现在公司的股东失踪了，通过报警应该可以名正言顺去找人。

但是，这样做会有什么样的结果呢？他的父母本来就对茵茵印象不佳，认为她过于强势，这种让警察出面处理家务事的做法，肯定会更加引起小汤父母的反感，让小汤与父母的沟通变得更加困难。

而且报案需要证据，提供不了足够的涉案理由，警察不会立案。

小汤是回家，不是出走，现在是失联，被软禁只是猜想，茵茵根本没有证据表明小汤是被关在家里，限制了自由，警察怎么才能相信茵茵的话呢？

而且这是跨省的警务，需要有说服力的线索来办案，仅凭猜测是不行的。

茵茵因此焦灼，无奈之下找我聊天。

我告诉茵茵一个字：等。

是啊，现在能做的只有等待。

小汤已经两年多没有回家了，这次回到家里，家人一定很开心，甚至悲喜交集。他们是家人，不是仇人，即使有矛盾，也不会伤害到危及性命的程度。

他的父母哪怕再有控制欲，都会以他的幸福为出发点。一对能送儿子出国留学的农村夫妇再不开明，也会明白儿子的发展前景最重要，如果说是限制了他的人身自由，那也只能是暂时的。

更何况他是个大活人，不是小猫小狗，关怎么可能关得住？有心联系的话，上厕所的工夫都能想办法溜出来打个电话，现在可不是刀耕火种的年代，不至于落后到住在洞穴里。

而且要关的话，能关多久？一个成年男子如果不做事坐吃山空，那会是一个沉重的负担，父母根本难以承受，终究还是会放他出来的。

所以失联只是暂时，暂时的没有消息，再等一等吧。

茵茵又等了两天，还是没有消息，她几乎要疯掉了。

她受不了这种等待，感觉一切都没把握，担心到日夜无眠，公司的日常业务都无心去处理，人也处于崩溃边缘。

她心里的小汤，是一个比自己小三岁的无辜羔羊般单纯的孩子，没有主见，寡言少语，离开自己什么事情都办不成；而且据说他的家乡民风彪悍，家族文化很强，一个孩子的婚姻甚至所有亲戚都能过问，在这样的情形下，说不定他们就安排他娶了别人，再也出不了村子了。

还有公司的事情，他是股东之一，现在什么事也不处理坐享其成，这样做不合理，对自己也不公平，如果他已经放弃了公司也放弃了和自己的感情，那至少得有个交代，这样不明不白算什么呢？

茵茵坐不住了，再次想到了报警。

我再次问茵茵，你是否确认小汤被软禁？

她说确认他就在家里。

凭什么确认的呢？

判断。

可是这种判断是如何得来的呢？仅仅是因为电话不接短信不回发邮件也没有回应？

如果你指证的人被软禁在自己家里，那你至少得有什么真凭实据提供给警察，比如上锁的门窗，关在房间里的人，最好是当事人的求救信息。而即便是警察受理了，到人家家里去解救，家人把锁去了硬说是没有软禁，你又有什么办法呢？还是得小汤自己来决定一切。

这个时候小汤能做的只有两个决定，要么跟你一起指证家人软禁自己，那么他和家人之间的矛盾也就更加无可挽回；要么说自己没有被软禁，那么你就成了报假案的人，我想这样的话，你也不可能原谅他，你们之间就彻底完了。

那怎么办？茵茵说，我一定得让他知道我现在的想法，我的担忧，我的思念，我要跟他建立联系。要不，我拿着大喇叭到他家楼下去喊？

我开了句玩笑："谁要是拿大喇叭到我家楼下大喊大叫，我就报警说有人扰民。"

仍然是等吧。我也实在没有了主意，我想，如果是我自己碰到了这样的事情，能做的也只有等。

茵茵第三次来找我商量，因为这样的等待茫茫无期，无法再等下去，她决定要采取行动。

我已失去了耐心，反问了她一句：你还能不能让他们家人好好过个团圆年？

留学三年，毕业三年，整整六年小汤都没在家陪父母过过团圆年，这次回去，父母怎能不把他当成失而复得的至宝“看管”起来？远行而又不驯顺的儿子回来了，他们第一时间想的肯定是他是否还会再走，甚至他们心里明知他会再走，留也留不住，但能留一时是一时，因此这时是在“风头”上，茵茵的出现只会加剧这种对“失去”的恐惧与不安，那么他们的爱情就会遭遇到更加强烈的反对。

起初伪装快递员送花已经不明智，乡下人不像城市人那么浪漫，千里迢迢送一束鲜花来可能在价值上根本不如邻居拎着菜篮子送上门的一把芹菜。而这束鲜花分明是一种警告，提醒着小汤的父母，他在外面有着牵绊，那是一个他们并不喜欢的女孩子的勾引。

这种警告加剧了他们的防备，他们就更不可能让小汤轻易出门了。

我无从责怪茵茵的情切与焦急，但他们的分离还不到半个月，之间的信任却荡然无存。

茵茵不相信小汤，她更相信自己的判断和控制。

我问她，你到底是在爱一个人，还是在控制和占有一个人？

心理学家弗洛姆在《爱的艺术》中谈到，好的爱情首先是“给”而不是“得”。茵茵认为自己给了小汤很多，留学生涯时的照顾，毕业创业后的帮助，两个人的吃穿住用，梦想与追求，每一样她都付出了很多很多。然而她恰好忽略了自己的所得，在这个过程中她得到了小汤的守护陪伴，鞍前马后的听命，默默无语的配合，全心全意的支持……

茵茵并不知道，自己对于小汤，到底价值是什么。

如果小汤认定了她，选择了她，那么他终究会回来的，家人的反对只是反对，就算被捆绑到包办婚姻里，他始终是要逃离，回到自己所爱的身边。

现在应该是他做决定的时候，这个时候，对于这个男人，能不能让他自己冷静地思考，然后慎重处理呢?

茵茵太害怕失去小汤了，为此在做近乎疯狂的努力。

越是如此，就越应该放下，让自己静下来，尊重一下他人的真实想法。

爱情可以是盲目与狂热的，但不应是违心的。

因为哪怕有一丝的不情愿，等爱的温度降下来之后，那丝几乎看不见的不情愿都可能变成裂痕。

如果他在父母的压力之下选择了放弃，尽管充满无奈悲伤，但也是一种收获。

因为在取舍之间，他舍弃了自己的想法，获得了父母的支持，生活原本没有对与错，只有舍与得。

这样的话，对于茵茵来说，何尝不是一种幸运?

总好过勉强结了婚，生了孩子，鸡飞狗跳，磕磕绊绊之后再分手，那样自己重新再来的机会都少了很多。

这种事情，一定是要让他自己来做决定才行。

春节之后，小汤终于与茵茵重新建立了联系，他决定分手。

“对不起，我爱你，但是我的爱无能。”小汤最后的话颇有些欠扁的味道。

茵茵自然是哭得死去活来的。

我知道，接下来有段时间，我又得被茵茵缠住倾诉了。

所以我提前就对茵茵说：

“很多东西不是自己的，就是再喜欢也不能要，人要懂得放弃。有些人不属于自己，那就让他去属于他自己，如果他也找不到自己，那是他的悲哀而不是你的不幸。你对他没有那么重要，你们的六年相对于父母含辛茹苦的三十年来说微不足道，他做那个属于父母的他也没什么错。平心而论我从未看好过你们的爱情，就像是学生实习时做的作业，飘在表面上，没有深厚的根基，还没落地就发芽了，还没开花就结果了。爱无能是一句漂亮又恶心的话，事实上他在对父母的盲从上很有力量，可以战胜一切。那也是一种爱。每个人都会为爱做出奉献。你则是为你当初的不明智付出代价。对下一个爱人，你会处理得好些。”

最好的朋友不会跟你借钱不还

一个阳光灿烂的下午，几个好朋友聚坐在太阳伞下喝咖啡。苏西聊起她最近的计划，她的好友阿林准备开一个包食宿的培训班，专门给小学生提供假期补课等服务，想要邀请她去做管理工作，薪酬不菲，她很感兴趣，并寄予了很多期望。

我改不掉泼冷水的习惯，问她，你觉得靠谱吗？

当然靠谱。苏西对自己的信心满满。她毕业于幼师专业，虽然之后转行做了职业撰稿人，但对小孩子的教育颇有心得，而且培训班顶多招收十几个学员，就像夏令营一样，寓教于乐一个多月，轻松就能完成工作任务。

我对她并不担心，我担心的是阿林。

阿林哪儿来的资金？她办补习，可有相关的资质与资格？提供食宿，她选哪里的场地，请哪里的厨师？这些成本有多少，摊出成本后将向学生收取多少学费？能否顺利找到生源？就算一切都没问题，那么多孩子聚在一起，发生意外怎么办，可有风险预案？

苏西觉得我刻薄，她很乐观，解释说，阿林最近得到一笔资金，足够来做这些事情。

阿林是苏西的好朋友，是个无业游民，原本在郊区开了一家农家乐，因经营不善近日关张，怎么会突然得到一笔资金呢？

苏西说，农家乐转让出去后得到了二十万块钱，这些钱来弄个小小的培训班不成问题。

但是农家乐原本是阿林的哥哥姐姐合资来搞的，转手后不是应该把本钱还给他们吗？

只是暂时借用一下，周转，反正她的哥哥姐姐不等钱用，所以先拿来做新的投资，培训班是短期的，盈利后再说呗。

也就是说，这笔钱的去向阿林的哥哥姐姐并不知道，阿林开培训班的计划也是私自进行的。

我连连摇头，告诉苏西，这件事绝对不靠谱。

一个人如果连自己的哥哥姐姐都会欺骗，在经济上的事情隐瞒，拿别人的钱随便去使用，事先也不谈好获益如何分配，损失怎样承担，那么至少她办事的态度是不负责的。

她可以对哥哥姐姐的钱不负责，那对朋友就更不会负责，你现在给她打工，如果赔了，可能连工钱都拿不到。

不可能。苏西坚持不信。她说，我和阿林认识五年了，算是最好的朋友，平时来往大家都以诚相待，她这个人我信得过。

我说那是因为你们还没涉及过切身的利益，真的到了那个时候，大家的本来面目就会露出。一个不善经营的人借来的钱不还，一个项目失败后不反思，套了现连个招呼都不打就立即往另外的项目里面投，我不相信她能做好这件事，甚至有可能即使这次赚到了钱，她也不会分给你。

因为她连自己的亲人都不顾及，怎么可能会去顾及你呢？

苏西反驳说，你这个人太陈腐，没有眼光。我们是好朋友，合作在一起会有长远利益，阿林不还哥哥姐姐钱是因为她知道哥哥姐姐不缺钱用，再说哥哥姐姐投钱给她就是让她来创业的，她现在继续创业有什么不对？

“不缺钱不等于随便掏钱，这笔钱是他们投给她开农家乐的不是开培训班的，这就是差别。”

我们的谈话不欢而散。

暑假结束后，我接到了苏西的电话。

她告诉我，培训班大获成功，自己做得非常辛苦，但颇有收获，跟那些孩子玩成了好朋友，特别开心。

那收入也很可观吧？

回答是没拿到一分钱，阿林在结算时根据原本的计划应付给苏西五万元酬劳，但她说接下来准备做冬季的培训班，缺少资金，所以建议苏西投资。

苏西说，我们是有长远利益的合作，现在没钱没关系，以后就有了，她是我最好的朋友。

是啊，最好的朋友，拿着她的工钱去准备下一个项目了，哥哥姐姐的钱都没有还，朋友的工资自然也没有给，现在她打电话来跟我借生活费。

我告诉苏西，从不存在所谓长远利益这种东西，那是既得利益者自欺欺人的麻醉药。利益从来都以得到为基准，以支配为权力。

最好的朋友不会跟你借钱不还，她只是把你当成了可使用的资源之一罢了。

这个阿林，将来一定会使你一无所有，你能收获的恐怕只有感叹人情冷暖与世态炎凉。

一朵受了伤的校花

网络上有一段小视频曾引发了很多人的感慨，视频时长不足半分钟，拍摄的是一位登山爱好者徒步穿过斯洛伐克山脉下结冰湖面的情景。斯洛伐克喀斯特山脉国家公园处于斯洛伐克的东南部，地势高风景美，旅游资源非常丰富，而令人更为惊叹的是结了冰的湖面像一面不染尘埃的镜子，人行走在上面，脚下即是清澈见底的冰湖，透过巨大的冰块，湖底的卵石与湖水的波纹清晰可见。

因为太过干净透明，人站在冰上犹似悬在半空中，每走一步既心惊胆战又如堕梦幻，这真是特别的体验。

与国内一些风景名胜旅游区人头攒动的场景不一样，这里虽然名声在外，却常有人迹罕至的清静，人们惊叹这里的环境保护得怎么这么好，心生羡慕的同时，却忽略了自己也是环境组成的一部分。

你是否在旅游区乱丢过垃圾，吐痰，抽烟，露营野炊后不收拾营地，在安静的场合大呼小叫肆无忌惮地谈笑与呼号？

说起来很容易让人想到这是素质的问题，但实际上素质的背后可能是一种思维的问题，一种习惯的作用。

乐乐一直想做个有素质的人。她今年二十三岁，出生于北方小镇，大学时来到城市，见识了大千世界，形形色色的人不断给她带来冲击，她为人处世的自我要求就是“有素质”。

因此，她经常显得与环境格格不入，因为太多人“太没素质”了。

她总会陷入苦恼之中，形单影只，觉得与身边的朋友找不到共同的话题。

我们在旅途中偶然相识，长途列车寂寞无聊的三十个小时时光里，她向我这个陌生人敞开了心扉。

“我看到你嚼完口香糖以后用纸包好丢到垃圾桶里，就觉得你这个人有素质。”她说，“很多人根本不注意这些细节，车厢里明明不让抽烟还偏偏在车里偷偷抽，还有随地吐痰的。这个世界，简直没救了。”

我们乘坐的是一趟老式的绿皮火车，穿越内蒙古草原。的确，在这样的硬座车厢里，有很多喝得醉醺醺的人，小孩子随地便溺，嗑瓜子的妇女乱丢瓜子皮，抠脚大汉横躺在座位上，这是个臭烘烘乱糟糟的地方。

她因此闷闷不乐，甚至忧结于心，一直蜷缩在车窗旁的座位上望着窗外，窗外是一望无际的草原。

因为年轻，我们还是不由自主地聊起了谈恋爱的话题，她问我谈过几次恋爱，我说都是没有结果的故事，她长叹一声。

她谈过一次刻骨铭心的恋爱，男朋友是她的同学。

对于有洁癖的乐乐来说，她对男孩子的第一要求就是要干净。

她的男友小天各方面都符合她的要求。

小天穿着白衬衣，袖口领口绝对不会出现汗渍，皮鞋也不会落灰。小天不抽烟，身上不会有令人讨厌的烟味，他也不喝酒，从没讲过脏话。

他们在一次校园报告会活动中认识，来做报告的是一位“成功学”的励志人士，坐在讲台上神采奕奕，讲堂里回荡着他朗朗的笑声，坐在台下的乐乐被感动得热泪盈眶。

报告会结束之后，乐乐还沉浸在成功人士的故事里，不料身边一位女同学的话让她大倒胃口。

“吹得天花乱坠的，还不就是为了卖他的书？”她说，“我才不相信他的故事呢，整得像电视剧似的，尽忽悠我们这帮穷学生。”

乐乐觉得跟她没有共同语言，因为乐乐相信这位成功人士的故事，她认为，每个成功的人都有其过人之处，没有那个素质怎么可能会成功?

在会场外面，乐乐碰到了小天，小天正坐在树下背书——背诵刚才报告会上成功人士推荐的书里面的一篇文章，认真的样子令人肃然起敬。

乐乐感觉找到了知音，两个人聊起了这个人这本书，一聊就是一下午。

小天对那位成功人士的崇拜几乎达到了疯狂的程度。他穿与他同款的衣服，装扮都一模一样，谈吐和语言的风格也极其相似。

作为铁杆粉丝，乐乐和小天追随成功人士的脚步，在这座城市里跟着听了多场报告会，每次报告会结束之后，两个人都会讨论很久甚至深夜不眠，兴奋得像是过节。

他们羡慕那位成功人士的做派，他步入会场时的矫健身姿，接受掌声和欢呼声时淡定的微笑，乐乐甚至给他献过一次花，成功人士优雅地站了起来，回报给她一个礼貌性的拥抱，不远不近的距离既显得体贴又不形成侵犯，乐乐被感动得热泪盈眶。

小天则读遍了成功人士所有的书，模仿签名都惟妙惟肖。

那些书让他们获益良多，每当遇到挫折困难的时候，他们会被书中富含哲理的语句激励着，战胜困难，用积极的心态去面对问题，突然感觉生活变得充实与美好。

所以他们的恋爱，根本不像是在谈情说爱，而是在一起相互督促与学习，大半年的时光过去了，两个人都没有牵过手，更不用说接吻拥抱，在一起的时间总是在聊成功人士的话题和故事。

“你说这样正常吗？”乐乐问我。

“恋爱无常态，你们觉得开心就是正常的。”我回答，“这样不是挺好的吗，至少比在一起鸡零狗碎吵架好得多。”

“我也是这样觉得的。”乐乐继续讲述她的故事。

但是事情总是会出现转折的，生活虽然不是故事，有时候往往比故事还精彩。

成功人士又一次回到本市来做巡回报告会，这一次还带来了他的新书。小天与乐乐这样级别的粉丝早就知道新书的内容，但仍然舍不得错过面对面交流的机会，因此早早就预订了门票。

报告会的场面一如既往的火爆，但这次听众的人数却少了很多。在签名售书的环节里，成功人士认出了乐乐，特意让摄影师给自己和她拍了张合影，并留下了联系电话。

第二天，成功人士打了电话过来，让她到酒店里取照片。

乐乐非常开心，但小天提出了异议。

小天说，现在照片都是电子版，可以发到邮箱里，随便什么时候都能冲洗出来，不用专门逃课出去跑一趟。而且酒店离学校很远，当天往返时间很紧。

乐乐却觉得机会难得，她很想近距离接触一下成功人士，她有很多问题想请教，对他的个人生活也充满好奇。

他结婚了吗，他的妻子是什么样的人，他们的家庭是什么样的，等等，就是粉丝对明星那种兴趣所在。

商量了一通，小天还是决定陪乐乐一同前往酒店去取照片，但是成功人士并不知道小天会来，为了避免尴尬冒失，小天在酒店大厅等着，乐乐单独上楼去。

接下来会发生什么，我在脑海中已经开始构思，一个中年大叔用取照片的借口约一个单纯的女学生到酒店房间里碰面，恐怕根本没安什么好心。

但事情出乎我的意料，乐乐到了房间门口后按门铃，里面没有人，原来成功人士碰巧出门未归。他可能太忙，忘了约定的时间。

乐乐在门口等了一会儿，再拨打电话，没有接听。

她有些不知所措，茫然地挂了电话回到楼下。

然后她看到小天正在大厅里和成功人士扭打成一团，酒店的保安拉扯着两个人，场面像电影一样戏剧化。

原来小天在酒店大厅等候的时候，碰巧看到成功人士回来步入酒店，就热情地上前打招呼。但成功人士并不认识他，对粉丝的热情招呼也没有回应，径直往电梯口走去。

电梯口有个保洁阿姨在擦地板，成功人士走得很快没注意到地面湿滑，一脚踩到了拖把上，险些跌倒，保洁阿姨连忙搀扶，嘴里说着对不起。

成功人士一把把保洁阿姨推开，用家乡方言骂了一句，大意是别用你的脏手碰我。

他颐指气使的样子让小天大跌眼镜，跑过去跟他理论。

这下惹恼了成功人士，两个人对骂起来，骂战升级开始动手，惹得保安跑过来拉架。

乐乐看到时，小天的嘴角挂了血，眼镜也被打碎了，一副拼命的架势，骂着很难听的话。

成功人士的皮鞋被踩掉一只，他一边抓起皮鞋砸向乐乐，嘴里骂得更是难听，一边吆喝着保安把人赶出去。

乐乐不知所措，和小天一起被灰溜溜地赶出了酒店。

而这瞬间，成功人士和小天的形象在她的心目中都崩塌了。

她从没想到过，两个都是那么有素质的文明人，会在大庭广众之下如街头妇女般地扭打在一起，骂着最难听的话，毫无羞耻，只剩争勇斗狠。

骗子，你们都是骗子。乐乐这样想着。

“然后呢，你们就分手了？”我好奇地问。

“没有，如果这样分手，就谈不上是刻骨铭心了。”乐乐的嘴角挂着一丝苦笑。

这件事之后，小天整个人突然变了，变得邋遢慵懒，愤世嫉俗，把成功人士所有的书都撕了，那套同款的西装也被他扯得稀巴烂，丢到了垃圾箱里。

他对乐乐的态度也产生了一百八十度的转变，不再彬彬有礼，反而经常冷语讥诮。

他说，谈什么素质，全都是装出来的，表面上斯文，背后其实满肚子坏水。人真是太虚伪，太能装了，那些报告会下面坐了多少的托儿，都是花钱雇来鼓掌的，忽悠大家去买书，什么狗屁的成功人士，以前就是个卖假药的。

小天还骂了很多难听的话，乐乐根本听不下去这么恶毒的语言，对小天也就渐渐失去了信任和亲近之感。

某天小天过生日，打电话邀请乐乐过去吃饭。乐乐想正好趁这个机会跟他说分手，于是答应了。

她来到包厢时，看到服务台上有很大一束玫瑰花，并没有多想。现场还有几位小天平时的好朋友，大家在一起喝了几杯酒，然后小天站了起来，捧起那束玫瑰花，突然对乐乐跪下了。

乐乐一下子蒙了，猛然反应过来小天这是要告白，她根本没这个心理准备，而且来之前还做好了分手的打算，出现这样的场面实在太尴尬了。

大家在一旁起哄，鼓掌，喊着让乐乐答应小天的求爱，乐乐被推搡着，左右为难。她根本不能做出决定来选择小天，但身边又那么多人，如果拒绝了他太不给面子，就这样僵持了几十秒钟，乐乐迟迟未回应。

然后有个同学在她耳边说了句悄悄话。

“你还是答应他吧，算我们求你了，他时间不多了。”

乐乐更疑惑了，不明白这话的意思。那位同学补充着说：“小天得了白血病，已经确诊了，下个星期就要休学了，他可能活不了多久了。”

乐乐瞬间就被震到了，也瞬间做了决定，于是她接受了小天的玫瑰花，正式答应做了他的女朋友。

“这就是我狗血的恋爱，初恋。”乐乐说，“我当时想的是，不管怎么样小天是病人，时日无多，如果我能陪他走过这个非常时期，能让他开心一些，那我就答应呗。”

生日宴结束后，大家都散去，小天和乐乐一边散步一边往学校走，乐乐问他白血病的事。

小天说其实早就确诊了，是慢性的，现在等着做的是干细胞移植手术，在排期。

乐乐不敢相信这样的事情会在身边发生，悲悯之心实难自控，她对小天的厌烦瞬间变成了同情，鼓励小天好好等待接受手术，自己会一直陪在他身边，帮他渡过难关。

这一夜他们没有回学校，而是在外面宾馆开了房间。

之后，乐乐就一心一意地把小天当成了男朋友，对他关怀照顾得无微不至，而他也在照顾下变得乐观了很多，身体一直没有出现什么异常。

但狗血的事情还在后面。暑假到了，大家要各自回家，乐乐打算不回家乡，她想陪小天在城里过暑假，为此跟父母撒谎说要打暑期工，同时也商量着让小天征得父母的同意。

她想，小天的父母一定会同意的，因为暑假里小天要接受干细胞移植手术，自己留在他身边多一个人照顾是件很好的事情。小天则强烈反对，说父母已经安排好了人来照顾自己，他们暂时不能接受自己在学校里有女朋友。

两个人因此吵得有些不愉快。

然后，小天提出了分手。

乐乐委屈得不行，同时也想不通，当时手捧玫瑰真诚求爱的小天跟现在面若冰霜说分手的小天简直判若两人，她彻底迷惘了。

更迷惘的是，他们吵完架之后，小天接了一个电话就出去了，乐乐直觉事情没那么简单，打电话的人不是平常的同学或朋友，而是个什么神秘的人物。

这时乐乐多了个心眼，跑到营业厅去调通话记录。因为小天的电话号码没有实名注册，乐乐又能够提供最近三条通话记录和身份证，所以调出了通话记录，找到了那个电话号码。

然后她愣住了，电话竟然是成功人士打过来的。

她万万没想到这个早就被忘到脑后跟自己生活毫不搭界的人，竟然还跟小天有联系。但这也太奇怪了，小天明明和成功人士打过架，两人如同仇敌般骂得鸡飞狗跳的，怎么还会通话，而且通话不止一次，最近一个月就通过四次电话，有一次还长达半个小时。

我也奇怪了，看着眼前的乐乐，听她的故事像是在看电视剧。

乐乐长得很漂亮，是那种特别出众的天生丽质的美女，即便在这样嘈杂脏乱的车厢里，缩在角落里，也颇引人注目。

但她的神情和语气不是在编故事，她纯粹是憋得太久，又因为我是个写作的人，才倾诉她的经历给我听。

“然后呢，”我问，“真相是什么？”

之后乐乐开始特别留意起小天的行踪来，就在放假的当天，乐乐已经订好车票收拾好行李准备回家，小天以为她已经走了，她却偷偷下了地铁，回到出租屋，开始盯梢。

她尾随着小天一路坐公交车到了某广场的咖啡厅，在咖啡厅的卡座后面看到了小天与成功人士碰面。

这时她才明白，小天根本没有病，一切都是装的。

小天是个富二代，不是特别有钱但经济条件也不差，家在邻近的一个城市里，虽然跟大家一样住校后来又和乐乐一起租了房子同居生活，但他一个月的零用钱都够别的学生一个学期花的了。

成功人士是他的老乡。原来成功人士能够到学校里来做报告，也是他通过学生会介绍过来的。

原来他们早就认识，在家乡的时候就认识。

他们的关系根本没那么简单，成功人士认识小天的老爸，有合作关系，小天跟成功人士也有合作，报告会里他有投资和分成。

难怪小天会每场报告会都去听，对成功人士的行踪了解得那么及时准确。

原来乐乐是很多男生都想追求的校花，但这位校花却性格古怪，高冷，令人难以接触，根本不和大家接近。小天也是追求者之一，为此他费了不少心思。

在成功人士的报告会上，小天发现了乐乐着迷成功学，就装成自己也是成功人士的粉丝，开始步步为营去接近她。

因为成功人士帮了他的忙，所以成功人士要回报，那天在酒店里翻脸打架根本不是因为什么保洁阿姨，而是成功人士也想“分一杯羹”。

他说，美女人人有份，你泡了，我也要泡一下。

小天不肯，两个色狼互相攻击，互相拆台，竟然打了起来。

更加狗血的是，当乐乐出现后，两个人竟又互相维护，互相撒谎装作不认识，人竟然真的这样龌龊。

之后乐乐对小天变得冰冷，小天感觉到“猎物”要失去控制，于是又上演了苦肉计，让同学帮忙撒谎说自己得了白血病，单纯的乐乐竟然相信了。

现在，玩腻了，想把乐乐甩掉了。

此刻，小天和成功人士聊的话题，正是怎么把乐乐转手给成功人士。

“我就这样被玩弄于股掌之间，”乐乐的脸上浮现出一些恨意和痛苦，“我竟然什么都不知道。天底下还有我这么傻的人吗？”

乐乐当时就从咖啡卡座里冲了出去，把手里的咖啡泼向两人，然后痛哭着跑了出去，整条街都洒满了她的眼泪。

我沉默了很久，一直听她讲完故事。

我想说的是，不是她太傻，而是……她遇到的人太复杂，或者是她太倒霉，碰到了只有在小说里才能碰到的处心积虑玩弄女性的败类，难怪此刻的乐乐这样抑郁，对人都失去了信任。

“事情刚刚结束不到半个月。我这次长途旅行，其实就是想疗伤，漫无目的坐着车，随便到哪里都行。”

“你是个作家，你能写写我的故事吗？我是不是特别傻，我还能相信身边的人吗？”

“很多人的素质都是装的，装出来给人看的，当他去伪装的时候，就一定有目的。我不知道怎么报复他们，但我知道他们肯定又在物色下个目标。我诅咒他们死在这条路上，这样的人死不足惜……”

我到车厢吸烟处抽了一根烟，隔着玻璃门回头看乐乐，她仍旧望着窗外，外面的天色已经黑了。

我告诉乐乐，年轻时我们每个人都会经历一些奇葩的事情和奇葩的人，而这些奇葩是上苍派来督促我们成长的。

这可能是对你之前过于单纯的惩罚。

以前的观察与判断浮于表面，比如判断一个人是否有素质，细节虽然可以作为说明，不吐痰不丢垃圾不骂人等等，这些能作为副证，但这些可能仅是一个人的基本素养，甚至是伪装。

而一个人真正的素质，要看他是否有勇气积极主动承担责任，是否有良好的学习习惯和是否具有良好的品质，这些都无法瞬间来做出判断。

并非所有人都是大灰狼，我们不能完全根据个人的喜好来对一个人做结论。

因为一旦陷入主观，就会暴露缺点与弱点，也就等于打开了一扇令人有机可乘的大门。

我们也不能因为踩到了钉子而认定人生路上遍布荆棘。

生活的锤炼意义在于，让你该坚强的地方变得强硬如铁，该软弱的地方仍旧柔软如绒，把不愉快的往事丢进垃圾箱，人渣是让我们用来鄙视与丢弃的历练项目，经过这种训练，我们才会更加懂得谨慎和更加学会判断。

旅行是件很好的事情，能让我们从一个封闭的圈子里走到远方透透气。

多感受一些生活的美好，少记忆那些糟糕的苦恼。

所谓的刻骨铭心，有时根本无须放在心上，我们只需懂得，风光的背后可能是肮脏，嚣张的背后可能历尽沧桑，微笑的背后可能藏有苦痛，幸福的代价可能是遍体鳞伤。

这就足够了。

希望乐乐能够像我给她起的这个化名“乐乐”一样，尽快忘掉这段经历，在旅行之后重新开始自己的生活。

伤花怒放，相信她以后仍旧会美如鲜花，开得更加灿烂。

控制与被控制的战争

你是一个爱换发型的人吗?

安露喜欢上了一个比她小十岁的男孩，这段感情前前后后消磨了她五年时光。一个年轻的女孩还有大把的时间可以对爱情进行试错，但是安露没有，她已年近四十，这是很多女性都深感危机的年龄。在五年之前，安露经历过一次失败的婚姻，克服了各种各样的困惑与磨难，直到遇到小男友，生活才算开始了新篇章。但是，小男友如今也长成了三十岁的男人，他们之间的路也走到了尽头。

这不是一篇狗血的大老婆小丈夫的言情故事，至少它会给我们带来一些启示。安露一直把分手的原因归咎在那些鸡零狗碎的琐事上，我听着她的絮絮叨叨，问她，你喜欢换发型吗?

喜欢啊。她毫不犹豫地回答。

她认为几乎所有女性都会喜欢尝试不同的新发型，遇到不顺心的事，换个发型等于换种心情，这很自然也很正常。

但实际上并非所有人都喜欢换发型，我认识的很多女孩，常年都保持着一种发型，不是她们不爱美，而是经过N次实践之后发觉只有这种发型最适合自己。或者说，她选择了最喜欢的。

一不开心就去剪头发，安露说，真的很有效，发型一变整个人都变了，看着镜子里焕然一新的自己，烦恼也随之而去，然后就重新开始了。

为什么呢？我问她，这是为什么呢？

安露与小男友也是在理发时认识的，小男友是个发型师，在小区底商的一家发廊打工。与那些着装和言谈举止略显夸张的发型师不大一样，小男友简单，寡言少语，酷酷的样子有些另类。他很厉害，眼光独到，总能迅速地捕捉到客人们自己都未曾发现的美丽瞬间，然后用剪刀将其定格。安露刚离婚时失魂落魄蓬头垢面，发疯一般想把过肩的长发剪成板寸，当时已不顾美丑只是想发泄一下，有种“破罐子破摔”的心理。但是小男友没有给她剪。他让她闭上眼睛静静休息，一个半小时后，在吹风机的轰鸣中安露悠然醒来，看到镜子中的自己，诧异不止，不是板寸也不是原来的直发，变成了蓬松的大弯，一头金色如洋娃娃般漂亮的梦露式鬈发。

“你脸小，皮肤白，可以试试这种有些夸张的发型，如果不满意我再给你剪掉。头发长那么长剪掉了太可惜，以后想留起来都不容易了。”

安露哪里受得了这样贴心的关怀，瞬间心被击破，望着镜子里崭新的美美的自己，泪水奏响了新序曲。

因为发廊就在小区楼下，进进出出朝夕可见，从一开始视线碰到互打招呼到心血来潮约出去吃饭再到情难自控确立了恋爱关系，两个并不怎么般配的人走到了一起。

遭遇到的反对都很典型。讥讽的人嘲笑：老牛吃嫩草，赶时髦玩姐弟恋，乡下孩子为进城投靠二婚女。理性的人分析：将来的日子很长，从生理到心理，女性老得快，到时男正当年，家庭不稳固。亲近的人反对：一无所有，靠不住，你选择他是在玩火；年龄相差太大，不合适，你选择他是傻瓜。

总之这是一段不被看好的恋与爱，缺少祝福的两个人，一路艰辛。

安露说，我时刻都处在矛盾里，但又倔强地走下去，我相信爱有天意，人能创造奇迹。

为此她举了很多例子，男女年龄相差很大但都很幸福的例子，名人明星的，生活中的，这样的事情不是什么新鲜个例。

为了生活在一起，他们搬了家，换了新环境，她把积蓄拿出来帮小男友开了一家发廊。小男友做了老板，有了自己的事业，她继续在公司上班。两个人相互依靠，互相鼓励，用事实向所有人证明自己的选择是正确的。

他们赢得了胜利，家人不再反对，朋友不再质疑。

然而，五年之后，还是走到了尽头，他出轨了。

她曾料想过很多次小男友会出轨，为此做过各种努力。她从不离开他的身边，除了上班之外，其余的时间全都守在家里，但凡有工作需要出差到外地的一概拒绝。她与他有共同的朋友圈，聚会类各种活动都会成双入对，不给“狐狸精”们留余地。她完全把握经济大权，每日发廊打烊后亲自盘点，给小男友的零用钱计划到买几包烟吃几次大餐，他没有任何私房钱。她照顾小男友的家人，从祖辈到小辈无一不打点得面面俱到，除了年龄比他大之外，作为老婆可谓无可挑剔。

她堪称完美，但他却让她防不胜防，就在她眼皮底下出轨了，跟对面餐厅的小服务员卿卿我我。

被她撞到，打了一场，她把小男友的脸抓花了。

然后跑到公园的桥底下，想死。

“我喜欢换发型，我家就是开发廊的，我能不喜欢吗？”安露说，“遇到不开心的事情，我就换个发型，让心情变好，每次换发型的时候，就想起当初我们是怎样在一起的，就会更加珍惜。但是，这跟我们今天走到这一步有关系吗？”

男人终究是不靠谱的，尤其是小男友，你对他再好他也不会领情，有一丁点儿诱惑就像狗一样跑出去了。

但是，人终究不是狗，我告诉安露，小男友出轨其实是故意的。

他完全可以把偷情这件事情做得更隐秘些，一个偷情的男人的智商大概不会低于爱因斯坦。他选择与你眼皮底下的服务员偷情，并且被你看到，他其实是故意的，他不仅仅是偷情，更是向你宣示，自己的掌控权。

安露是一个控制狂，但她并不自知。

人总会有无助感，面对一些不可控的人和事，在失控的时候茫然失措，陷入不安，无法接受自己的无能。这个时候，内心的渴望是找回控制感，而最简便和直接的方式就是控制自己的身体。换发型就是一种找回控制感的方式，因为头发是自己的，你让它长它就长着，你不让它长你可以剪掉它，很多人在失控的时候都会去剪头发，自己感觉是换个发型换种心情，实际则是在潜意识中通过决定头发的命运来达到情绪上的平衡，你看，我还能控制得了某种事情。

剪头发是一种暗示，了却三千烦恼丝，带着告别过去的象征意义，自我暗示要有一个新的开始。

同时也会是一种宣示，告诉别人，我的状态变了，我在控制自己，我对很多人和事都还能控制得了。

她喜欢换发型，不是什么恶习，只是自己心性的表露。

她是个需要控制别人的人，要通过这种控制来维系安全感，这让她与小男友的爱情和生活关系带上了太多附加功能。

她需要通过这段感情疗治前一段失败婚姻造成的心灵创伤，潜意识里是证明，我还有魅力，还能掌控局面，还可以找到更年轻的比你更好的。

她需要通过两个人的关系向环境证明，自己的绝对正确，力排众议的背后其实是受制于人。

因为那些负面的言论虽然在表面上成为笑话，事情完全跟他们预测的不一样，她与小男友不仅在一起了而且过得很好，但实际上这些负面言论还是起了作用，成为激发她去一意孤行的动力。

她需要完全掌控小男友的一切来抵抗任何变化，从经济到身体，完全占有，甚至情绪和思想，都认为理所应当为她所有，她用自己的完全付出来绑架原本不该被掌控的一切。

但她恰好忽略了，小男友尽管比她小十岁，但却是完全独立自主的人，男性有占有领地所属权的天性，哪怕是足够爱，也无法承受得了被控制。

这是一场控制与被控制的战争，安露必败。

小男友只要象征意义地出轨一下，她就被打得七零八散了。

你越想控制的，其实就是你越控制不了的。

你正在控制的，或许你也为其所控制。

每个人都有自己的可控范围和不可控范围，如果条件并不具备，不要轻易妄图去掌控那些不可掌控的要素，因为那样只会自讨苦吃。

聪明的人会懂得张弛有道的“侵略”，潜移默化的配合，循序渐进的培养，有舍有得的相处。

完美的爱情，不会受到民族、年龄、职业、地域等等的限制，但一定是相互妥协的结果。

别在自己还没能力打败猛兽的时候，唤醒对方心里的狮子。

原谅不是信任的延续

原谅容易，再信任却难。

有个小笑话是这样讲的，说某高校的门卫每天都会提出三个深奥的哲学命题：你是谁？你从哪里来？你到哪里去？

当你面对门卫的提问时，能够很自然地回答。而当这三个问题在深夜一个人思考的时候，却突然变得无解，因为那分别是人的自我定位、原始动机和人生目标。而这些都可能是动态变化的，随时随地都会有不同的答案。

面对门卫时，即是在限定的时间和场合里，给出明确答案，所谓就事论事。当时空不能限定，一切便成谜团。

而这还是面对自我的思考，如果是两个人的人际关系呢，那就是两个自我 N 次方的碰撞交集，情况千变万化，所以其实人与人之间的关系并非三言两语那么简单。

但也不会那么复杂，不必聊得那么深。

说说“原谅”这个话题。

我曾非常羡慕一对夫妻，他们在一起生活了十二年，一直相敬如宾，从来没发生过争吵之类的事情，堪为典范。老公阿天是某石油公司的投资顾问，工作能力出色，天南海北奔忙，计划是存够了钱移民海外，老婆是一家化妆品公司的品牌总监，名字暂且叫作卿卿，不仅人长得漂亮，而且特别会保养自己，当然也特别睿智。

在北京举办奥运会期间，他们来看跳水赛事，夫唱妇随，相亲相爱，让很多朋友都赞叹不已。有一天有个小女孩碰到了男友出轨的烦心事找我哭诉，我一时无解，就想起了他们两口子，于是带着小女孩找他们去玩。

小女孩看到他们夫妻和睦的样子，更是悲从中来，不仅是羡慕，几乎要嫉妒了。

在小女孩讲完自己的事情之后，卿卿微笑着，悄悄地说，明天晚上到宾馆里来找我，我跟你们分享一下自己的心得。

第二天晚上我和小女孩如约前往，宾馆里只有卿卿一个人，原来阿天去酒吧喝酒了，她是故意趁阿天不在的时候约我们来。难道是有些话不想被阿天听到?

卿卿没有化妆，素面朝天，不再光鲜亮丽，但很亲切很有气质。

她指着自己手腕上一道浅浅的疤痕说，这是刀划的，但不是自杀，而是惩罚，在我最痛苦的时候做的傻事。

痛苦？认识这么久，他们在我心中一直是神仙眷侣般的生活，竟然也有痛苦，甚至会痛苦到自残，这让我有些惊诧。小女孩更是瞪大了双眼，显得不知所措。

卿卿说，大家都是最好的朋友，小妹妹陷入痛苦无法自拔，那么今天我也愿意跟小妹妹讲讲自己的故事，希望能够带来思考，然后可以走出阴影。

卿卿和阿天在朋友的聚会上结识，两个人一见钟情，因为性格相近爱好相似，有着很多共同语言，所以很快就走到了一起。阿天向卿卿求婚的时候做了一个特别搞笑的设计，他约她到印度餐厅吃饭，她先到了他迟迟未到。她有些着急，就一直打电话但是他一直不接。正在生气的时候餐厅服务员来了，是个印度人模样，脸膛黝黑包着头巾，用生硬的汉语问了她三个问题：你是谁？你从哪里来？你到哪里去？

她被问得莫名其妙，正想发火，却发觉情形有些不对。

原来印度服务员是阿天装扮的，他抹了一脸的化妆专用油彩。没等卿卿回答，他抢先回答了这三个问题：你是我老婆，你从娘家来，到我们自己的家里去。

然后他掀开托盘，拿出戒指，跪在地上向她求婚。那一刻真是又搞笑又浪漫，每每想起都能令人回味。

他们的生活就这样开始了。从纸婚到锡婚，十年时光匆匆而过。

“我们的关系一直很好，不论是感情还是其他方面，都特别和谐，我也一直认为我们能像故事里的王子和公主那样，幸福快乐地过下去。”卿卿说，“但是，你们看着好，不代表我们就真的一帆风顺。三年前他出轨了。”

三年前正是阿天和卿卿七年之痒的阶段，大家都感觉激情归于平淡，除了生孩子之外再没什么可能的变化，感情有些疲软。碰巧卿卿出差阿天也出差，卿卿去南方阿天去北方，与卿卿同行的是做化妆品代理的一个帅哥，阿天陪同的是业务部的一位美女。

卿卿对帅哥没有兴趣，她喜欢的是自己的丈夫，深爱着并不帅气但很有能力的阿天，但阿天可是喜欢美女的。所以他和美女搞到一块儿去了。

等卿卿发现的时候，美女已经陷入这段婚外恋中不可自拔，每天都要打十几个电话给阿天，阿天不堪其扰，悔不当初。

留给卿卿的是一个烂摊子。阿天坦白自己有了婚外情，但只是一时冲动，现在知道错了，不想离婚，请求她的原谅，同时，那个小三一哭二闹三上吊，竟然跑到自家楼下堵阿天，还扬言要冲到阿天的工作单位去闹。

怎么办？卿卿一时心乱如麻，划伤自己就是那时候做的傻事。

因为她痛苦，她恨自己所托非人，没想到最信任的丈夫也会背叛她，而且是这样低级狗血的背叛，同时也恨阿天，就一句请求原谅把不堪的现实丢给了自己，那么多麻烦要怎么处理，小三不是省油的灯。

“那时候我就想起了阿天求婚时说的话，你是我老婆，你从娘家来，到我们自己的家里去。我哭得一塌糊涂，感觉天都要塌了。”

最后，卿卿还是选择了原谅。

原谅阿天出于三点考虑。第一，两个人有很多共同财产，离婚要分割财产很是麻烦；第二，两个人都马上进入中年，再去重新开始不太容易，毕竟两个人还有感情；第三，卿卿原谅的不是他的错，而是他的人。

“他是谁？他从哪里来？他到哪里去？”

卿卿清楚地知道，阿天不仅仅是她的丈夫，更属于他自己。作为一个正值青春年华婚姻又稍显乏味的男人，他根本抵抗不了来自美女的诱惑。在精虫上脑的那一刻，他根本忘了他是谁，他从哪里来到哪里去，只听从了动物欲求的本能。所以他说自己像个畜生那就是个畜生，他说自己后悔那真的是后悔。

事情既然已经发生，不论怎样处理，面对现实都是第一步。这个现实只有一种选择，就是接受。接受现实后有两种选择，要么一起去解决它，要么独自逃离。卿卿既然选择了原谅，剩下来还能有什么可犹豫的呢，解决问题呗。

好在卿卿也算是个善于公关的精英女性，对小女孩的心理了如指掌，在给予适当的补偿之后，成功地让阿天在小三心里的魅力指数降低为零，之后小三再也没来纠缠。

“你是怎么做的呢？”我和小女孩都很好奇。

卿卿诡异地笑了。

“我调查知道了小女孩有密集恐惧症，所以用了一个损招。把她和阿天的合影都 PS 了，所有阿天露肉的地方都 P 成了眼睛，眼睛里还涌着毛毛虫，密密麻麻的眼睛瞪着你。同时把阿天从小到大的很多照片都 PS 了，打包发她邮箱里去了。她收到照片后，估计留下了心理阴影，一看到阿天，一想到阿天，就浑身不自在，心里像猫抓一样难受。你想想看，一个自己本来很迷恋的大叔，有肌肤之亲的人，突然变得恶心是什么感觉，而且一想起他就会想起那些照片，抑制不住想起也就抑制不住恶心，这真是一种折磨。她唯一的选择就是忘记这个人这段往事。如果她不忘，那就是折磨她自己，我又没 P 她的照片，她这不是自找折磨吗。”

这真是一个损招啊，我和小女孩都惊呆了。

不过这很成功，让原本美好的东西一下子变得丑陋了，魅力荡然无存，她也就不再纠缠了。

之后要面对的是如何原谅的问题。

阿天是回来了，带着十二万分的歉意，小心翼翼地寻找从前的轨迹，擦掉出轨的痕迹，回归正常的生活。

但那怎么可能呢？

卿卿说：“碎了就是碎了，破镜重圆还会有裂痕，照出来的人都是变形的。”

“那怎么办？你还会觉得幸福吗？你快乐吗？”小女孩问。

人最大的本事就是能够“灾后重建”，镜子不是碎了吗，你不用它来照人，碎片你装饰墙壁，做成手工艺，做成万花筒——只要你肯用心，你一定可以变废为宝。

卿卿在比喻她和阿天的关系。

“之前，我们的定位是夫妻，有一种从属关系，现在，我们的定位是朋友，可以上床的朋友。

“是的，我还爱着他，如果不爱便不会在一起，但这种爱已经完全不一样了。

“正好也是一个人的人生转折点，我以前是个小女孩，现在是个成熟的女人，我的成熟并非因为受到了磨难和坎坷，只是到了这个年龄，走到了人生的另一个阶段。谈情说爱固然美好，但没有人可以谈一辈子，爱情不是饭，也不是水和空气，只是我们生命里的光，需要光的时候有光就行了，不需要光的时候，干吗老晒在太阳底下？

“原谅不是信任的延续，我仍旧会信任他，但信任已经换了角度，有了调整，之前那种对伴侣托付身心的信任没有了，始终我还是要面对‘我是谁’这个问题的，而不是永远把自己定在‘我是他老婆’的位置上去生活。

“我相信他是个好人，经过外遇之后的回归，会对家庭更负责任，对我更加珍惜与疼爱，但是我需要的爱已经不再是他的赐予，我要好好爱我自己。

“成为朋友之后，我们的生活反而变得轻松了许多，不会再为一些鸡毛蒜皮的小事儿而争吵。接下来，我们这对朋友就快变成亲人了。”

但是忠贞呢？爱情没有了忠贞，那还算是爱情吗？

卿卿又笑了。

“忠诚和坚贞？忠诚肯定要建立在诚实的基础之上，诚实就是要面对真实的自我，诚实有时候并不是美好的，因为真实的自我很可能并不高尚也不伟大，甚至是丑陋的，你保证不了自己美好，他也保证不了他是美好的，你确定你要诚实，确定你要守住那份诚实？我们为什么一定要逼着人去面对很可能不美好的一面，然后去苛求这种赤裸裸的捆绑与守护呢？

“‘志愿者’的意志是无坚不摧的，也就是一句话，我愿意。

“只要是我愿意，他愿意，我们在一起就在一起，这就是忠贞，而不是刻意的什么要求与评判标准。

“我并不是不再介意他出轨，只是我了解他，不会。我仍旧信任他。

“之前的信任，是基于对他的期望。

“原谅后的信任，是基于对他的了解。

“一个女孩如果不是有着这样深刻的认识，那肯定会摔到自己挖的坑里，咬着那个人一定百分百守护我这个傻傻的‘真理’，把一辈子交给一个全是未知数的人。”

有时候他也需要你的守护，而不是要求和单方面地索取，因为在生活里，我们大多数时候都不知道自己是谁，我们来自哪里，又将去向何方。

学会给人机会

乐唯就要离开北京了，当她拖着重重的行李箱来到北京西客站的广场时，望着满眼像蚂蚁般忙碌的人群，泪水迅速漫过眼帘。她的行李箱又大又重，里面装着自己的全部家当，五年时光变化的只是当时的背包换成了行李箱，年龄增长了五岁。她的眼泪大多因为，竟然没人送她。

没有朋友，这是她认为自己在这五年中最大的失败之处。

不甘心的她决定在火车出发前两小时的空隙里一定要找个朋友聊一下，打了十几通电话之后，找到了我。

我们在车站休息厅选了一间稍微安静一点儿的包厢里坐下，她开门见山的一句话是，你有没有把我当作朋友？

朋友……在百度百科的释义里，朋友“是指在特定条件下由双方都认可的认知模式联系在一起的不分年龄、性别、地域、种族、社会角色和宗教信仰的相互尊重、相互分享美好事物、可以在对方需要的时候自觉给予力所能及的帮助的人及其持久的关系”。而运用在生活里，大家对朋友关系的理解千差万别，朋友也从刎颈之交到酒肉朋友之间形形色色不一而同，那么，从某种意义上讲我们算是朋友，至少能够在临别之前应邀前来相送，但同时我们也算不上是朋友，因为这不是双方都认可与认知的关系，至少我并不知道该如何跟她交朋友。

而这又不是我的原因，我相信很多人跟我一样，都曾尝试着跟她做朋友，她却在无形中把这些人全都踢飞了。

她并不知道自己的性格多么有杀伤力，那是一种别人把心捧出来又塞回去的遗憾。

乐唯出生在农村，父母个性都很耿直，从小对她照顾有加，但家庭文化却相对保守，并没有人教她怎样与人相处。

读书时乐唯有几个要好的伙伴，大家一起学习玩耍，那是无忧无虑的小时候，不用考虑以前如何以后怎样，随心所欲自由自在，但这段美好的时光是短暂和不可再来的。

毕业后乐唯先在家乡工作，然后求职到了北京，才算真正接触社会。

面对陌生的城市陌生的人群，乐唯一时茫然，寂寞有时仅仅是种自我保护的距离，她小心翼翼地保护着自己，在不大的工作圈里只有同事没有朋友，只把工作顺利完成，并不想与大家走得太近。

好在大城市就是有这样的好处，三五成群的人可以逍遥自在，独来独往的人也能特立独行，各种存在都是合理的，人们只需能消化自己的生活就可以了。

可是她并不开心，一个人的日子终究是清冷无聊的，她其实很渴望有几个好朋友、知己，或者是有人聊聊天也好。

乐唯并不是个自我封闭的人，相反很多时候她也比较积极主动，但问题仍旧出现，她始终走不到别人心里。

比如大家一起到同事家里聚餐，她提前会考虑很多，要不要带礼物，不带的话太过失礼，第一次到别人家做客还是客气些好。带礼物要带什么才好？主人经常熬夜加班，一定需要补充维生素，水果不错，她自己也爱吃水果，于是提着一篮子水果上门。但是主人碰巧并不喜欢吃水果，把她的水果篮子随手放在鞋架子上就招呼别的客人去了，为此她心里难过了好一阵子。

她是一个自尊心很强的女孩，自尊心胜于一切。

她觉得主人对自己有些不尊重，但没那么严重，只要自己心意尽到就好，不要在意那些细节吧。

然后是换鞋的问题，她不想换拖鞋，因为她有略微的脚气，虽然来之前已经洗过很多次脚还喷了香水换了新袜子，但还是觉得会有不妥。另外还有个原因是，她不喜欢穿拖鞋的感觉，有些不安全的感觉。但是大家都换了拖鞋，还有赤脚踩在地毯上的，如同进了自己家一样看电视的看电视，开冰箱的开冰箱。她套了鞋套坐在沙发上一动不动。

她不知道自己要做什么，不知道主人会避讳什么，不想碰触到主人不喜欢别人碰的东西。

大家进门后都脱掉了厚重的羽绒服，因为房间里有暖气很热，她却迟迟没有脱衣服，她怕冷，虽然主人一再说房间里不冷，穿着一件薄薄的睡衣还会出汗，她却坚持穿着羽绒服。

她心里在想，我羽绒服容易掉毛，万一落一些羽毛在地毯上就不好了，还是不要动的比较好。

于是这顿饭吃得就比较尴尬，她始终没能融入大家热烈的氛围里，别人汗流浃背兴高采烈地吃着火锅，她只夹了些青菜，她认为青菜更能补充维生素，那些肉类不健康。

看电视的时候她想看《新闻联播》，她喜欢看那些新闻，但大家对这些新闻不感冒。大家喜欢看文艺的电影，里面充斥着大量的裸露肉体的镜头，她看得面红耳赤，认为那些演员毫不知耻。

夜深了大家要走了，主人说她一个单身女孩行动不便，要开车送她，她认为这么晚了让人跑一趟太麻烦，她不喜欢给人添麻烦，坚持着自己打车走了。

她觉得自己特别善解人意，能够替别人着想，但不知道为什么，大家后来都疏远了她，甚至有时候聚会活动也不叫她参与了。

一个不懂事的女孩总会有着丰富的心理活动，但这种思维常常是以自己为中心的，用自己的价值、审美、道德观来评判周边的一切人和事，用好和不好来区分世界，而这份不成熟并不讨人喜欢。

主人之所以邀请大家到家里做客，那一定会提前做好安排，是有所计划的。那么，他一定会把自己不愿意被别人碰触的东西收藏好，避免造成尴尬。因此乐唯的担心纯属多余。

不能迅速融入环境，带着警惕的感觉会令主人很不舒服，因为家里相对是个比较安全的地方，自由的地方，她不脱鞋子和衣服虽然有自己的理由，但无形中却表现出来了对环境的不信任与防备，这让大家觉得这个小女孩太难让人接近。

大家会想，她是不是有不得已的苦衷，或者是并不情愿与大家相处，那么又何必强求。

晚饭后主人送行，并非是客气与出于礼貌，原因很简单，主人是单位的领导，对下属体恤与疼爱虽然有些例行公事的因素在其中，但这是在家里而非工作场合，一个中年人不会对一个年轻人太过礼貌与客气，因为大家的身份是不对等的，这里是中国不是日本，多余的礼貌稍显做作。主人有车，夜晚行车方便，送人来回也不用半个小时，但她却偏偏不给这个机会，坚持要自己打车回去，这样一种礼貌的拒绝让主人从此认为，这个女孩对自己不信任。

面对一个不信任自己的人，还怎么去交朋友呢?

工作圈子之外，乐唯也会参加网友聚会、兴趣爱好小组的活动之类。

有一个风趣的大哥是在读书会上结识的，对她很是热情，邀请她去喝咖啡看电影。但是乐唯并不喜欢喝咖啡，相反她喜欢喝茶。

她喜欢泡一壶老黑茶慢慢看着茶水褪色，端着杯子坐在古雅的茶室里听听音乐，在她心里西餐太过粗糙，喝咖啡睡不着觉，所以她坚持一定要去喝茶。大哥欣欣然跟她一起喝了一壶茶。

看电影时，乐唯喜欢看搞笑片，乐得前仰后合，动人之处眼泪横流，但大哥根本就不以为然，大哥毕竟看过太多世事沧桑，太过幼稚的剧情牵不动他的心弦。

约会之后，大哥要送她，她仍旧不肯，因为天冷路黑，大哥毕竟年龄大些，家又离得远，送完人回去已经没有地铁了。大哥说没关系，可以找个地方睡一下。碰巧乐唯感冒稍有不适，出租屋环境也很糟糕她说自己也不想回去，大哥说那就找家宾馆开个房间?

乐唯没有想到自己的话会给大哥造成错误的暗示，等真到宾馆门口时她才恍然想起，开房间接下来说不定会发生什么事情，这可不妙。

于是她义正词严地拒绝了大哥的邀请，坚持要回家。大哥无奈，解释说我把房间开了你去休息，我回家，没关系的。

就这样她仍旧是“不给面子”，坚持回了出租屋。

大哥再也没有约过她。

我很奇怪，问她，你不是缺朋友吗，为什么总是在拒绝，不给任何人机会？

她也很奇怪，回答说，没有啊，我给了别人很多机会，但是，不知道为什么大家都不珍惜我。

我只好苦笑了。

她并不知道其实她已经把自己包裹了起来，包裹得严严实实。

在别人想与她交朋友的时候，她反而用过分客气的方式来相处，你一旦客气起来，别人自然退后一步，因为每个人都很聪明，都会觉得你是在如官方发言一般克制，所以又何必与你掏心挖肺。

在别人制造机会的时候，她总会不解风情，无形中把机会给灭掉，让别人无法再进一步。大哥是她心仪的对象，但是跟她兴趣爱好都不相同，也就可能没有太多的共同语言，那么还坚持在一起，肯定是心有所求，男女关系其实也就是这么点儿事情，哪怕他心里就惦记着跟你上床，男未婚女未嫁，也属正常需求，你没有感觉就不接受，但不能决绝到连好意一起都拒绝掉。

毕竟大哥说了，他自己走，房间留给她好好休息。

她心里却觉得，这要花钱，浪费，大哥的钱来得也不容易何必多此一举呢。

人生有很多事情都是没必要的多此一举，这些举动有可能是向人示好，表达尊敬与喜爱，吐露诚意，寻找共鸣。

有的人已经向你敞开了心扉，把自己最好的呈现给你，你可以不接受别人的好意，但不能过于曲解别人的诉求，尤其是，还自认为是善解人意的成全。

一个人如果自找麻烦地帮助你，那一定是想跟你交朋友，你却把这当作是对你客气，这样不识趣的人，又怎么能够交到朋友呢？

所以五年下来，她走时只能自己拖着行李箱孤独前行，可能也有人想去送她，但一想到她又会满口说着感谢，一心想着怎么回报，就算了。

当别人对你说不要客气的时候，你可以不必客气，因为并非所有人都在用外交辞令在为人处世，尤其是你还不至于令别人有足够客套的理由时。

我想，乐唯的问题最终仍旧是自尊心的问题，她脆弱敏感又过于好强，生怕别人看不起，因此会在各个细节上做足功夫，因为过于细致，导致形成了一个厚厚的壳，让人无法破壁。

她总想在人们面前是美美的，好好的，懂事的，坚强的，这样的人就像保护罩中的花朵，蜜蜂蝴蝶也望之无奈，得有怎样的运气才能碰到一个识得香气的人呢？

与人相处，要学会给人机会，给别人机会其实就是给自己机会，密不透风的维系自我有时候是非常蠢笨的做法，因为这个世界很大，人很多，自我虽然非常重要，但更重要的是人如何通过相处实现自我和帮助别人实现自我。

乐唯仍旧不懂这个道理，她坚持自己的性格。

我相信她会找到朋友，交友并无所谓成功的经验，说不定碰巧有人就喜欢跟她对着客气，配合着客套，而心里又认为彼此都是最亲密的人呢？

但她不会是我的朋友，我确实受不了自己把家门打开迎接亲人般的热情却遭遇外交辞令般的礼貌回应，虽然并无恶意，但端着装的感觉，让人心灰意冷。

杀死他的前女友

十六岁的安琪有一位十七岁的男友，这段隐瞒着家长老师的地下恋情一直生涩而美好，因为压抑反而越发葱茏，有着顽强的生命力。但是最近他们分手了，原因是安琪根本无法接受她的男友会偷空去给他的前女友补习。

无独有偶，二十四岁的莉莉此刻正骑行在北京寒冷的街头，她心乱如麻，浑身发抖，根本不在意身旁的车来车往，恨不得一下子冲到哪辆大货车的轮子底下去才好。原因很简单，她男朋友仍旧与前女友保持着联系，昨天晚上竟然通话半个小时。

而三十六岁的阿娟最担心的是自己的丈夫去参加同学会，虽然同学情谊是人生最宝贵的人际关系之一，偶尔的聚会能够增进交流和抚慰心灵，但难免会在同学会上与前女友相遇，旧情复燃也未可知，总之见了面就是不好。

几乎每个女人都有一个宿敌，叫作他的前女友。

“杀死他的前女友”，话虽恶毒但不无此心，最好有一种心灵的硫酸，能够把大脑中的记忆腐蚀除去不留半点痕迹，让前女友这种神一样的存在完全消失。

因为爱情永远那样自私与狭隘，独自享有才觉可贵，排他性几乎成为爱情的唯一属性。

可是，即便能厮守终生相伴到老，你也无法保证他的心里装不进别人，这个别人最显而易见的就是前女友，因为她毋庸置疑地曾经占有过如今属于自己的他。

这成了几乎所有女性的苦恼与哀伤，成了不得不面对的难题。

在一个婚纱影楼举办的庆典活动上，被邀请来做嘉宾的有十几对金婚夫妇，他们白发苍苍相扶相携，幸福的样子羡煞旁人。年轻的女司仪忍不住采访其中一对看起来相当和谐的老夫妇，问，你们在一起五十年不离不弃的秘诀是什么？

老先生沉默不语，老太太笑了，回答说，没有什么，只是过日子呗，如果一定说有秘诀的话，那就是一个字，忍。

五十年中会发生什么，经历什么，承受什么和付出与得到什么，这些根本无法一语道明，但毫无疑问，两个人坚持在一起，一定是要忍的。

互相容忍也好，单方面全方位地包容和忍受也罢，针尖对麦芒的冲突只会加速决裂，各执己见的倔强只会让事情越来越糟，达成交流的前提一定是能够心平气和处事，达成一致的原因一定是放弃差异。

退一步海阔天空，无论在事业还是情感生活里都很重要，人际关系就是利益的战争，这些利益有时候不仅仅是金钱和财产，还有个人的信仰、名誉、感受和情绪。

忍，意味着妥协，每个人都有自己的原则，在原则能够接受的范围内忍一时风平浪静，忍一世云淡风轻。五十年的风雨，可能唯一的原则已经变成了没有原则，当你全部能够接受了，别说金婚，什么婚都可以实现，就看大家能一起活多久了。

而忍受其实又是相互的，你觉得自己忍无可忍了，可能他也正在忍受你的各种不是。在爱情中没有完全绝对的正确和错误，粗略到在哪里安家做什么样的分工，细致到示爱的方式对情感的处理，不会百分之百完全满意。有不满意之处出现，宽容时我们用理解宽谅包容等词汇描述这种迁就，计较时就是一句惯着他或她，你不惯着，你就失去。

道理就是这样简单。

然而，大多数女性都无法忍受前女友，眼中钉肉中刺一般地仇视着这一段发生在自己之前的故事，生怕它没有死绝，稍待时机便重新萌芽。

又一位因为前女友而闹得天翻地覆的朋友来哭诉，他们不仅通电话还见了面，前女友遭遇到工作上的不顺利寻求安慰，男友得令屁颠屁颠就过去了。她说，我平生最憎恨的就是三件事，副乳，前女友，干妹妹。男人为什么都这样，他难道就不想想我的感受吗？

作为男人的我其实有些心虚，我知道那种感受，做好人的一种诱惑，被需要的虚荣，难以自抑的成就感，别说是前女友干妹妹，哪怕是个路人可怜巴巴求助，都有可能头脑发热然后在所不辞。

人的情感复杂而微妙，有时候人自己也说不清楚到底是为什么，是什么样的动机和心理驱使自己去做一些自认为无关紧要的接触，这可能是心灵的空虚，感情的枝蔓总会乘虚而入生长在无人抵达的地方，填充那些碎得像渣一样的光阴。

别说是你的男友，就算是你丈夫或你爹，他去做什么不违法的事情，你情我愿的事情，你都无权干涉，你想用道德约束他，他可能还认为助人为乐是美德，见死不救是缺德。这是没办法的事情。

我说你别哭了，要么你就接受，跟他一起去面对这件事情，看看那个前女友是否真的需要什么帮助，你可以跟他一起去帮助她，请佛容易送佛难，你男友把麻烦惹来了自己可能处理不好，你帮忙处理不仅证明了你的存在和价值，也会让男友明白谁是自己最该珍惜的人。要么你就不接受，你受不了就分手，你不能成天揣着“杀死他的前女友”这种消极而恐怖的想法活着。

然而她没有，她处理的方法就是吵架，怒其不争，斥责，用道德大棒打得他颜面无存。曾有句话说“愿意留下来跟你争吵的人，才是真正爱你的人”，起初他仍旧是爱她的，据理力争，想方设法去讨她的欢心，但前女友又来诉苦，他又忍不住去充当天使。最终他们还是分手了。

不计较，不争吵，不忧虑，因为属于我们的时光只会越来越少，我们谁也无法预料哪次说再见就是永别，该珍惜的时候要学会珍惜。

然而，不计较是多少人一辈子也做不到的事情，人生由时间组成，时间由事情呈现，不论时光长短，每时每刻都发生着各种各样的大事儿小事儿，这些事情说不准有哪一件会触及你的底线，你受不受得了？

所以那位金婚的老太太一语道破的玄机，其实包含着多少无奈与痛苦，人在得到的同时一定是在付出，如不付出全部的自己，亦不会获取完整的爱情。

所谓的爱情，麻醉一时清醒一世，前女友是永远也杀不完的，你只能去打乒乓球。

当你爱上乒乓球这种运动之后，也就彻底快乐了。

所有的简单都不简单

几乎每个人都有开一家咖啡馆的梦想，但我认识的朋友里面，真正经营着咖啡馆的人数却是零。

这些朋友大多数都曾对我说想开一家咖啡馆，曾有四个人真的去开了咖啡馆，开到最后结局一定是关门大吉。

即便那些没说过想开咖啡馆的人，也提到过要开茶馆，或一家客栈，或什么酒吧什么店之类的。

因为在大家的心里，经营着一个自己喜欢的小小的店，既解决生计问题又满足兴趣爱好，还能实现自己的一些审美情调，形成和睦的交际圈，这简直太美好。

而这个看似简单美好的想法想要实现却非常复杂，甚至复杂到你倾其所有却不可得，一番付出后与初衷已相去千里。

第一个去开咖啡馆的女孩是个颇懂经营的80后，大学期间我们就认识，还曾合租一处，她终日里买水果给我吃，一边啃着桃子或苹果一边跟我聊她的梦想。因为父亲早逝，她与母亲相依为命，读书的时光里她除了学习之外也经常在外面练摊儿，除了摆摊儿卖小饰品之外别的什么发传单送快递之类但凡能有些收入的零活她都愿意去做，这样一来不仅她自己的日子过得不错甚至还能贴补家用。而她也厌倦了打零工的感觉，一直想着能开家咖啡馆把妈妈接过来，她可以跑业务拉客户，妈妈则守着小店，母女二人一起奋斗，虽然辛苦却也幸福。

毕业之后她竟然真的开起了咖啡馆，在长沙湘江边上一座旧楼的二楼，临江有窗，视野开阔，条件还不错。但是开了不到半年就经营不下去了。她说，我根本受不了等待的感觉。

是啊，要等待。咖啡馆的门一开，无论有没有客人你都要守在那里，一个年轻的二十岁出头的女孩，得多么沉静才能每天望着江水自得其乐呢？即便是你能静得下来，沉浸在咖啡的调配、点心的制作、氛围的营造、广告的设计里面，而这些可能并不讨好客人，你等时间但时间不会等你，有限的资金撑不到半年就告急了，咖啡馆成了她一个破碎的梦。

第二个开了咖啡馆的女性朋友属于浪漫文艺型的人，原本在一家还算有名气的公关公司做项目总监，裸辞后矢志实现梦想，开一家公关主题咖啡厅。

也就是玩圈子的想法，在公关圈子里不少白领都需开会，没完没了地讨论方案撰写文案，总需要一个场所吧？她就提供一个这样的场所，利用自己广阔的人脉发展会员，大家像一家人一样DIY，自己动手做咖啡，一边喝着一边聊着，让工作变得充满情调。

北京是个神奇的地方，什么都缺就是不缺人，物以类聚人以群分，这些人群只要认准了一个地方就会常来，客源应该没问题。她这样想着，着手开始实现自己的梦想。

在地铁站旁一个位置稍微不错的地方她真的开起了自己的咖啡馆，一切都按照她的想法呈现出来，个性化的装修，颇具创意的特色咖啡，留言板心愿卡等等很多人性化的充满趣味的小设计，各类节日假日主题活动的营销……然而，她仍旧没能经营下去。

她可能具备很多可以开咖啡馆的条件，有资金，懂咖啡，有人脉，会经营，但偏偏折在“公关主题”上了。

做公关的人都是什么样的人呢？

他们思维活跃，时间匆忙，每天都在应对着各种各样的工作任务，与形形色色的客户打交道。他们需要不断更新自己的想法，需要每天高速运转大脑，需要持续刺激自己的神经获得新的创意或思路。他们喝咖啡也喝酒，他们坐下来开会但更多的时候是走出去应酬。

北京太大了，大到去哪里都不方便，即便关系再好的朋友，也未必有时间常来坐坐。即便有时间，也可能累得只想睡一觉，咖啡馆虽好虽有家的感觉毕竟不是自己的狗窝。

生活不是电视剧，你拍咖啡馆的故事，那些故事就都会发生在咖啡馆里了。

实际上更多的时间，咖啡馆里的客人都是随机的，在客人最方便到达的地点，用最快速的方式交流完自己想交流的信息，然后买单走人。更多的人休闲的方式只是打麻将，还有人是窝在一个角落里刷手机。至于到底是坐在哪里并不重要，是谁的咖啡馆是什么主题也不重要，重要的是，我想来的时候来了，想走的时候走了，并不想成为你的主题下的一道风景，我是消费者不是广告代言人。

因此，她的客人越来越少，大家也说不清楚为何要来喝咖啡，她自己也深感回天无术。

虽然她曾执行过很多很漂亮的公关案子，与团队配合为很多企业提供了很好的解决方案，但终究是解决不了自己的咖啡馆问题。

真的没那么简单，做老板就是做老板，所有的七情六欲都要变成苦心经营的生意，她是个带着浪漫气息的文艺女性，性情上来了全场免费，只图开心就好，但这份开心不知不觉就消耗掉了投资，于是咖啡馆也就关了。

第三个和第四个开咖啡馆的朋友与上面说的情况大致类似，也是做主题，玩圈子，过于理想化的经营思路，在现实面前节节败退。

大家想到的只是简单的呈现，但所有的简单其实都不简单。

在商场如战场的竞争社会里，根本容不得一丁点儿的感性，所有基于感性的经营思路都将因情绪的变化而四处碰壁，一个安安静静的小店背后消磨的不仅仅是时光，还有你的热情、梦想、快乐与金钱，虽然每个人都可以为自己的感觉买单，但他没有义务为你的感觉买单。

找到同感的路何其艰难，很多人走在路上未达目的地就死了。

就如我们去羡慕别人简单平淡却又充实快乐的生活一样，在他简单的背后，会有极其深厚稳固的根基来制约平衡，否则他怎么能从容起来呢。

事有例外，在成都的一位朋友也是同样的想法，开了一间小小的酒吧，经营数年仍旧存在，不管他赚没赚到钱，我们权且当作是成功的案例吧。

他主打的是网友聚会主题，依托某个大型网络论坛作为背景，板块上活跃的人群经常去酒吧坐坐搞线下活动，虽然大家只是吃吃喝喝打情骂俏，但客人总是络绎不绝。

成功的原因也很简单。首先是成都本身不算是特别大的城市，并且具有良好的消费氛围，人在其中都默认了这样的生活方式，夜生活丰富多彩，自然有人歌舞升平有人喝茶饮酒。另外这间酒吧不大，经营成本不高，人来得稍微多些就显得拥挤热闹，氛围也就出来了。再有就是老板本人，真诚可爱随时流露，奸诈狡猾也为人所知，脸皮厚得起来，情义重得下去，虽然只是小小的酒吧老板，也快修炼成“不以物喜不以己悲”的大家了。

没有这样的心理素质，怎么可能耐得住寂寞，受得了委屈，伸手要得到钱，遇到无赖拉得下脸面呢。

只是经营简简单单的一间小酒吧，估计会用去他大半生的时光了。

我们总会对那些简单的美好心生向往，看着别人那样轻松自在而认为自己也可以做到，却忽略了那些轻松自在可能另有其因，什么样的生活需要什么样的条件，什么样的感情需要什么样的人。

所有的简单都不简单，平静如镜的湖面可能刚刚经受过一阵暴风雨，路边的小小花朵可能在砾石缝隙中扎根，一杯清澈透明的白开水可能需要在火苗上千翻万滚，一个无欲无求的人可能是在千帆过尽后才变得大彻大悟。

如果一个人心生退隐之心，那么他可能已经在江湖上久历风雨。

你还没闯荡过江湖呢，哪儿来的金盆洗手，那不成笑话了吗。

所以我们的生活其实无所谓简单还是复杂，只存在怎样去面对和安排的问题。

找到最适合的状态，在每一个阶段里都能感受到快乐，比徒劳去想过什么样的日子重要得多，因为之后你过什么样的日子其实取决于你现在的每一分努力。

世间一切都由条件达成，条件具备了，可能你想不简单都不行了。

可怕的关怀

我的朋友陈晨是家里最小的孩子，虽然她有三个哥姐，但父母对她的疼爱还是最多，呵护备至。

她大学毕业后执念一般一定要离开家乡到大城市里工作，实际上她的工作在家乡已经被安排妥当，不仅环境好薪酬高而且相当体面——在电视台做新闻主播，这对很多人来说都会羡慕不已的。

所以大家认为她是心太野，眼光太高，也有人佩服她的选择，认为她是一个勇敢追求自己梦想的人。

我也这样认为，刚认识她的时候我们一起去丽江采风，骑着马爬行在玉龙雪山上，她放声歌唱，快乐得像一只小鸟，这完全是一个平凡人插上梦想翅膀之后变成神仙的状态。

而她却否认了我的看法，她说，我根本就没什么梦想，只是在过自己的日子。

没有梦想，那你离家那么远，天南地北地跟着我们游历，朝不保夕，这又是图什么呢?

她只说了四个字：远离父母。

她的话让我很吃惊，也就是说她并非没有梦想，而是她的梦想是自由。

为何远离父母，一定是父母使得她不自由，这种约束变成了桎梏，时间长了痛苦不堪，迫使人不得不逃离。但那些约束满满的都是爱啊，难不成真要等到“树欲静而风不止，子欲养而亲不待”的时候，才会懂得珍惜？

但又并非如此，事实上她的父母没有怎么约束她，除了安排好工作和买了房子之外，对她的作息、交际、爱好等并不怎么干涉。

即便如此，她还是要远离，她受不了的其实仅仅是，唠叨。

“他们无时无刻不在担心我，虽然什么都不管，但因为离得很近，他们会有事儿没事儿出现，早晨敲门送早餐，晚上跑来送夜宵，感冒了就更是大事儿，把你的所有东西都清洗一遍消消毒，一天会打无数次电话提醒你吃药。

“我如果出门，他们即使不打电话也会发信息叮嘱，开车慢点儿，不要喝酒，别睡太晚。我交朋友他们表面上不管，但会花很大心思去调查人家的背景，恨不得把他们的族谱都翻出来查清楚，至于在哪里上班住在哪里，邻居都什么人，上下班路线是怎样的，等等全都要弄清楚，时间长了都没人敢跟我交朋友了。而他们做这些的时候既理直气壮又悄无声息，不管对方是不是他们认为的可靠的人，他们都不予评价，但就是要知道，因为他们认为，父母有知情权。

“我妈特别担心我，天冷了穿没穿够衣服，天热了会不会中暑，穿高跟鞋会不会扭到脚，如果她知道我现在在骑马爬雪山，她恐怕会一夜睡不着，时刻担心我会不会摔倒，会不会跌到山谷里面去，会不会被导游骗钱，会不会被人欺负……我知道她是关怀我，但真的太可怕了，我一想到她就会心乱如麻，所以毕业后死也要离开家，离得越远越好。”

我听得满头都是黑线，这真是可怕的关怀。

她说父母并不干涉她的生活，但实际上这已经不仅仅是干涉，甚至变成骚扰了。

很多父母都过分地担心子女的方方面面，读书时的课业如何，有没有被同学欺负，长大后工作怎样，辛苦不辛苦，能不能赚到钱。之后就是担心婚姻、健康、子女的子女……事无巨细，无处不在，在他们的心里，孩子都是永远也长不大的，他们不懂事，不会照顾自己，经常吃亏上当吃苦受难，他们根本没能力去面对任何困境和难题，承受不了生活的风雨。这种担心变成了习惯，这种习惯形成了强迫症，他们会因此找到存在价值，觉得自己有用，如果遭遇拒绝就会无比失落，伤心甚至绝望，认为子女不领情，同时更加认为“这孩子还小真的还不懂事”。

他们把子女养成了巨婴，死不撒手，还义正词严。

这种可怕的关怀我也会受不了，难怪陈晨要逃似的远远地离开家乡。

我的另外一位朋友张雪也与陈晨有相似的遭遇，她母亲的关怀表现为通电话。

这位酷爱通电话的老太太每天固定都要打三通电话，早晨一次，中午一次，晚上一次，不固定的通话则完全随机。

她煲电话粥的本事极强，芝麻绿豆的小事或惊天动地的新闻都会成为通话内容，邻居家母猪上树墙倒屋塌，自己家的小狗撒尿母鸡下蛋，闲话长说，密切交流。

如果不顺心，她会在电话里哭，一哭就一个小时，张雪都会称她母亲是个“磨人的老妖精”。

她的母亲主题思想也是“担心”，就是不放心，看不到你一切都不放心，时刻惦记着，怕这怕那，嘘寒问暖。

“担心就像是一种诅咒，”张雪说，“有段时间她担心什么就发生什么，她早晨打电话说今天下雪天冷注意别感冒我下午就感冒，她刚打电话过来说坐地铁的时候人多小心扒手，我下了地铁就把钱包丢了。”

据说一个人太爱念叨，就会把自己的好运气都念叨没了。一个经常发牢骚的人，生活会变得越来越糟糕，一个总觉得生活不如意的悲观的人，太阳都不愿意为他升起。

但对于这样的老人，我们又能怎么办呢?

疼爱是种天性，但过分的疼爱会阉割掉子女的天性，让他们变得无所适从。

如果把担心变成祝福，可能生活会变得不一样。

当儿女已经长大成人之后，他的人生他自己会去负责，因为纵使你是母亲，也不能替他活一天，一分钟一秒钟都不能。他自己的人生里的快乐悲伤，幸福和不幸，都应当由他自己来承受，这是一种尊重。

子女尊重父母，并不代表一切服从，服从本身就带着强烈的从属性质，是一个人把另一个人当作私有财物的处理方法，而人永远都不会是财物，他是独立的个体，是不应依附任何人而存在的生命。

担心是一种负面能量的心理暗示，祝福则是正面的精神鼓励，与其时刻都在向自己的所爱之人施压，不如给他足够的自由空间，让他能够拥有自主的体验人生的快乐。

陈晨让我感悟到的是另一个道理，有时候，自由比梦想重要。

还有什么比自由更美的梦想吗？

任性的本钱

午夜时分接到一个电话，打电话的是一位通过定位交友软件结识的朋友，今年才二十二岁，刚刚毕业，北漂。

与很多懵懂的年轻人一样，他满怀对大城市的憧憬只身来此，应聘在一个艺术团里做歌唱演员。他本身是学医的，唱歌属于业余爱好，艺术团接纳了他，主要原因是他年轻，刚出学校，与学生们有更多的共同语言，方便交流，这个艺术团主要是面向各个学校进行慰问演出的。

但艺术团的效益不怎么好，演出不多，每场下来演职人员分得的演出费只够食宿支出，根本谈不上存钱。

而他从小在父母与姐姐的呵护下长大，没有吃过什么苦头，身上没钱就缺少安全感，因此在艺术团的工作也只当是涉世之初的过渡。对于未来，清晰时他希望能够在音乐的道路上有所发展，不清晰时则希望能够找到一份收入高些的工作，就这样时间过去了大半年。

因为艺术团距我的住处较近，我们通过定位搜索在手机聊天软件上发现对方，我向来羡慕会唱歌的人，于是欣然邀请他来参加朋友的聚会，大家在卡拉 OK 上各显神通，玩得很开心。

之后的一段时间里，大家相互走动得比较频繁，他会到我家里吃饭，我会送些小礼物给他。因为有过类似漂泊的经历，我对只身在外打拼的年轻朋友总会多些关怀，希望他们尽快稳定下来，有更好的发展。

他辞职的计划一直在心里酝酿，到了年底最后一场演出结束后他决定离开这个日落西山的艺术团，之后与我们合租个小房间，一边自学一边找下一份工作，在北京这样一个机会较多的城市里，总会给勤奋的人留出生存与发展的空间。

但是计划只实施了一半，他辞职了，之后告诉我，不合租了，因为已经找到了一份工作。

这份工作是做南方一座小城里酒吧的驻唱，具体情况我并不知道，但他的意向很强，执意前往，我便没有阻拦。

但其实这样的事情可能并不怎么靠谱。第一，那座小城市我去过，虽然不大但娱乐业却很发达，并不缺少一些能说会唱的人，所以舍近求远来招人这种可能性不大；第二，论唱功和舞台气质等表现，他还稚嫩，更符合校园歌手的要求，缺少酒吧夜场表演的韵味，被录用的可能性不大；第三，他是北方人，对那边的方言不精通，而酒吧这种娱乐消费的场所，本地人居多，推杯换盏听歌谈笑，不可能用普通话来与你交流，这样会造成沟通的障碍，很容易受欺负；第四，他应聘的这条信息发布者身份不明，交流也不够充分，只身前往本身就具很大的风险，万一是搞传销的骗子那就会遇到麻烦。

很多种顾虑都是根据现实一些有限的信息推测出来的，我并不能确定真的会是一次不靠谱的冒险。

我一直是个相信奇迹的人，因为自己年轻的时候也同样任性。

因为任性，我不顾任何人反对，想去哪里就去哪里，想做什么就做什么，这些年来走过不少弯路。但是我年轻，有很多可以从头再来的机会，这次碰壁了下次再来，人就是在这样摔摔打打中成长的。

他也一样，同样任性，我开玩笑时说他有种莫名其妙的倔强，他并不以为然。

任性就要付出代价，要承受那些任性带来的风险与伤害，这与倔强还有所不同。

倔强则是一种纯粹的固执和坚持，不管对错，无论黑白，只听从自己内心的召唤，我认为的一别人说二或者三我都不听，我要去做别人再怎么啰唆都是废话。

这样就会像一个装满了水的杯子，别人再也不会往里倒水，因为不论倒多少都溢出来，做的是无用功。

他把行李寄存在我这里，如约前往南方，第二天午夜打了电话过来，语气中抑制不住激动，听得出带着很多委屈气愤和无奈，说了句，我被骗了。

原来对方不知什么缘故，竟然没有去接他，把他一个人丢在火车站，再无音讯。

说了两句话，他终于忍不住哭了起来，我笑了，没事儿，这是小事儿，真的是小事儿。

只是一条虚假的信息，害人白白奔波一场，带着希望然后落空，心里的委屈和气恼是正常的，但不幸中的万幸，对方只是“忽悠”

了一场，没有把人骗去困在传销窝点里，没有敲诈勒索钱财，没有其他的伤害，就当是长经验了吧。

“我恨自己怎么这么轻易就上当呢，”他说，“这太让人难以接受了。”

我安慰着他说没关系，因为我们都曾被骗过很多次，各种各样的骗子，各种各样的事情。

有句话说，骗子只骗两种人，一种是爱贪小便宜的人，所谓贪小便宜吃大亏，另外一种是心地过于善良的人，也就是愚善。

他是个贪小便宜的人吗？不是，但他很缺钱，他迫切地希望自己能自立起来，能在异乡有所作为，存钱回家过年，而前段时间在艺术团里并无什么收入，眼下突然有份据说薪水还不错的工作，自然会怦然心动。

那么，他是个愚善的人吗？这个不好说。他很单纯，没有社会经验，在学校里虽然组织同学们做过一些活动，但那些仅仅是同学之间知根知底的互动。他并不知道这个世界上会有很多人藏着千奇百怪的不良动机，有些人并非故意骗你只是因为你太过轻信，执着于让骗子实现他无法兑现的承诺，最后一定会不了了之。

我猜想对方并不能安排他的工作，却夸大其词想维持自己的“权威形象”，不料碰到他这样的实在人还真的去了，所以避而不见。

他则一时陷入自咎中郁郁寡欢，回到北京后对身边的人都失去了信任。

年轻的时候，很少有人会不任性，不管你有钱没钱，因为青春本身就是一笔丰厚的财富。

因为年轻，生活的蓝图才刚刚描画，有所变动就立即修改，涂涂抹抹并不影响人生建筑的整体结构。因为年轻，可以有机会试错，发现错误及时掉头，还有时间从头再来。还是因为年轻，可以锋芒毕露，挖掘崭新的世界，开拓不一样的未来，这就像是一种天命，世界总是由年轻人去开创的，到了中年就已经是固守人生了。

这就是任性的本钱，年轻时的随心所欲其实是一种重要的创造力。

但是，任性必然会付出代价，有些任性却是莫名其妙的执拗。

有一位小朋友是“公交线路迷”，这是一种很特别的嗜好，他对每个城市每条公交线路都感兴趣，到哪里都要坐一趟，用手机录下那些报站的声音，整理出来，自己绘制公交线路图。他有了一些经济条件之后把这份爱好发扬起来，几乎赚的所有钱都用在考察公交线路上了。可是，城市的发展建设这么快，公交线路每每更改，日新月异，票价也总是在调整，他所获取的信息很可能转瞬无效，除了变成记忆之外别无他用，这种执着想着也是蛮好笑的。

谁也无法保证他这种好笑的爱好会不会变成成就，说不定哪天弄个公交线路博物馆，他的资料会派上用场吧。

这也是种任性，前提是他有时间，他有这份兴趣，他不计报酬不求回报就是爱好，他不去想做得有没有意义会不会收获利益，总之自己开心就好。

这位应聘受骗的歌手朋友也是个任性的人，虽然在我看来他更适合去做医生——毕竟学习了那么多年——而不适合去做歌手，而歌手这条路异常艰难。歌手要讲唱功，要讲舞台表现，不仅仅是才华更重要的是机遇，艺术学校里的学生每一个都花着巨额的钞票接受着专业的教育，竭尽所能地寻找着发展的机会，无不是做着“一炮而红”的梦。这里的竞争其实是残酷的，淘汰概率是大大超出其他行业的，而成名成腕之后要付出的会更多，在拥有了金钱名誉地位之后，他们是否还快乐谁也无法保证。

但他就是想做歌手，他像我年轻时一样相信奇迹。

他的任性可能来自身边各种励志故事的“教化”，书本里电视节目中明星们讲述着一个又一个理想化了的奋斗的故事，曾经吃过多少苦，然后获得怎样的成绩，创造了怎样的奇迹。

他并不知道这些故事里到底有多少真实的成分，每个人的成功都不简单，在成功的背后可能遍布“潜规则”，他们不想说的才是最关键的，而非宣传材料上列数的种种。

他的任性可能来自青春的冲动，也就是所谓的不知天高地厚，想当然会是怎样，抱着验证的心理去实现，美梦成真了固然开心，撞了南墙后又痛难自抑。

他的哭泣其实是在生气，王小波说“人一切的痛苦，本质上都是对自己的无能的愤怒”，他在愤怒，恨自己怎么会“这么笨”。

谁在年轻时没有笨过呢，这种笨恰好证明了自己有很大的成长空间，有更多需要学习的地方，有重新发现价值与寻找方法的动机。

不要把任性当作负能量，那是上天赐予你的机会，让你发现自己的不足，发现世界的广袤。

但是，不要失去任性的本钱，如果已经血本无归，再任性的话，就真的不可理喻了。

爱就像一只蝴蝶

我穿婚纱好看不……但是，错过了时间了，十分可惜。我也曾经有数次穿婚纱的机会，但是自己错过了……每一个女性的梦想，也是拥有自己的婚纱，有一个自己的婚礼，我相信自己已没有机会。我是一个歌手、演员，已不是第一次穿婚纱，但每次也不属于我的。

我告诉拍档刘培基，我很想穿一次，就算是没有人娶也好……一件属于自己的婚纱。最后他给我造了这一件，既简单又隆重的婚纱。可能只是穿一晚……这件婚纱便要放进仓库……人生便是这样，有些时候你预料的东西，你以为拥有的东西，偏偏没有拥有。

我以为自己在二十八岁或者是三十岁之前便结婚，希望在三十二岁拥有自己的家庭，希望有自己的孩子，但也没有。终于过了四十岁……但我想提醒你们，如果你们在拍拖，不要考虑太久，不然你们身边的那一位，想得太久，便会作罢……

女孩和男孩的梦想不同，女孩子的梦想是拥有属于自己的家庭，拥有爱自己的丈夫，有一个陪伴终老的伴侣，没有，没有，什么都没有，扑来扑去都会落空。不要紧，我等贝克汉姆，等他离婚；等刘德华，更困难，他是个独身主义者。以下的时间，我将会唱整场演唱会中最后的一首歌。这首歌包含很多很多的意思，有我自己的心声，但我想对大家说，夕阳虽然美丽，黄昏虽然美丽，但是眨眨眼便会变成过去，所以我们要把握住每一分钟，每一秒。接下来，我希望告诉你们，夕阳很美丽，不过，只是近黄昏，歌曲的名字叫作《夕阳之歌》。

这段话是梅艳芳2003年告别演唱会上讲话的原话，是她得知自己身患癌症之后回馈歌迷的谢幕表演。虐心到飙泪的话，令很多女性都心有戚戚然。

而在演唱会现场，在《夕阳之歌》的曲终，梅艳芳拖着长长的婚纱缓缓走上台阶，走回幕后，两扇大门徐徐打开，她消失在门口，突然有一种从容赴死般的壮烈之感。

在之后不到一个月的时间里，她便香消玉殒，带着深深的遗憾而去。

人们在谈起梅艳芳时，常会觉得她的人生充满无奈与辛酸，甚至抱憾而死，但她一生创作的作品、举办的演出、塑造的艺术形象、拥有的荣誉也曾无限风光，“香港的女儿”对华人的影响力持续至今。所以不能说她不成功，相反，她是一位非常成功出色的女性。

但是事业上很成功很独立的女性，人生梦想却很有可能仅是能够穿上自己的婚纱，有个小小的家，过一种平静的生活。她肯定有很多次机会，但错过了，或者是没有选择，在最后一次演出时袒露了自己的渴望与遗憾，同时也在昭示着人无论有多么高的荣誉多么大的能量，辉煌的背后是种种牺牲，灿烂的代价是失去平静。

其实对于爱情也是如此，年轻时懵懂无知，对爱情的理解总会借鉴身边各种传说——那些传说有的是文学作品有的是影视剧集有的是口口相授，固定的模式，完美或遗憾的结局，然而真正成熟之后会发觉，爱就像一只蝴蝶。

爱就像一只蝴蝶，在阳光下飞舞，光鲜亮丽，却来去匆匆。

没人会关注它在破茧成蝶之前的状态，可能仅是一只丑陋的毛毛虫，可能要经过痛苦的演变，在没有翅膀之前天敌无数，生存艰难。

化蝶之后自由飞翔，却仅仅几天，便要死去。

爱情就像一只蝴蝶，人们总想保存它的美丽，却忘了能够长久保存的美丽已经变成了标本，失去了生命力。

时光匆匆，我们没能呵护好那只毛毛虫，就无法拥有美丽的蝴蝶。我们贪恋蝴蝶的美丽，就要承受它会死去的痛苦。这一切不容我们过多考虑，过多权衡。

当爱情来临时，好好珍惜，尤其是女孩，哪怕只是为了自己而披上婚纱，也不要错过最好的青春。

把“为了你”换成“让我们”

我们经常会听到这样的埋怨，“为了你我离乡背井辞职到这里，你竟然这样不珍惜我”“为了你我不怕别人耻笑义无反顾做那么大的牺牲，你一定要好好努力”……

埋怨几乎成为生活的常态，如柴米油盐中一种必不可少的调料一般。

我的姨妈年轻时相貌出众颇引人注目，追求者踏破门槛，而她却选择了嫁给一无所有的外来青年，两人成家后从贫穷到小康，日子过得犹如一部电视剧。姨父有些小懒惰，他们为此常常吵架。姨妈开口的第一句话总是，为了你我如何如何……每当这时姨父总会愧不敢言，带着遗恨败下阵来，他们家庭的氛围也变得异常沉闷，每个人心里都带着沉重的压力。

但是，当时的选择谁又能说得清楚呢，并非强取豪夺的包办婚姻，难道只是单纯的“为了你我才嫁给你”而不包含一丁点儿的“我愿意我们在一起”的成分？

肯定是有的，不愿意都是假象、牢骚和为自己开脱的借口，实际上达成婚姻关系必定有潜藏的“我愿意”在内心里面，哪怕是并不爱对方，也是想借助婚姻获取对方的一些条件，婚姻从来不仅仅是谈恋爱那样简单。

而在感情与婚姻之外的人际关系里，“为了你”也是一种颇为常见的现象。

有位年轻的母亲在儿子九岁的时候丈夫因车祸去世了，她没工作也没固定的生活收入，养育孩子有些困难，后经人介绍嫁给了一位服刑归来的单身汉。这个婚姻原本就充满了“交易”的味道，你陪我生活，我帮你养儿子，其间有多少感情可言并不得而知。

时间慢慢过去，儿子长大成人，开始有了一些收入。妈妈经常打电话来诉苦，开口便说“为了你”。

这倒是不争的事实，如果没有儿子，她可能会生活得更轻松，嫁得更好一些，但儿子并不能决定这一切，他当时还小，被送养被抛弃被带到任何地方都有可能，因此他只能接受妈妈说的“为了你”。

妈妈又与继父吵架了，继父动手打了妈妈，他敢怒而不敢言，因为继父养活了他，给他吃穿让他读书，现在他挣了钱理当回报，因为挣钱少继父归咎于妈妈没有教好他，所以才会吵架动手。

妈妈满腹的委屈无处诉，就也把儿子当成出气筒，埋怨说，如果不是为了你，我怎么能嫁给他，他这个人蛮横不讲道理，浑身都是臭毛病，我是没办法才嫁给他，儿子你一定要争气，要有出息，要……

儿子心里充满了愧疚，觉得确实是自己拖累了妈妈，觉得自己罪孽深重。

时间长了，这种负疚的心理积压着，郁结于胸，做事变得畏首畏尾，后来几乎无法完成简单的工作，人际交往的能力也变弱，不知道怎么去跟人交流，性格越来越内向，最后干脆躲到自己的房间里不肯出门，沉溺在网络世界里与世隔绝。他得了抑郁症。

这并非是我杜撰的故事，而是我身边发生的一件小事。

之所以把它称为一件小事，是因为我觉得它并非是不可解决的难题。

在生活中我们一定会遇到对自己最好的人，他付出最多，牺牲最大，戴着圣洁的光环却常常陷入不如意的生活境况里，而这个时候我们却爱莫能助。

当一个人爱莫能助时，无奈的情绪就会转化为对自己的憎恶、谴责和放弃，这些负能量只能使人逃离或陷入不可自拔的漩涡。逃离的表现通常是玩世不恭，不可自拔就是抑郁封闭。

首先需要的是换一个环境，相对开化轻松一些的生活氛围，让这样的情绪不再成为时刻悬在头顶上的一把刀。

其次是重新面对现实，调整好心态去理解和洞悉一切。

“为了你”不必赘述，因为大家都已知道。但是，父母有抚养子女的义务，这种因果关系并非小孩主观造成，每个孩子都无法选择自己的父母与生活背景，你不可抱怨父母为何不是高官显贵，也不必因为他们艰难贫苦而备感压力，你的到来是爱的结晶，即使不是那也是性生活的产物，不是生下来就替人还债的奴隶。

妈妈为了你所做的一切，更多的只是为了自己。

她没有能力抚养或者没有意识到自己必须要肩负的责任时，把这种压力转嫁给他人，为此所做的算是牺牲，更算是一种自私的本能，为此承担选择的后果，是她必须面对的事实，这种承担任何人都替代不了。

她埋怨牢骚是寻求心理的安慰与外来力量的帮助，更多时候也只是找到一种平衡，任何人都有无助的时候，最为亲近的人，她的依靠倾向于最有安全感和最理所应当的对象，作为儿子让母亲依靠一下不必太过压抑，因为她很可能不是让你来解决问题，只是在她解决问题的时候让你给予一些鼓励和支持。

作为过来人，她并非脆弱不堪，只是习惯性示弱，以获取更多的支持。你暂时拥有的条件与能力能给到什么就给什么，给不到的哪怕遗憾也不能强迫自己去做。

如果把“为了你”换成“让我们”，一切问题都会迎刃而解。

让我们一起来面对这样的一件事情，让我们想个办法，让我们去计划与实施。

我非常庆幸我有一位虽然没有什么知识但绝对是有文化的母亲。大家对文化的经典解析是这样的，文化是根植于内心的修养、无须提醒的自觉、以约束为前提的自由、为别人着想的善良。我的母亲什么都占一点儿，占得最多的是最后一条，为别人着想的善良。

为别人着想的善良不是每天在嘴巴上讲着“为了你”我如何如何，而是在遇到需要一起面对解决的事情时，会说“我跟你商量一件事情”。

但是别的母亲可能不会这样做，也不会这样说。

我们只需转念一想就可以想通了，虽然她嘴上用各种各样的语言牢骚与怨责，但核心本质上说的只是这一句“我跟你商量一件事”。

她的商量常以命令或要求或随便什么具体的指向来呈现，但最后你做与不做还是要自己来定夺的。

于是你在心理上就有了足够的斡旋空间。

把这一切想通，人就会明朗许多，再遇到复杂的生活多变的情绪时，不会为之纷乱，会变得理性很多，去思考，总结，面对。

世间很多事儿都可以用“岂能尽如人意，但求无愧我心”来解释。对于妈妈，无须终日愧疚令自己无颜面对，因为你做的每一次小小的努力都会有效，哪怕解决不了任何问题，至少你还存在，你还陪伴。

人生无论多少风雨，富贵贫穷，高峰低谷，沧桑变化，最后都会发现，陪伴是最好的礼物。

她幸福，你在她身边，她痛苦，你也在她身边，这才是最好的回报。

这样就卸下了心理负担，会让人从抑郁中慢慢走出来。

这位年轻的小伙伴便是这样在我的鼓励下慢慢战胜了抑郁症结，开始重新接触社会，也开始影响自己的妈妈。

他会在妈妈对他说“为了你”的时候，耐心地回应说“让我们”。

我怕来不及

这篇故事写给小慧，一位曾经的同事小妹妹，同时也是生活中的好朋友。

她是来自山东青岛的女孩，性格豪爽，热情善良，北漂初始的目的单纯只是想体验一下不一样的人生，几年下来确实历经风雨，在自己人生履历上书写了很多篇精彩的章节。我们因工作之故共同面对过很多难题，比如怎么才能满足客户的要求，做出既有效果又令自己满意的视频传播作品等等，同时也因性格投缘作为好友促膝长谈，夏夜路灯的微光把两个推着单车行走的影子扯得好长，那些欢笑或悲伤的畅谈成为我们北漂生活里一段难忘的美好回忆。

她一直有个心愿想拍一部自己满意的微电影。

“自己满意”这个评判标准就很微妙，到底是基于既定的硬性指标还是动态变化的内心感觉，可能连她自己都不能明确。

拍摄一部作品亦不是想当然的事情，从创作剧本到拍摄统筹再到执行与后期制作，作品不论大小，流程和所涉及的协作是大同小异的。

所以没有所谓的成功的作品，只有相对满意地完成合作任务。

而这个任务却迟迟没有完成，我们一直在等着看呢。

与很多具有“拖延症”特征的朋友一样，她的慢节奏一直被我诟病，所以我给她起了个外号叫“小慢”。慢与嫚同音，山东姑娘不都叫嫚吗，我打趣着她。

她不以为然，高傲地抬起头说，我不是小嫚，是“国际名模”。

不就是个子高些身材不错吗，离国际名模还是远了些吧，这莫名其妙的自信令人叹服，当然她肯定是开玩笑的。

她解释说，我是国际上出了名的磨蹭，简称为“国际名磨”。

好吧，又一次被她打败了。

不过，在生活中，这样类似的“国际名磨”好像还不少，据说，一项调查显示大约 75% 的大学生认为自己有时拖延，50% 认为自己一直拖延。

我认识的朋友里，和我做事风格相似的人很少，他们不会上午在云南下午到内蒙古，不会今天写稿子明天拍广告，更不会心血来潮就去做某件事。他们需要周密的计划，需要一段时间的准备、调整、预案，需要具备执行的条件然后才去做事，这样做事相对比较稳妥，更为有效，唯一不足的只是时间慢些，节奏拖些，并不算什么大的毛病。

然而我受不了，发自内心地无法融入这种节奏里，所以我很多份工作就是因此而终结的。

在那种慢悠悠的公司里，打太极拳一般的做事风格中，推皮球一样的部门协作下，我会度日如年，从而变得焦躁不安，根本无法完成工作。

他们告诉我，要适应环境，而不是让环境来适应你。但我认为环境亦是人来创造，同时人也是环境的一部分，我这棵树不属于你这片草原，那就长到别的地方去吧，对于树而言，它只要能开花结果，能书写自己的春秋就可以了。

何必相偎成荫，你有你密密匝匝的壮美，我也有自己独树一帜的景观。

但独木成林毕竟会难于众志成城，它会脆弱，不抵风雨，严寒酷暑，虫噬鸟侵……那又如何？沉舟侧畔千帆过，病树前头万木春。做孤独的一棵树，肯定既享受特立独行的自由，也要承担孤助无依的风险。

话再绕回来，仍旧说做事的节奏，小慧不会理解我为何做事这样急躁，她可能感觉不到自己的慢，或者是她也想快起来，但总会有种莫名的力量拉住使她无法实现快节奏。

她是个很会做计划的人，明天做什么，后天做什么，明年做什么，后年做什么，那些计划有的实现了，有的忘记了，有的永远走在实现的道路上。

我只好告诉她，我也想简单松弛地活着，但我有很多事儿想做，我怕没时间，我怕来不及。

我面对过亲人的猝然离世，朝夕之间便阴阳两隔，这让我对生命有了新的看法。

我的爸爸去世时四十二岁，正值壮年，因事故失去了生命，当时他在外地务工，一直有个心愿想回到家乡开辟一块麦田，过日出而作日入而息的麦田守护者。在我们的家乡，这样的想法很容易实现，可能正因为太容易反而被忽略了。而我的弟弟去世时才二十六岁，急性心肌梗死，这样年轻肯定有着很多梦想与计划，都因生命的终止而落空。两位最亲近的人都以这样非常的方式给了我特别的教益，让我一方面会有及时行乐的想法，另一方面则更珍惜生命的时间，去做更多自己想做的事儿。

时间是生命的构成单位，我们穷尽一生追求的实际只是能够安排属于自己的时间罢了。

所以我想讲一个小故事给小慧和所有像她一样的有些拖延习惯的朋友。

有个小伙子因为长期胃痛到医院就诊，医生拍了片后让他等结果。在家焦急地等待了几天后，通知诊断结果时医生神色严肃，告知他患了胃癌，看情形只能活三个月，他有两种选择，一种是做肿瘤切除手术，接下来的时间就是静养等待康复或死亡，另外一种就是保守治疗，也就是回家等死。

小伙子被突如其来的变故打乱了阵脚，一时间难以接受。

原本在工作单位里他过着轻松悠闲的日子，与同事一起每天喝着咖啡对着电脑，闲聊半天，做做方案，晚上聚餐，第二天继续，周而复始，优哉游哉，根本未料想过，时间总有尽头，生命会随时终结。他突然想起了自己还有很多心愿没有实现。

他的爷爷在乡下腿脚不好，他一直想去探望，送一根拐杖作为礼物，但平时总在上班，周末又想睡个懒觉因此一直拖着没去。他妈妈家里的空调坏了，一直想找人维修，但挂空调机箱那扇窗被一个旧衣柜挡住无法移动，妈妈让他帮忙搬走，他想等到夏天来了要用空调的时候再去做这件事。他生在北方没有看过大海，一直想等哪个长假了钱存够了去看看，但钱总是不宽裕，时间也不允许说走就走，这个想法也没实现。还有他的女朋友，一直想去迪士尼玩过山车，约了很多次都没有成行……

很多大大小小的心愿都曾在计划之内，却都因为“我还有时间”而一再拖延。

但现在没有时间了，只剩三个月的期限，大的愿望暂时没有，小的心愿一定要完成了啊。

所以他瞒着家人诊断的结果，拒绝医生手术的安排，到单位辞了职。

这份工作他很早就想辞掉，因为像开水养青蛙一样消磨光阴，但暂时没有好的去处，他也习惯了这种节奏所以一直没辞。同事很是惊诧，追问原因，他讲了实情，同事劝他赶紧去做手术这样还能有一线生机。他认为，当今癌症治愈虽然不是什么奇迹，但彻底康复的可能性不大，做完手术就只能躺在医院里什么事儿都做不了，万一治不好呢？

所以他毅然决然地辞了职，先买了拐杖到乡下看望爷爷，陪老人住了一个星期，还帮着维修了房子。然后到了妈妈家里帮她打扫卫生，移走了笨重的衣柜。再带着女朋友去游乐场玩了三天，女朋友开心的样子让他觉得自己无比幸福。

接下来就是看海，他不再迷信于攻略之类的推荐，自己亲自查资料制订计划，结合自己的积蓄，做了周密的安排，然后按照计划马不停蹄地沿着海岸线一路前行。

从山东的日照到上海再到浙江与福建，从珠海到广州再到海南，一路上他看到了各种各样的海，而用的时间只是一个月。

接下来还有时间，他想起自己还曾计划自学日语和看一百部经典的电影，这个计划曾经几乎是用来作为聊胜于无的借口，跟别人闲谈时的谈资，但现在可以静心去实现一下，哪怕并不能完成，但能做多少就做多少吧。

于是他下载了日语教材，每天按时跟着教材学习，每晚都会看自己想看的电影，生活变得异常充实。

每到疲倦或觉得枯燥无趣的时候，他总会想起，我得了癌症，只有三个月的生命，再不做就来不及了。

不知不觉三个月过去了，他的胃竟然不疼了。

他又跑到医院去做复诊，医生满是歉意地告诉他，当时是误诊了，错把别人的诊断结果当成了他的。他听后反而没有责怪医生，而是很感激地握住了医生的手，告诉医生，这三个月他感受到了前所未有的生命的乐趣，比他之前三十年过得都充实。

回到原来的单位，他看到一切都没有变化，同事还是之前的同事，端着咖啡对着电脑，只是略微发福了一些。而他却已经不同，那些原本在日历上画着的圈圈点点的计划，都已变成现实，原来根本不是什么无法实现的事情。

这个故事告诉我们，或许每个人都有一种癌，那就是拖延。

我们之所以没有抛开一切去实现自己的梦想，那是因为我们总认为自己还会活得很久。

“我怕来不及”其实是种很好的心态，它会变成一种动力，会让我们学会努力。

因为努力，会让我们的生命有质的不同。

因为努力，有的人把梦想变成了现实，有的人把梦想带进了坟墓。

虽然我们每个人最后都会走进坟墓，但在此之前，为什么不尽力多实现一些梦想呢？

所以无论是小慧，还是其他朋友，还是我自己，我们都应珍惜每一次可以践行梦想的机会。

只要开心就是成功

曾经看到过一幅优秀的摄影作品，照片上是两只芭蕾舞者的脚，左脚穿着芭蕾舞鞋是正常的样子，右脚赤裸着露出缠着纱布的脚趾，那些脚趾关节已经变形，消瘦的脚背上青筋暴露，给人带来强烈的视觉冲击。

我想这种反差感不仅仅是视觉上的震撼，更让我们内心产生很多思考与慨叹。

台上一分钟，台下十年功，芭蕾舞以优美高雅闻名于世，但表演芭蕾的女孩却要承受练舞时巨大的痛苦，从最初入行经过严苛的筛选到日复一日长时间枯燥的练习，再到一朝成名舞出自己辉煌的人生，这期间的酸甜苦辣自然不是常人能够体会的。就像那张照片，左脚是别人眼中的人生，右脚才是她自己的人生，我们在艳羡舞台上光鲜耀眼的美态时，并不会关注舞台下她们的样子，那些辛勤的汗水、付出的努力或许只有她们自己知道。

我初到长沙工作时租住在燕山街一座狭小的居民楼里，当时街巷还未翻建，街上店铺参差不齐显得很是杂乱，但却充满了生活气息。在出租房的楼下是一间东北饺子馆的店面，一对夫妻经营着这家餐馆，他们有一个十岁左右的女儿，住在餐馆上的简易隔板房里，也就是我的隔壁。小女孩模样清秀天真可爱，每日进出时都背着一个大书包，与同龄人不同的是，她同时会背一个大大的琴箱。

那个琴箱很大，竖立起来要比她高，我好奇里面到底装的是什么乐器。

但从来没听到过她练琴，她很早出去，我每次醒来推门看对面时她的门上都挂了锁，每天晚上她回来得又特别晚，拖着琴箱进门后就把门关上了。这种简易的板房根本不隔音，如果她在房间里练琴的话我不可能听不到。

好奇心驱使我有次在楼下吃饺子的时候问她爸爸，你女儿练什么乐器呢?

她爸爸略显惊讶地说，才学的，古筝，吵到你了？这孩子我不让她在屋里弹，我得教训她。

我赶紧解释说并没有听到她弹琴的声音。

我从未近距离观察过古筝这种乐器，印象中它不属于我们这个时代。

一般都是在影视剧或演出里能够看到一袭长袍端庄秀丽的女子端坐在古筝旁，玉腕微抬，纤指轻扫，那叮咚的琴声如流水般飘出来，清新脱俗。

然而在这个熙熙攘攘充满人间烟火气息的小巷子里，卖水果的小贩终日吆喝，烤鸡腿的大妈敲打炉沿，修单车的师傅锉胎打气，十元店的老板拼命用高音喇叭反复播放着“老板娘跑了，老板哭了，店铺转让，全场十元，样样十元”……就是这样的一个环境里，背着沉重书包的小女孩还要拖着比她还大的琴箱早出晚归，她能练好琴吗？那些不食人间烟火般的美好的琴声能够从这里孕育出来吗？

对此我深表怀疑。

一天暴雨如注，街边的排水堵塞，污水铺满了路面，我刚打着伞跑到楼道里就听见身后很大一声撞门的响声，回头一看是小女孩。她浑身被淋得湿透，头发贴在脑门上，书包抱在怀里，两只手使劲地拖那个大琴箱，琴箱上盖着她的小雨衣。

想必是怕弄湿了琴所以自己没穿雨衣，看样子她冷得不行，琴箱又卡在狭窄的门框上。我立即过去帮她把琴抱了进来，一直送到楼上她的房门口。

她说了声，谢谢叔叔。这是她第一次跟我说话。

我有些心疼这个小女孩，心想她父母也真是够狠心的。现在的小孩哪个不是家里的宝贝，上学放学都有人接送，天冷怕冻着天热怕晒到，想方设法去关怀呵护，而这饺子店的两口子简直就是让女儿自生自灭，这么大的琴箱我拎起来都费劲更何况是她呢。

我问她，要不要看一下琴湿了没有……其实我没见过古筝，想看看是什么样的。

她脸红了一下，说，那等会儿我换上干的衣服，再叫你来吧。

过了一会儿她敲我房门叫我，我跟着她去了她的房间。

她已经把古筝摆了出来，放在琴架上，深红色的琴身大概有一米半长短，二十一根琴弦像一瀑流水笔直排开，流淌在雕花的琴面上。她给我讲了哪里是雁柱、前岳山、弦钉、调音盒、琴足、出音口、穿弦孔等，我拨弄了两下琴弦，声音悦耳。

我说，你可以给我弹一首听听吗？

她脸又红了，特别腼腆，说，我还没学会呢。

我问，每天都听不到你练琴，你怎么能学会呢？

她认真地说，我每天都练。

每天都练？早晨上学出去把琴背着去，晚上回来把琴背回来，难道是白天在学校里练的？不用上课吗？

她说，我没有上学，上午是在一个农民工子弟小学旁听一上午课，下午就去河边练琴，晚上回来也练。

但是晚上从来没听到过你练琴的声音啊？

她脸更红了，演示给我看。

她确实是在练琴，练手势，左手按颤滑揉，一丝不苟，右手勾摇剔挑，煞有介事，但手指根本就不碰到琴弦，就这样隔空的，像一种模拟般去弹琴。

原来，她爸爸妈妈很反对她学古筝，她家里是过来做生意的，父母开饺子馆忙不过来，希望她到楼下帮忙，但她不肯，坚持要学古筝。白天她出去上课，担心爸妈把自己的古筝没收，所以走到哪里就把琴背到哪里，晚上回来想练琴，又怕吵到邻居，爸妈警告她说如果有人嫌她吵，就把古筝拿走不许她再练了，她舍不得，所以自己发明了这种练琴的方法。

我惊呆了。我说这样也练不好啊，你自己也听不到声音，感受不到那些技巧啊。

她说，我闭上眼睛，就感觉声音出来了，有时候我能这样闭着眼弹出一整首曲子，一点儿都不会错。

看着这个倔强又腼腆的小姑娘，我一时语塞，竟然什么也说不出来了。

十一二岁的小女孩，正是撒娇卖萌的时候，玩得不亦乐乎，难得有为了自己的兴趣爱好做这样的坚持和努力的。

如果一定要给她的选择找个动机，那恐怕只有三个字能概括了，“我喜欢”。

看得出她真的是喜欢弹琴，不是被父母逼着去参加什么兴趣班，也不是被人安排着学习一技之长用来应对将来求职的竞争，因为她喜欢，她就能静下心来钻研这件事儿，并从中获得乐趣。我想，有这份心态就足够了，无论她弹得好不好，在古筝方面能否有所成绩，她都是个成功的女孩。

但我仍旧奇怪，她父母都是农村来的，看起来没有什么文化，生活环境里每天见到的不是餐馆的食客就是街边的商贩，耳濡目染的话，她也不可能会去喜欢古筝这种与生活距离很遥远的乐器啊。

我就打趣她说，你弹得好不好我听不懂，可能你爸爸妈妈也都听不懂，你不会觉得无聊吗?

她一句话就把我给打败了。

她说:“我听得懂就行，我开心就行了。”

小女孩用她天真无邪的话语给我上了一课，那就是永远不要去妄自揣度别人的生活，他们的快乐与痛苦，他们的幸福与悲伤。

有些人看起来快乐而富足，但我们无须去羡慕，因为在他们的生活里可能有他们自己的痛苦。有些人看起来孤苦无依，我们也无权去评价他们是否不幸，因为很多时候人生确实冷暖自知。

你听不懂，我就不再跟你说。庄子云：“夏虫不可以语于冰者，笃于时也。”通俗来讲便是，咱们没共同语言，那就没必要再聊下去了。

就像那张芭蕾舞者双脚的照片，懂得欣赏它的美，也知道这些美背后的艰辛，便已经足够，舞者是用舞蹈来与人交流，而不是那些背后的故事来博取人们饭后的谈资，他们的世界我们无权评头论足。像学古筝的小女孩一样，虽然辛苦却很开心，某天她成功了，我不会去贩售她的故事，只需聆听她的琴声就行了。

因此，这个小女孩的名字我永远都不会说出来。

无须证明

每当我买了一件新衣服或新鞋子的时候，总在想，什么时候有聚会呢？因为聚会的时候就可以把它穿出去秀一下了。

由此则衍生出了很多更为具体的问题，这个类型的衣服是否适合这个类型的聚会，这个聚会都有什么人参加，他们的价值和审美观大概有一个什么平均值，怎么才能在他们面前表现得既得体又能引起关注……这就形成了一个恶性循环，起初因为有了新衣服而去琢磨怎么聚会，然后变成有了个什么活动就想要搭配一件什么衣服，于是一大堆平时根本穿不到的衣服堆积起来，不知道要怎么处理才好。这又是何苦呢。

我经常在想这种习惯的原因是什么，是虚荣心在作祟还是天性作秀的心理？可能本质上还是不够自信，特别希望能够得到别人的瞩目与认可，于是胡乱地借助一些东西来向别人证明，自己很好，很棒，很能。

一个网友问我抽什么烟，因为他在照片中看到了我的烟盒，我告诉他自己抽五元钱一包的某种香烟已经抽了十多年。他叹息，我也特别喜欢抽这个烟，但现在不敢抽了，出去见朋友拿不出手，给人递烟的时候都会让人瞧不起。

我一边表示理解一边反驳着他的言论，不过就是个消费习惯而已，因为你抽了多么高级的烟而高看你一眼的人终会因你失势时的落魄而鄙视你，人一辈子去迎合别人那就太悲哀了。但是转念一想，自己又何尝不是如此，对于烟的问题可以固执己见，对于穿衣服却总在虚伪地用心，落入向别人证明什么的俗套。

有个女性朋友过犹不及，她不仅对每一次穿衣要精心选择，甚至对任何细节都不放过。某次我们在聚会上见面，她姗姗来迟，穿着名牌衣服拎着名牌包，落座后故意叫着说，哎呀我都忘了跟某某导演联系，然后顺势掏出一部最新款的手机来，在众目睽睽下拨打电话，旁边自然有习惯了附和的人赞扬两句，你的手机真好，国内都买不到吧？她脸上绽放出一朵绚丽的菊花，故作轻易地说，有个朋友从欧洲捎过来的，不贵，才两千多欧元……她的手机到底值不值这些钱我们不得而知，她随便说个数字我们也不会真的去求证，但她炫富的心思却是真实无比的，实际上我们这几个老朋友知道，她过得并不好。

她曾经是一个野模，年轻时在一些酒吧走秀，也曾青春风光过，最后却没能熬出头，随着年龄渐渐大了，未来职业可选择性少了，目前正努力想往影视方面转行。但她不懂表演也没有机遇，所以一直未能如愿，近期的生活仅靠一些积蓄在维持度日。因为她过得不好，就越发想要向大家证明自己过得很好，已经达到了“丧心病狂”的程度。

古人云“富贵不还乡，如衣锦夜行”，人一时风光如果被人去艳羡吹捧，那心里多少会有失落。而这位模特朋友还没富贵起来，却硬是想在家人亲戚面前赢得面子，于是春节回家之前大肆刷信用卡买各种奢侈品，还租了一辆宝马车回村里转了一圈儿。她一直在向亲戚们证明自己过得很好，自己很有能力很出色，导致春节后每天都要吃泡面，节衣缩食来还债，而那些亲戚则源源不断地向她求助，借宿的，投奔找工作的，要帮忙介绍认识导演明星的，络绎不绝。

我们劝她不要这样死撑着了，等于给自己找麻烦不是。

她咬紧牙关说就要如此。原来小时候她家很穷，被亲戚们瞧不起，她到谁家吃顿饭都要看脸色，经常会听到被鄙视与厌弃的话，生怕她家人粘上自己。现在情况完全不同了，以前给脸色看的那些人都要反过头来巴结自己，她心中充满了报复的快感。

她说：今天你对我爱搭不理，明天我要你高攀不起。

这种自强的精神倒是无可厚非，自尊的心理也人皆有之，但恐怕用错了地方。

撑出来的尊严就像气球，光鲜艳丽圆润饱满，看着挺唬人的，但不小心扎破了，碎片却丑陋无比，一切都化成空气，飘散无迹。

过了一段时间她终于撑不住了，开始向我们借钱还卡，早有先见之明的那些人用各种借口把路堵死，她在借钱的路上碰得鼻青脸肿，喝得烂醉后坐在暴雨的街头痛哭。

她打电话给我们，挨个哭诉，最后三个朋友过去找到了她，把她送回家。

我也不知道自己能帮到她什么，便给她煮了可乐姜汤用来驱寒醒酒。

她喝着姜汤，醉眼惺忪地看着我，问，你会不会瞧不起我？

我说，会。

我瞧不起一个不肯面对真实自我的人，一个人可以很穷很无能，但不能很懦弱很虚伪。每个人都想改变自己，不断进步，不断寻求突破，但并非每次努力都会成功。成功固然美好，失败也并不可耻，可耻的是明明失败了还要自己骗自己，不仅骗自己还要骗别人。

她说：“哭给自己听，笑给别人看，这就是所谓的人生。”

为什么？为什么要哭给自己听笑给别人看呢？你怕自己在别人眼里成为一个笑话，那你就一定会变成一个笑话。

请记得，一切拜高踩低唯利是图的人，不管他是陌路人还是你最亲近的家人与朋友，都是根本不值得你去为之用心计较的人。

这样的人不会在你遇难的时候分担你的痛苦，只会在你富有的时候竭力分享你的幸福，被他们高看不会让你的人生增值，被他们鄙视也不会是我们人生的损失。因为他们的态度根本不具参考价值，他们的眼里没有善恶只有利益，他们的心里没有感情只有金钱。

所以在人生路上，痛不痛只有自己知道，值不值自有自己去衡量，不要逢人就证明自己过得好不好，尤其是证明给那些无关痛痒的闲人看。

不一样的傻大姐挺好的

严颜是个不一样的女孩，每次与老邻居们碰面聊到她时，我总会不由自主地这样说。她究竟是怎样的一种与众不同我说不上来，那是一些细碎的小事儿构成的人物形象。但老朋友们却不这样认为，他们说她“又愣又傻”，简直就是缺心眼儿。

她缺心眼儿到什么程度呢？在我们这些共同长大的童年小伙伴里，她混得最惨，现在出门都没有一件像样的衣服穿，而她竟然还能笑得出来，一副傻大姐的模样。

小时候我们这些孩子都住在同一个小镇子的一角，三十几户人家聚成的小群落，三五户连成一栋，各家都有庭院。严颜的爸爸有些特立独行，把房子建到不远处的小河边，单独一户，显得与大家格格不入。但是她的家里却成了小伙伴们向往的天堂，因为推窗见河，坐在窗台上就能垂钓，院子里还有很多“健身器材”，树桩支起的单杠、石头磨成的杠铃，等等。

她爸爸是退伍军人，酷爱运动，她们姐弟三人也每天都接受着“军事化”的管理。

我们这些野孩子自由散漫惯了，见到他们一本正经地在院子里站军姿就觉得好笑，不过，见到他们一声令下就能劈开一字马的时候也惊讶得下巴差点儿掉下来。

在寒冷的北方，最节省成本的居住方式就是群居，单独的房子会比成栋连片的房子多烧很多柴火才能取暖，所以严颜和她的弟弟妹妹有空就会去河边的树林砍柴，她家的院子里也堆了很多柴。

有一天放学回来，我们背着书包走在路上，远远地看见前面一股巨大的黑烟直冲天际，暮色中隐约可见火光，不知道哪里失火了。紧着跑了两步，眼尖的同学辨认出来，叫“严颜是你家着火了”，严颜的弟弟和妹妹哇的一声哭了起来，丢下书包就往回跑，而她却一点儿也不慌乱，捡起他们的书包自己背着，仍旧保持着原来的速度往家走。

我们赶到她家的时候，火已被扑灭，房子烧得落了架，东西全部散落在院子里，她妈妈坐在地上泪迹未干，弟弟妹妹脸上全是黑灰，显得狼狈不堪。

她爸爸见她进门，一把扯过来就踢，骂她像个傻子，家里着火了也不赶紧回来救。她被踢了好几脚，也没哭叫，我们将她拉走，这夜她寄宿在我家。我妈妈问她，为什么不回来救火呢？她说，院子里的柴都干透了，烟那么大火肯定很大，河水都结了冰，旁边也没有水，火那么大根本没法救，我跑回去也没用啊。

但是，能抢出多少就算多少，尽可能挽回一些损失才好啊。当时每家都很穷。

她说，如果人被烧伤了才是最大的损失，现在大家都没事儿，挺好的。

这位傻大姐当时也就十一二岁，思维跟我们这些同龄的孩子完全不一样。

读中学的时候大家开始寄宿，严颜被分到了一楼最阴暗的角落靠近卫生间的寝室，几乎所有被分到那个房间的人都到管理员那里闹过要调换房间，可她竟然不当一回事儿。

那个房间墙壁上长满了青苔，不分昼夜都能听到隔壁卫生间里哗哗的冲水声，门不关上就会有异味飘进来，住在里面的同学隔三岔五就生病，大家对此深恶痛绝，认为这里根本应该改成仓库而不该住人。但人多房少，学校安排不过来，这个房间仍旧要当作寝室使用，被分到里面的同学继续闹，后来干脆自行搬出，宁可挤到别的同学的房间里搭地铺也不愿再回来，这样一来这间寝室就剩严颜一个人住了。

某次我去看她，参观了她的“独立王国”，相比别的寝室十二个人住在一起逼仄拥挤的状况，她这里简直就像滑冰场。房间里除了一张拆掉上铺的单人床和一副桌椅之外什么都没有，墙上仍旧是青苔，地面仍旧是水泥，带着防盗栏杆的窗户狭小阴暗，她像服刑一般靠墙站着，手里捧着一本书在看。

我说，严颜啊严颜，你的心实在太大了，就这样你还能看得进去书？

她说，看书你想看就能看得进去，你们那么一帮人凑在一起每天七嘴八舌，估计也没人想看书了。

但是你也不能把美好的校园生活过得像苦行僧一样吧，你将来一定会后悔。

将来的事儿将来再说，现在我拥有全校最大的独立寝室，挺好的。

参加工作以后大家久未联系，偶尔通通电话了解一下各自的近况，严颜有段时间情况不明，大家互相询问均不知其下落。好在这位傻大姐我行我素惯了，大家也不担心。后来终于有人打听到了她的消息，她竟然在扫大街。

环卫工啊，虽然职业不分高低贵贱，但这份工作未免也太让人想不通了。凌晨三点半，路灯还在眨着眼，她穿着大衣推着垃圾车拿着扫把走上街头，空气中只飘荡着扫帚划过地面的唰唰声，远远望去也分不清这位清洁工是男是女是老是少，我和小伙伴们蹑手蹑脚地向她靠近。我们特意带着记者来想了解一下她现在的生活与心态，但距离越近我的心反而越忐忑了。

我脑补着各种画面，她一定有什么不得已的苦衷，据说她爸爸病了，弟弟妹妹还在读大学，生活压力一定很大。我们在各种新闻里都看到过类似的报道，那些镜头特写清洁工的双手和眼睛，质朴且令人感动的话语，看着特别让人心疼。终于走到她身后了，我还不确定到底是不是她，却听到她正在哼唱一首歌。

《甜蜜蜜》，唱得还挺轻松活泼。

听那声音我就知道是她，傻大姐严颜，这歌声里都透着一股快乐的味道，哪有什么人间疾苦的感觉。我喊她，她回头，看到我之后愣住了，然后哈哈大笑。你带着记者干吗？采访我？她伸手捂住了人家的镜头，别拍了别拍了，你们要的那些新闻点我一个都没有，天寒地冻黑灯瞎火让你们白跑一趟真不好意思。

原来她就是爱扫大街，这个你真没办法要求什么。她说，所有白天的工作都吵吵嚷嚷让人心烦，清洁工的作息正好避开了最热闹的时候，你看这条街，本来垃圾成堆积雪成片，我推着车一路走过去，立刻变得整整齐齐光洁如新，太有成就感了。每天下班的时候正好是太阳出来的时候，阳光晒在脸上，浑身暖洋洋的，感觉活着真好。

我说，这工作收入也太低了，你什么时候能存点儿钱，为将来好好打算一下？

她说，你又想清静，又想简单，又想一个人独立完成工作，还想赚很多钱，世界上哪有那么美的事儿。我现在这份工作至少能满足我 99% 的需求，只剩下 1% 的缺憾，这样的性价比太高了，挺好的。

大家都说她缺心眼儿，主要还是因为她不注意区分场合，比如别人的婚礼大家都穿得很是周正，她却随便套一件外套就出现了，我赶紧拉她到一边说，姐姐啊，着装也是一种礼仪，你这样穿也太不尊重人家主人了。她说，是吗？我已经很注意了啊，这件衣服是我最好的衣服，才穿过三次，一百多块买的呢。

再比如朋友的开业典礼、新书发布会、媒体见面会之类的活动，如果邀请她去，不用说她仍旧是格格不入，没把清洁工的制服穿过来就算是幸事。一来二去大家也就不再邀请她参与了。我一直以为她是因为生活清贫，所以没有条件去准备这些迎合场面的东西，还有就是性格使然，她根本不会在意这些东西。后来去了她的家里，印象完全改观。

她在郊区盖了一所大房子，大到在院子里可以开车，五间瓦房配了三间仓房，仓房里养了几十只流浪狗。是的，全都是狗，撒欢乱叫，一堆毛球般向她扑来，直到把她推倒。每个月狗粮水电杂七杂八的费用也得上万块吧，她哪里像是个缺钱的样子？她不仅扫大街还捡拾废品，你看着觉得不够体面但经济收入却不菲，即便如此她宁肯把钱花在养狗和捐赠上，也懒得给自己买一件像样的衣服。

她竟然还在资助三个贫困山区的孩子读书，寄钱过去不留姓名，而她到现在还是个单身，连找对象的时间都省下了。

你是不是真的缺心眼儿呢？我又忍不住问，爱情、婚姻、家庭、事业、荣誉、金钱，这些都是人生必须的需求，你真的觉得不重要吗？

她说，天空飘来五个字，那都不是事儿。

那什么才是事？我开始较真起来，如果那些都不是事了，你活着还为了什么呢，你在追求什么？

她说，这还真说不准，我说我追求快乐你信吗？你肯定相信，因为你也追求快乐。但人和人的快乐不一样，我认为获得快乐的方法是一样的，心满意足就会快乐，对吧？

心愿达成就是快乐，快乐就是心愿。你有什么心愿呢？

我眼下的心愿就是给这些流浪狗都找到自己的家，更远的心愿是资助那三个孩子都考上大学，再远的心愿还没想好，但反正到时候都会有心愿的，人的愿望都是一个阶段一个阶段的，这些小愿望组成我们的一辈子，都达成了，这辈子能不快乐吗？达不成的，可以调整嘛，何必为了所谓的目标而去强迫自己，你们的方法是努力努力再努力，我的方法是随意随意再随意，凭什么你们就有资格享有成功，我就被判定为失败呢？

你们经常会抱怨生活欺骗了你们，殊不知，生活根本不知道你是谁。生活从来不会骗任何人，日子是一天一天过的，每一天的时间大家都是均等的，你觉得用一小时聊天一小时散步一小时工作一小时吃饭合理，那合乎的是你的理，我认为我用十二个小时发呆那是我的权利，大家何必一定要人云亦云全都按照一个模子生活呢？

你觉得被生活欺骗，那是因为你不懂生活。我也不懂生活，但我的生活根本不用我去懂，我只按照自己的想法安排好自己的时间就行了。

没有什么事儿是天大的事儿，你的心小了事儿就大了，心大了事儿就小了。你们不都说我是个大大咧咧的傻大姐吗？既然都是傻大姐了，我干吗要去变成一个精打细算的人，我只要开心就好。穿什么不重要，你们的活动缺我一个没任何影响，但我的狗狗们离开我一天就可能饿肚子，所以我就在这里过我的日子。这样，挺好的。

我被严颜彻底打败了，她的笑是真的笑，发自内心的笑，她的傻却未必是真的傻，那些浮沉在生活中患得患失的人，估计都缺少她这样的人生智慧。她脚踏实地认真地活着，习惯成自然地坚持自我，根本无须向任何人证明什么，她已经成功地把我们甩开十万八千里了。

倔强的得失

自己选择的路，跪着也要把它走完。这是被很多朋友赞同并传播的一句话，因为它使人感觉充满了力量，透出一种坚决勇敢和承担的狠劲。但我们很多时候却并不明确自己为什么会跪着，而且，如果自己选择的路是错的，那么可能连跪着的地方都没有了。有一个倔强的小司机就给了我这样的感受。

搬家的时候我结识了一位货车司机，他刚二十岁，身形瘦小，但做事儿特别利落，因为路途很远，他很早就赶到了楼下，比约定的时间足足提前了半个多小时。这在路远车堵迟到为常态的北京来说，简直就是个奇迹，因此我对他充满了好奇。路上我们聊了起来，他讲了他的故事。

他来自浙江，父母经营一家果园，家庭经济条件颇好，对他这个独生子也是寄予了很高的期望。但他不喜欢读书，也没有按照父母的意愿去读农林专业，反而跑到外面来打工。在搬家公司做司机是一件很辛苦的事儿，不仅要每天奔波还不时得看老板和客户的脸色，用他的话来说以前的日子像是在天堂，现在的日子感觉就像下了地狱。既然如此，为什么还要选择过这样的生活呢？他嘿嘿地笑了，说了句，为了我女朋友。

二十岁的男生为了女朋友而辛苦劳作这简直就像是电视剧里的剧情，我猜想他女朋友一定是个非常优秀的值得他去爱的女孩。

搬家车到了半路准备进入高速路口，小司机把车靠在路边停下了，对我说他要去办点儿事，五分钟后回来，然后下车往路边一家小餐馆走去。我正好也想去卫生间，便也进了那家小餐馆。餐馆很小，只摆放了三张简易的桌子，墙上贴着餐牌，原来是一家面馆。

从卫生间出来之后，我看到餐馆的老板娘正在为司机打包盒饭，西红柿炒蛋配米饭，放了很多鸡蛋在里面。餐馆老板娘大概三十多岁，一边把盒饭递给小司机一边还说着什么。我心想这个司机还真是有点儿笨，虽然搬完家肯定错过了午餐时间，但提前带盒饭会冷，也不好吃，现在随处都有餐馆可以解决吃饭问题，何必多此一举呢。估计就是另有原因，或许是因为这家的盒饭便宜吧。

在高速路上，小司机对我说，你看到刚才的老板娘了吗，就是她。

我没反应过来，问了句，她什么？

他嘿嘿地笑道，她就是我女朋友啊。

我一下子愣住了，套用流行语就是“万万没想到”，餐馆老板娘看起来至少三十岁了，而他才刚刚二十岁啊。世间的爱情就是这样，无须理由，也根本不会有年龄、地位、地域的界限，但这肯定是一段不被看好的爱情。

小司机感受到我的惊诧，也或者原本他已经习惯了别人对他的惊诧，又继续讲了他们的故事。

餐馆老板娘原本是个富家女，父母都是做服装生意的老板，曾经辉煌一时，但后来因为经济问题而锒铛入狱，家境也就惨淡起来。在她富有的时候，经常会驾车到小司机家的果园采摘水果，两个人因此而结识，当时小司机青春叛逆与父母闹得很僵，所以她常常开解他，两个人的感情就是从那时候培养起来的。

但男女之间也可以有友情，怎么能区分这是一种友情还是爱情呢？小司机说也不用区分了，有次我喝醉了酒，与她发生了关系，你说，两个人都上过床了，还怎么能继续做普通朋友呢？

她比小司机大十二岁，家里人肯定强烈反对，但对方家境非常好，所以小司机的父母有贪慕之心也就没有表现出来什么。等她家境败落之后，父母的态度立刻有了一百八十度的转变，逼他分手，否则就断绝父子关系。断就断呗，他背着行李带着女朋友离开了家。

这条路是自己选的，自己选择的路，跪着也要把它走完。小司机如是说。

两个人的谋生之路并不顺利，小司机可以开车，女朋友却什么都不会，遇到挫折的时候无计可施只会耍大小姐脾气。等到身上最后一点儿积蓄也交了房租之后，小司机觉得自己就要撑不住了，女朋友提出了分手。但她将何去何从呢？

他不肯分手，也不会丢下她不管。小司机说，人这辈子可能会谈很多恋爱，可以去选择很多人，但不能因为太自由就轻易去放弃。她除了大小姐脾气之外没什么不好，就算没有生存技能那也不是她的错，她从小就是娇生惯养长大的，根本没机会学啊，现在年龄虽然大了，但正好是从头学起的机会，我不陪她谁陪她呢？

她觉得我是感恩的心理，因为以前她帮助过我，但其实不是。

如果你老是对你的老婆说我感恩，那就等于是在耍人家。

小司机的话让我非常感动。原本我觉得人与人之间除了本性上善良的互动之外，剩下的就是利益的交换，一个想给，一个想要，合作关系就达成了。一个想要，但另一个给不了，那么就会分手。但是，这个道理并不适用于爱情。爱不是一个给一个要的机械关系，而是互动的共同的发展的关系。不要拿所谓感恩的高姿态装扮自己的玩弄心理，你当一个大活人是电梯想上就上想下就下，人家还要说声多谢光临?

他没有把她当电梯，而是当成了自己心里的果园。

故事还未结束，今年三月的时候小司机的妈妈打电话来让他回去，算是最后的通牒也带着央求的成分，原来小司机的爸爸得了癌症将要手术，果园需要他来打理。他的父母经营果园多年，一辈子的心血都投放到里面去了，等于是置办了一份祖产，他不继承的话还有谁来继承呢?

但是这边小司机已经和女友开起了这家高速路旁的小餐馆，同样也是搭进了全部积蓄和心血，女友也放下了大小姐的心态辛辛苦苦做起了老板娘兼厨师兼服务员。

“如果是你，你怎么办？”小司机问我。

我犹豫了一下，说出自己真实的想法，回去。

回去有回去的理由，果园是固定资产，是正在运营的项目而且运转良好。他从小在果园长大，耳濡目染，即便再不喜欢，很多技能都是懂得的，并且他还那么年轻，可以学习可以进步，回去了既能给自己和女朋友安家，也方便照顾父母，这是对大家都方便和有好处的选择。

小司机没再说什么，现在已经是十月份了，看样子他并没有回去，否则老板娘也不会继续在那里开餐馆了。

一直到搬完家之后，临别之前，小司机告诉我，他的爸爸已经去世了。

“我一直坚持自己的想法，走自己选择的路，我认为自己是跪着的，总有站起来的时候，其实就是想证明给父母看，我的选择没有错。但是现在全都没了，我爸爸看不到了。”

他家的果园卖给了别人，他把钱存给了妈妈做养老费，之后回到了北京继续开他的货车，陪女朋友经营餐馆。

餐馆的生意并不好，每个月下来两个人也只是赚口饭吃。不过没关系，小司机又倔强地扬起了头，说，我现在仍然算是跪下来求生活的，但今日我蹲下身子，是为了明日昂起头。

我只有微笑着目送，默默地祝福了。

模仿是一种病

寝室里有两个女孩关系非常好，也就是所谓的闺蜜，我们暂且叫她们阿敏和小佳，连我们这些住在对面与她们毫无相干的男生都一眼能看出来，她们两个好得一塌糊涂。

最初的时候，阿敏独来独往，一个人去上课，一个人去打饭，一个人去逛街，所以她给人冷若冰霜的感觉，脸上看不出什么表情，衣装服饰也很随意，从来不化妆。小佳来了之后，很快大家就看到她们形影不离的情形，边走边聊，都带着笑意，一起去食堂，一起从宿舍楼走向教学楼，一起逛街，连衣服都买相同的款式。

时间长了，连她们的长相都好像越来越接近，常常因为穿着同样的衣服留着同样的发型而被认错。观察更细致一些的，发现她们在生活细节上也有着令人惊讶的相似，说话的腔调、走路的姿势、思维的方式、做事的风格甚至是写字的笔迹都是极为相似的，不熟悉的人还误以为她们是亲姐妹。

糟糕的是，她们爱上了同一个人。

她们爱上的是学生会体育部的部长，经常在课间操时协助老师维持操场秩序，人长得高大帅气，是很多女生心仪的对象。

最开始的时候他们三个人经常一起出去玩，在球场打球，去校外看电影、吃东西、逛公园。集体活动的时候，体育部长也会邀请她们两个一起出席。某次在河边烧烤，我们跟体育部长开玩笑，问他是不是想左拥右抱两个都要，他连连摇头说绝无此意，这两个女孩实在太像，可爱的地方同样可爱，讨厌的地方就令人加倍讨厌。正说着话她们姗姗而来，远远看去都穿着黄色的连衣裙戴着白色的宽檐帽，袅袅婷婷的实在分辨不出谁是谁。我们打赌猜一前一后走着的到底哪个是阿敏哪个是小佳，结果体育部长竟然猜错了，走在前面的才是小佳。

走得近了，我们才发现她们细微的差别，今天阿敏拎了一只蓝色的提包，小佳则背了一只白色的双肩包。这两只包的风格完全不同，不知是有心还是无意，她们之前出来玩会务求完全一致，细致到连耳钉手表都要一模一样。

这次烧烤上演了一幕热闹非凡的现代校园版的“宫斗”大戏，我和小伙伴们都看呆了。

小佳烤了两只鸡翅膀，一只刷了蜂蜜放了少许胡椒和盐，另一只放了很多盐和辣椒，她把有蜂蜜的给了体育部长，又咸又辣的给了阿敏。阿敏正在感冒咳嗽，仍旧微笑着吃了鸡翅膀，然后开始向大家轮番敬酒，我看到她递给小佳的杯子里，红酒掺了白酒。

在玩“真心话大冒险”游戏的时候，盘子里放了一把勺子，勺子旋转停下后，勺子头指向的人要回答将去冒险的人提出的一个真心话的问题，勺子柄指向的人要去做一件说真心话的人安排的大冒险的事情。体育部长有心捉弄小佳和阿敏，故意把她们两个安排坐在相对的位置上，结果终于中招，小佳要讲真心话，阿敏要去大冒险。

阿敏提出的问题是：“如果你最好的朋友抢走了你的男朋友，你会不会恨她？”这简直就是挑明了在说她们之间那点儿事。

“会。”小佳毫无迟疑地回答，眼神露出恶意。

然后小佳安排阿敏将要做的大冒险是，站到桥上等路人经过时拦住路人喊“我的病有救了”。

阿敏毫不示弱地上了桥，不一会儿过来一对老年夫妇，她借着酒意拦住了对方，大声喊，我的病有救了！我的病有救了！吓得老两口落荒而逃。

大家在桥下笑成一团，阿敏在桥上也笑着，笑得蹲下来捂着肚子，把头埋到臂弯里，久久没有站起来。

我们感觉情况有些不对，到桥上去看，拉起她，发现她脸上都是泪水。

这次聚会就这样不欢而散了。

之后的一段时间，阿敏和小佳形同陌路，再也不会穿同样的衣服，不再一起出门，她们寝室的人说，她们两个睡上下铺，平时连招呼都不打，关系撕裂得很彻底。

女孩子之间的“仇恨”非常容易生根，一直到毕业后各奔东西，她们仍旧互不来往，从最亲密的伙伴变成了最熟悉的陌生人。

而她们谁都没有选择体育部长，后来体育部长结婚时，她们都没有去。

毕业十年的同学会时，班长费尽力气联系到了两个人，游说她们去参加。阿敏问班长小佳会不会去，如果她去我就不去；小佳问班长阿敏会不会出现，如果她出现我就消失。班长只好撒谎说不会去，这样才把两个人都骗到了现场。

小佳先到了饭店包间，穿着一件卡其色的长风衣，一条红色丝巾，模样没什么变化，仍旧那样年轻漂亮，她看到阿敏果然不在现场，立即很开心，谈笑风生。不一会儿阿敏推门进来了，看到小佳的瞬间，脸色立即变了，转身就走，班长连忙拉住了她，连求带哄地把她留住了。小佳也停止了谈笑，坐在角落里满脸都是怨怒的神情。

令人惊讶的是，阿敏也穿着卡其色的风衣系着一条红色的围巾，虽然款式不同但颜色和风格与小佳的装扮极其相近。大家都忍住不去吐槽这点，但心里暗想，命运有时候就是这样爱捉弄人，这两个人或许上辈子有仇吧。

这时体育部长来了，这个不解风情的家伙上来就踩中了雷区，说了句："你俩又是约好的啊？这么大岁数了就别学小学生一样穿衣服都穿一样的，弄得跟姐妹花似的。"

小佳当场就把围巾丢进了垃圾桶，阿敏拿起桌子上的餐叉去戳风衣，一副跟衣服有深仇大恨的架势。大家立即阻拦劝慰，好不容易才把两人的情绪给稳定了。

体育部长说，看到了没，这两个人的脾气，糟糕的地方都一模一样，多么恐怖啊。

模仿是人类的天性，是个体自觉或不自觉地重复他人行为的过程，因为我们需要借助这样的学习来成长。但当一个人已经成长到可拥有独立自我的时候，往往最不喜欢的就是被人模仿，甚至面对模仿的行为而产生极度憎恶的心理。

明星很讨厌撞衫，演员很怕自己的表演被人说成是在重复他人的戏路，好到同穿一条裤子的朋友到最后也难免会从一模一样的状态中寻求突破，寻找差异化的生活。

酒过三巡，大家都放松起来，阿敏吐露了心声。

“真的很恐怖，我看过一个恐怖片，舒淇演的，两个人太像，最后像到被人取代，这种感觉很糟糕，我都快憋出病来了。其实我真的离不开小佳，她没来的时候我什么都是一个人，特别孤独，每天心情都不好，她来了之后我有了朋友，在一起做伴，心情也变好了。可是，慢慢地发现她什么都在模仿我，我走路的样子，说话的声音，连写字都那么像，像得我自己都分不清到底是谁写的了，那一刻我就开始害怕了。有时候我做噩梦，梦见她把我杀了。”

小佳说：“根本是你在模仿我好不好，每次买衣服都是我先买的，你跟着买。你还说买两件老板容易给折扣，是不是？”

说着说着两个人又吵了起来。不过这次还好，总算在吵架中有了交流，两个人的关系也就破冰了。

其实无所谓谁模仿谁，大家都是在努力塑造自我，因为每个人心中都有一个与众不同的梦，这是一种潜在的对个性化、对自由的向往。但是，相比自由，人们最基础的需要则是安全，而最安全的选择，就是“我跟大家一样”。

在缺少安全感的阶段里，她们不知不觉地结成了同盟，由个体变成了两个人的团队，所以更多时候她们并非是在模仿，只是达成了共识，而这种共识只是形式上的表象，藏在内心深处的仍旧是倔强个性的体现。

爱情像一支猝不及防的箭，戳破了她们的同盟防备，但她们各自为政后仍旧没有收获爱情，因为在生活里，在女性的思维中，有时候嫉妒比任何情感都强势，都更容易占据上风。当你嫉妒，你很容易就只剩下嫉妒，什么都不会拥有了。

别让善意的谎言变成砂眼

大约二十年前，我被安排到一个小机修厂里做学徒，接触了电气焊行当，每天跟着师傅拿着焊枪装模作样地焊东西，其实做得都是打杂的工作。经过一段时间后，自己可以独立完成一些并不重要的小活儿了，心里也就有些飘飘然，觉得焊接原来这么简单。但有次客户要求焊接一根暖气管子，我焊好后被师傅勒令返工，他砸开了焊缝后狠狠地训斥了我，原来焊缝里留下了不少砂眼。

砂眼通常是一种铸件上的缺陷，比如铸件表面的砂孔和内部的渣孔等，主要原因是铸件的铁水不干净，浇注时杂质混进去，冷却后这些小孔留在里面，这样的铸件不合格且会有很大的安全隐患。

焊接不是铸造，所以不存在砂眼之说，我们通常讲的砂眼就是微小的气孔，大概是焊缝里的空气没有及时逸出或者是焊件接口太脏、杂质过多造成的，也与焊条移动的速度有关系。但无论如何这样的活儿不过关，试想暖气管子在通水后突然从气孔里喷出水来将是多么糟糕的事情，万一伤到人更是不可原谅的错误了。

作为一个“文青”，我对机械加工等技术活儿终究是浅尝辄止，但生活中的道理却往往是通用的，不要在焊接时留下砂眼与不要在处理人际关系时埋下隐患一样重要。

一张旧照片就成了小文与雅涵感情之间的砂眼，让他们在三年之后焦头烂额。

小文是我的同学，同一宿舍的死党，与我无话不说，自然也分享了很多秘密。其中一个秘密是，他暗恋邻居家的女孩三年之久，因为那女孩有一双美丽的大眼睛。年少时的暗恋没有合适的土壤不会发芽，随着各自求学异地生活，这份小小的情愫也就搁置下了。

某次暑假，小文在回家的火车上又碰到了邻家女孩，大家聊得很开心，最后突发奇想地向女孩要了一张照片作为留念，女孩欣然应允，开学后不久寄来一封信，信里夹带着一张普通的生活照，照片上女孩一双黑白分明的大眼睛果然令人惊艳，宿舍里的群狼们争相传阅，然后约定每人在自己的床头贴一个星期，如此轮流以示公平分享。

雅涵是小文在学校里谈的女朋友，性格泼辣得像冬天冻硬的辣椒，冷冰冰硬邦邦又很强势，小文多少有些“惧内”。不巧的是这周邻家女孩的照片轮到了他的床头，他正美滋滋贴着，雅涵进来了。自然是一场惊天动地的大拷问，是谁是谁她到底是谁？小文怎么解释也解释不清楚，只好向我递眼色求助。不得已我便打了圆场，嗯，这个是我……表妹，给我寄了张照片汇报一下大学生活，大家觉得长得好看就一定要看看……

好看也不能乱贴啊！你表妹的照片给你你就要收好，让他们乱贴她肯定生气的。雅涵把照片塞给我，看着我把它收进了自己的影集里。

雅涵平时对我比较信任，因为我比他们年长一些，做事也有些分寸，她不好再多说什么，拧了拧小文的耳朵，此事算过去了。

雅涵走后，小文擦掉满脑门的汗水，说了句，好危险。

危险什么呢？邻家女孩与他之间本来就没有什么，虽然向女孩子要照片不是陌生人之间的常态，但一张照片也代表不了什么，那个时代里人们虽然有些保守，但同学们在一起一定会互赠照片，不是同学是校友的话，临别前要一张留念，大家都会慷慨赠予。

很快迎来了毕业，到了互赠照片的高峰时刻，果然是各自都收集了一堆，照片后面都写满了临别赠言，最常见的是“友谊长存”之类的话。我整理这些照片时，看到了已经被遗忘了的邻家女孩那张照片，不知如何处置，想了想还是还给了小文。小文不知道哪根神经搭错了，把邻家女孩的照片后面写了一句“永远的怀念”。

毕业后的一年，大家回了各自的家乡找工作，小文与雅涵是同乡又是恋人，所以很快就订了婚，过起了两个人的小日子。突然有一天，雅涵怒气冲冲地打电话来，叫我一定过去一趟。我感觉事态不妙，便连夜乘坐班车到了他们的城市。

在小文和雅涵租住的小房间里，一片狼藉犹如刚刚发生过世界大战，镜子被砸碎，桌椅坍塌，饭盆扣在地上，小文脸上有伤，很显然两个人动了手。

事情的起因正是那张照片，原来小文没有收藏好，把它夹在一本书里，今早打扫卫生时雅涵无意间碰倒了书架上的书，捡拾的时候，碰巧翻到了那张照片。也算是无巧不成书吧，一枚炸弹就此引爆。

小文再也解释不清这个女孩是谁了，也解释不清照片后面的字是怎么回事儿，同时彻底把我装了进去。

雅涵一边掉着眼泪一边对我说，在学校里我最信任的人就是你，你是我们的哥哥，处处维护我们，但没想到你会撒这样的谎，她真的是你表妹吗？你有她的电话吗？你联系一下她，让她告诉我她和小文之间真的没有什么。

气氛尴尬得像结了冰的水，冰辣椒的眼泪呛得人心里发闷。

我能够确信邻家女孩与小文之间真的没有什么，有的可能只是小文一厢情愿的暗恋和作为男性的对女性的向往，那是精神上的一种寄托，其实并不影响生活，也不会变成破坏他与雅涵之间爱情的因素。但此刻所有的解释都变得无力，我的无心之举，却无意之间在他们的关系里留下了一个砂眼，不经意的碰触让砂眼变成了裂痕，破坏了他们之间的信任。

雅涵是个非常耿直的女孩，并不能够从很多角度去考虑问题，最后她还是原谅了小文，接受了我们的解释，但在她心里将会永远留存着一些疑虑与戒备。随着时间的推移，这些疑虑与戒备可能会变淡变轻，但不会消失，虽然大家都已经可以把它当作是微不足道的小事，事情再小也不会忽略成未曾发生过。

信任是一种依赖的关系，建立的基础一定是诚实。诚实有时并不美好，但远远胜于虚伪的欺骗。在心理学的概念里，信任的经验是个人价值观、态度、心情及情绪、个人魅力交互作用的结果，是一组心理活动的产物，当我们对一个人失去信任，便不再重视他的意见、态度与情绪，也会认为他的存在不再具有价值。

生活中我们都曾漫不经心地说过很多微不足道的谎言，很多时候会认为善意的谎言是为人处世圆滑之道，能够最大限度避免矛盾的发生，减少不美好的真相带给人们的伤害。可是对于当事人而言，有时真相虽不美好却能令人感受到尊重，谎言虽然是“为了你好”，但终究会有种被人戏弄了的怨恨。

因此不要轻易去说善意的谎言，如果真的是善意，可以去考虑用真诚的态度和技巧性的解释来代替撒谎，每一个谎言都可能是一个引发裂缝的砂眼，是一颗埋着的炸弹。

让爱休眠

这个故事讲的是分手。

分手是一种并不美好的体验，却也是生活中几乎每个人都会经历的事情，在与宁浩分手之前，晨晨心里纠结得像一根麻绳，碰巧我们有了一次久别的重逢，她便倾诉给我听。

晨晨与宁浩谈了八年的恋爱，对于这对同居恋人而言，结婚只是一种形式，他们之间本质的关系早与婚姻无异，因此分手也等同于离婚。

杭州西子湖畔，夜灯照亮宁静的湖面，微风送爽，是多么怡人的时分，大家却聊着并不应景的话题，心情都有些低落。

晨晨是我的作者朋友中比较特立独行的一位，一个文弱女子写作的方向却是推理悬疑，生活也如她的小说一般一波三折。

她出生于东北，长大在西北，在湖南读书，大学读了二年级后自作主张退学，连家人都不知道她的决定到底为什么，其实原因就是宁浩当时已毕业要离开学校了。她与宁浩高中时就通信往来，那个时代网络初兴，两人竟然没有随波逐流投入到新鲜的交际方式里，仍旧保持着一周一封情书的往来，这种交流使得他们的感情历久弥坚，也让她不顾家人反对硬是考到了湖南，成了宁浩的学妹。

在学校里两个人自然形影不离，成了大家艳羡不已的一对校园情侣。毕业的钟声敲响，宁浩要回乡，晨晨二话不说当即辍学，用她的话来说，就是全世界都可以不要了，我只要与他在一起。

宁浩就职于一家网络游戏公司，晨晨则成了家庭主妇。最初他们的日子很是艰苦，宁浩家里并不喜欢这位大大咧咧的儿媳妇，晨晨家里则一直责咎她的不告而别。没有家人的支持，他们顶着经济和精神的双重压力租房生活，过得清贫但却颇有滋味。

那时候宁浩的梦想就是买房子，晨晨的目标就是找到一份合适的工作，两个人心无旁骛地过日子。晨晨做过服务员、促销员，跑过广告业务，客串过临时演员，基本上能做什么就去做什么，两年没买过新衣服，吃一顿麦当劳都要仔细盘算。

有一次宁浩加班到很晚还没有回来，晨晨煮了绿豆稀饭等他到深夜，打电话过去提示已关机，她担心发生什么意外，急得跟什么似的，又怕是自己瞎担心，思来想去端着一锅稀饭坐公交车到宁浩办公室去找他。

在宁浩办公室的楼下，晨晨碰到了宁浩，原来是电话没电了，他正急着往回赶。再一看，晨晨都没发觉稀饭不知道什么时候洒了，弄到裙子上一大片。他们跑到西湖边上洗裙子，晨晨一边洗一边心酸，回头看到宁浩在喝锅里剩下的稀饭。

原来宁浩舍不得那些还没倒掉也没弄脏的稀饭，所以呼啦啦地在黑暗中摸索着用勺子盛稀饭喝。这一刻晨晨哭得一塌糊涂，觉得太苦了，就快挺不住了。宁浩抱着她劝慰着，会好的一切都会好的，老婆，我们是很穷，但我们有希望，因为有你，我觉得自己是世界上最富有的人。

两年后出现了生活的转机，晨晨在经历过很多次求职的挫折之后，突发奇想拿起了笔开始写作，原本在读书时她文笔就不错，而且特别擅长编故事。她日夜坚持着写了一部长篇的悬疑推理小说，没想到得到了出版商的赏识，推到市场上之后反响很好，她的翻身之日到来了。

晨晨拿到第一笔稿费之后立即请宁浩去大吃一顿，然后买衣服买裙子换电脑，之后的日子变得顺风顺水，她的第二本第三本书陆续出版，那段时间是她创作的高峰期。他们的生活也在共同的努力下变得有了起色。贷款买了房子，买了一部二手汽车，跟亲戚朋友的走动也多起来，至少逢年过节也能有拿得出手的礼物来招呼大家，于是家庭的关系慢慢变得缓和了。

苦尽甘来，大家都认为他们也理所应当要修成正果了。

但没想到这次小聚，晨晨开口的第一句话竟然是，我想和宁浩分手。

难道是时间太久，心生厌倦？我忍不住劝她三思而后行。

但我了解晨晨的性格，她不是那种没有主见的人，也不是容易心血来潮冲动做事的小女孩，如果不是开玩笑的话，那她肯定有什么具体的原因。

结果，出乎意料，她真的没有什么具体的原因。

没有外遇，宁浩和她都是工作狂，对谈情说爱的兴趣明显低于投身事业的热情。宁浩每天沉溺于自己的游戏世界乐此不疲，她则陷入无限的推理情节中难以自拔。他们的生活被自己经营得密不透风，外人很难介入，第三者这种事情连想都不必想，很难有人能融入或者打破他们的这种节奏。没有矛盾，连争吵都没有，宁浩周一到周五上班，路线都不会变，周末在家睡觉，偶尔天气好了会出去钓钓鱼，晨晨每天在家写稿，写累了就做做瑜伽，然后按时做家务，一切打理得井井有条，不用说矛盾，两个人之间连一句带着情绪的过激的话都没有。也没有反对力量，双方的家庭经过这么多年的磨合都已经认可了彼此，晨晨的父母过来宁浩的父母会迎接，宁浩的父母心血来潮到西北旅游晨晨的父母也热情接送。

或许正因为什么都没有，这才是问题。

我说你们该把结婚证领了，生孩子了。

然而问题还不在生孩子上，宁浩家里是独生子但父母才五十岁出头并不急于要小孩，晨晨家里有小侄子拴着父母的心，对她也不做要求。而晨晨自己并不想要小孩，原因一二三四五，主要还是没做好准备。宁浩则根本没考虑过孩子的事，他认为二人世界很好，何必让小孩子来打扰。既然都很好，为什么还想到要分手呢？总得有些理由吧？

她说，我曾读过你的一篇文章，题目是《从繁花似锦到无疾而终》，所以我相信不用多说，你能感觉到我复杂的情绪。

是啊，无疾而终，这多少让我感觉有些可怕，多少人一辈子相爱到头发白了还会依依不舍，他们才八年怎么可能会渐行渐远呢。

据说爱情的保质期是十八个月到三十个月，心理学上一般则把恋爱划分为初恋、热恋和准婚恋三个阶段。初恋是双方了解与试探性地投入和认可的过程，热恋则包括思念、心理时间差和内在化的过程，准婚恋的过程是占有欲、排他性和淡漠期。之后，进入婚姻，爱情转化为亲情，这个时间不论多长，最终的结果都是一样的。

在亲情关系里，人的独立个性凸显，既相互依靠又相对自我，我们经常能够看到老爷爷在喝茶看报纸而老奶奶在养花浇水，两人在同一屋檐下互不干涉的情形，他们之间还有爱情吗？应是有的，但更多可能是亲情。这样相较，晨晨和宁浩一个做瑜伽一个去钓鱼的样子，竟然如同步入垂垂暮年，但实际上他们才刚三十岁而已，未免有些戚戚然之感。

晨晨告诉我，她想去欧洲，我不知道她是想去学习进步还是想去邂逅激情，但统一可以称之为，她想做出改变。改变是人共有的天性，但改变肯定会打破既成的生活格局，甚至是一种破坏，这样做是否值得？我想是否值得真的只能她自己去权衡了。

人在反思和总结中进步，爱情却不如此，因为每次反思和总结都会重回曾被自我催眠而遗忘的岁月。如果随着时光流逝，两个人的关系已经貌合神离，如果每次回首都能发现美好中有伤痛，那么爱已经到了深水区。要么淹死，要么学会游泳，要么逃离。

最后晨晨还是逃离了杭州，我们并不知道是要祝福她的重新开始还是要惋惜她放弃了那不容易的从前，她的故事无法用非黑即白的评判标准决算对错，她的分手则带着很多释然。

爱情就像一杯酒，细斟慢酌和畅快牛饮都凭个人喜好，但忘记续杯，我们终将饮无可饮。

所以要学会不断往生活中注入新鲜有活力的内容，让爱情该狂猛生长时不必顾忌，该休眠时静静睡着，不要总贪恋花开时的美丽，而忘记花朵枯萎凋零时的凄清。

或许有一天，晨晨会回来，也或许宁浩会去寻她，但那将是崭新的一轮爱情了。

为至爱保留一段距离

有句话说，距离产生美。

我的家乡在内蒙古呼伦贝尔市范围内，地理位置恰好是呼伦贝尔草原与大兴安岭山脉的交界处，不必说那里自然有着不一样的壮阔和旖旎百态的风光，因此每次与人谈起这个话题时总会引起大家的赞叹。

他们说，一望无际的大草原和广袤神秘的原始森林，真的太美了，是我这辈子最想去的地方。

但实际上夏季最美的草原虽然远远望去绿海无涯，走近后却会发现粗硬的草梗枯茎堆积如泥，牛羊成群的地方粪便成堆，绿草的清香中总会混杂着腐烂的泥土味；而神秘莫测的森林里生态多样，除了各种奇趣的植物和动物之外，有滚成团的铺天盖地的蚊子和盘丝洞般的蛛网，还会有令人闻风丧胆的蜱虫时刻想钻进你的肌肤……

这便是令人苦恼的现实，事物总不会十全十美，有时候你觉得美不胜收或许只是因为你并没有看得很清楚。

关于爱情或许也会跌入这样的窠臼。

我曾经的同事小白是个刚毕业的大学生，亭亭玉立，还带着一些少女的天真。某次她去参加一个年终答谢客户的派对，回来后兴奋不已，眉飞色舞地向我讲述现场的盛况，末了说了一句，你猜我看到了谁？

我猜不到，但我知道她这么兴奋主要就是因为这个谁。

果不其然，她在派对上邂逅了一个名叫小朱的歌手。这位小朱实在算不上什么有名的歌星，只是在小范围内参加一些商演活动，但人帅歌好，也累积了一些粉丝。小白在家乡的酒吧里看过他的演出，看他白衣胜雪，笑容阳光可爱，当时就很是倾慕，但一个是在校读书的穷学生，一个是天南海北跑场子的艺人，两个人之间根本不可能有什么交集。这次邂逅，让小白突然看到了希望，哇，原来小朱离自己这么近，甚至可以说是在同一个工作圈子里，她负责给客户提供广告创意，小朱则是广告的代言人，这样两个人的接触必然增多无数倍。小白美得像中了彩票一般，唇角眉梢都藏不住笑意，还跟我开玩笑说，她要做个“猎朱计划”。

所谓的“猎朱计划”，顾名思义就是捕猎一般追到小朱，把她心目中的男神变为男朋友。

“猎朱计划”进展得非常顺利，小白隔三岔五就跟我分享一些动态，小朱的皮肤真的好好，没想到一个男生的皮肤能达到吹弹可破的程度让女孩子都羡慕，小朱原来喜欢喝咖啡不喜欢喝可乐，小朱也喜欢唱卡拉OK而且是麦霸，小朱穿衣服是自己搭配的他没有专门的造型师……我仿佛看见一出戏剧在上演，一个探险者正一步步地靠近他的目的地，逐层拨开迷雾，获得一个又一个真相，谜底可能就藏在最后的盒子里。但是，你确定要把那个盒子打开？

我问小白，你觉得自己是真爱这个小朱呢，还是仅仅出于好奇？

小白想了想回答说，刚开始出于好奇，但通过接触我真的爱上了他。

这个答案也不错，有言情剧发展的即视感。我没再继续追问她到底爱他什么，因为这个问题几乎百分之百的当事人都回答不上来。

但我料定他们接下来的日子并不好过，小朱我不了解，但小白我很熟悉，她是个非常理想主义的女孩，没经历过什么感情上的风雨，也分不清什么是柏拉图式的精神恋爱什么又是脚踏实地的生活，她对小朱的倾慕或许仅仅因为距离而产生的神秘感，当这个距离荡然无存之后，倾慕也可能灰飞烟灭。

他们开始约会，从工作聚餐到私人约会，然后同居，也就是短短的一个月时间，小白变得心事重重。某天，她突然对我说，小朱变了。

变了？我心里第一反应是想反问“是他变了还是你变了”，但忍住没有说，只是细听她的诉说。

她说，他那个人好怪，喜怒无常，你看他在台上唱歌笑得特别灿烂，到了后台脸就沉下来，爱理不理的，好像世界欠着他一样。他很不爱卫生，衣服不洗，臭袜子乱扔，最可恶的是不爱刷牙，你根本想象不到，他不出门就不刷牙，而且抽烟抽得手指头上都是烟味。他睡觉还磨牙打呼噜，这倒没什么，最主要的是，他打呼噜时不许别人碰他，我推一下他想让他换个姿势睡，结果他就翻脸了，大发雷霆，这个人简直不可理喻。

我忍不住说，或许这就是本来的他呢？

小白冷静下来，认真地想着，说，可能吧，我并不了解他。

我又问她，你的“猎朱计划”应该算是成功了，接下来是什么计划呢？你是不是爱他呢？

小白倔强地说，当然爱，他是我的至爱。

至爱，最亲密最诚恳最真实最忠贞的爱，如果你把一个人当成了自己的至爱，那你得付出多大的努力做出多大的牺牲和冀望多么厚重的回报啊，小白还真的是太年轻。

接下来的一段时间小白继续投入在她的“至爱计划”里，我们有小半年的时间没有联系。仲夏时分，各地有赈灾义演，小朱的演出档期排得很满，与小白在一起的时间越来越少，小白也越来越寂寞。终于有天忍不住又找到我一吐苦水。

他是个特别小气的人，捐款都是假的，这边捐钱经纪人在那边跟企业要演出劳务，明明是义演，干吗要这样，他又不缺那几个钱？

他根本不需要那个经纪人，两个人的关系还不好，经常弄出岔子，明明自己都能处理好的事情，干吗一定要委托别人，再说，我也可以帮他啊，我看他根本就是不信任我。

他穿衣服的品位实在太差，演出服就那几套也不换，那件白色的胳膊肘都起球了，让他换他就不换……

我心想，这不就是你曾经爱过的他吗？他笑得灿烂，白衣胜雪，作为明星有助理，曾经这些都是你认为的他闪闪发光的地方，现在全部黯然失色。

他还是你的至爱吗？

纳兰性德有诗云:“人生若只如初见，何事秋风悲画扇。等闲变却故人心，却道故人心易变。”说的大概就是这样一种遗憾，就如人远看一座山，山花烂漫，风景宜人，走近一看却是丑石成堆，野花惨淡；远看一座桥，铁索飞檐，气宇不凡，爬上桥才发现摇摇晃晃，崎岖难行；远看一个人，风华绝代，倾国倾城，接触久了会发觉他或有狐臭，或尖酸刻薄……关于爱情故事，最为大家津津乐道的还有一个李敖与胡因梦的纠葛，才子佳人传为美谈，结果婚姻仅过百天便烟消云散，后人各种传言，有一个说法是，李敖一天回家，看见胡茵梦便秘坐在马桶上，龇牙咧嘴，面目可憎。如此不食人间烟火的美人儿竟也如此不堪，女神形象瞬间坍塌，婚姻随之瓦解。

这些八卦只当笑谈不足为信，但生活里，我们时刻都在面临着这样的情形，把一个人当成挚爱的目标，完美的化身，因为冀望过高，真正接触起来只能不断减分，一直从最高分减到负分。不是“得到了便不懂得珍惜”，只是因为错误地估算了距离的作用，认为好的东西一定要拥有，拥有了会更好。

小朱之所以美好，是因为他在舞台上的形象，并不代表他在生活中适合当爱人。

小白最后还是与他分手了，分手后的小白成熟了一大截儿，至少，她学会了与自己的挚爱保持一段距离。

如果你对某人某事心生向往，在把它变为现实之前，一定要多方面考量，既看到好处也考虑到坏处，不要心存侥幸，就如摘一朵水莲花只想择其娇美而误入难以自拔的沼泽。

如果你发现，这种美好仅是自己心愿的投射，只是距离产生的错觉，那么倒不如保持着这样美好的距离，不去破坏既有的平衡与微妙的感受，这样反而能够继续拥有，甚至拥有一辈子。

到底谁活得像个笑话

有位朋友活得像个笑话。

这样说未免有些刻薄，但他是不会介意的，在我写这篇稿子的同时，他就坐在电脑旁边通过视频看着我微笑，我这边是午后的艳阳，他那边是漆黑的午夜。

为了追求一个女孩，他只身奔赴美国，还有三天他就要回来了，他兴奋得睡不着。

说他像个笑话就要从头说起。他出生在福建的一个小渔村里，那里三面临海，人口不多，几乎家家户户都有在海外打拼的亲人。他从小就很自卑，主要因为个子很矮，头又很大，样子显得滑稽可笑。根据美联社《2009 年上半年东亚统计年鉴》的数据显示，中国福建 20 ~ 25 岁男子的平均身高为 170.90 厘米，那么他与平均身高至少还有 10 厘米的距离，为此他特别苦恼。后来他在书上找到了自信的力量，看看那些名人的身高吧：拿破仑 165 厘米，邓小平 157 厘米，列宁 164 厘米，斯大林 162 厘米，路易十四 156 厘米，亚历山大大帝 150 厘米，查理大帝 150 厘米，墨索里尼 160 厘米，希特勒 165 厘米，杜鲁门 163 厘米，金正日 155 厘米，丰臣秀吉 152 厘米，鲁迅158厘米，孙中山158厘米，普希金165厘米，爱因斯坦164厘米……一大堆数据让他欣喜若狂，从此后走路挺胸抬头不再自卑，但却忘了人家是名人而他只是个普通人。

他追求一位名叫阿莹的女孩，对于他的告白阿莹只用一句话就把他打回了原形。她说：身高不等于身价高，你把全世界的矮个子都挑出来了，那不恰好证明还是高的多吗？

为了提高身价他开始琢磨赚钱的事儿，因为他知道即便你长得再丑，有钱就会有不一样的待遇。但他家境不济，父母文化程度都不高，自己也不爱学习，早早就告别了学校开始混社会，所以并无什么特别的本领去赚很多的钱。他学别人摆摊儿做生意，结果只赚了个吆喝没卖出什么东西，他学厨师准备到大饭店求职，但拿着初级中式烹调师职业资格证书根本进不了高级餐厅。混了两年他仍旧过着月薪两三千的日子，阿莹在工厂里赚得都比他多了。

他存够了一万块钱去买了一枚戒指，跑到工厂外约阿莹出来准备求婚。阿莹看了他的戒指，掏出iPhone手机拍了一张照片，然后说光线太暗拍得不够清楚要不你拍张试试？他真的掏出自己用的老年机拍照，当然拍得更不清楚，这一刻他心里刺痛无比。

他说："你说这是不是个很冷的笑话？我活得就像是个笑话。"

他计算了一下，从事简单的体力劳动，按国内薪酬待遇来看，至少要奋斗十几年才能存够开店的钱，然后再奋斗十几年把它做大，再奋斗十几年才可能去实现其他的梦想……他知道这就是跟他一样的普通青年正在践行的人生之路，每个人都想迅速挖到自己人生的第一桶金，但并非每个人都有机会。没有机会就自己创造机会吧，于是他卖掉了戒指取出了全部积蓄，在一个月黑风高之夜上了国际邮轮，做了一名清洁工。

“我最大的苦恼不是晕船也不是辛苦，而是工作服……”他个子矮小，邮轮上的工服都是灰色蓝色的很宽大的衣服，穿起来就像个小丑。但是，他一干就干了三年，他学到了很多东西，但让他铭记于心的竟然是：垃圾分类。

在船上所有的垃圾都要严格分类，分别处理。在臭气熏天的垃圾处理室内，他和同事穿着厚厚的工作服戴着手套年复一年日复一日地工作，最不愿意见到的情况就是有人把可回收的垃圾和不可回收的垃圾混在一起，比如食物的垃圾里有金属餐具之类，他们一定要分拣出来，如果有人这样做，他和同事都会很愤怒。时间久了就养成了习惯。而服务员也培养了这样的意识，不会故意犯错。他说，他第一感受到了一种叫作尊重的东西。

之后他下了船，不是回国，而是去了美国，在一家中餐馆里做了厨师。

他的经历很丰富，但经常言辞闪烁，我知道他想隐瞒一些过程，那些过程很重要但也无关紧要，因为结果很明显，他存够了一定数目的钱，而在这种存钱的过程里，逐渐历练得成熟稳重，并且变得睿智。他的梦想仍旧是见到阿莹，他觉得自己已经可以带给阿莹幸福了。

再次相见已经时过半月，我们在北京的一间咖啡馆里见了面，这个小个子男生面带微笑，神情气质有些与周围同龄人不一样的纯朴，他说，还是个笑话。

他回到了家乡，竟然真的找到了阿莹，阿莹已经嫁为人妇，怀孕挺着大肚子。

“临走前我曾约过她，让她等我。她说我存了五十万就嫁给我，现在已经够了，但是她还是没有等我。”阿莹在工厂里与组长谈了恋爱，然后顺理成章结婚，组长经济条件并不好，两个人还在租房住，因为怀孕了她只能休息，所以生活靠丈夫一个人支撑。她丈夫想辞职离开工厂，带她回老家开一家手机店。他们没钱开店，于是，他把五十万借给了他们。

北京的冬天阳光特别好，咖啡馆里有些热，他额头上冒出了一些汗滴，嘴角仍旧挂着微笑，仿佛在说一件什么特别好笑的事情一样。他总是说他自己就像是个笑话，但我觉得一点儿也不好笑，五十万在小镇子里开个手机店，你被骗了吧？

其实是不是被骗都无所谓吧，他根本不在意这个。他现在又一无所有了，但我相信他很快就能重新开始，并且做得很好，因为这个小个子有恒心有毅力有方法，还有着别人所没有的广阔胸怀。

倒是那个名叫阿莹的女孩，让我觉得有种无奈的悲凉之感。

一个在工厂里打工的女孩肯定也是吃了苦的，追求自己想要的生活无可厚非，大家都希望能够让自己的生活变得更好，在条件不具备的时候努力为自己去创造条件。但是，她面对外表条件并不好的小个子时，尖酸刻薄，面对约定的时候敷衍了事，面对诱惑的时候竟然仍旧会向小个子借钱，一个人自私起来真的是没有止境的。

当金钱变成交换爱情的条件时，这份爱情已经不具魅力了。

我想，小个子或许真的是很珍惜这个女孩，心里也有对她不断鞭策自己进步的感恩，所以不会计较许多。当他再次一无所有时，反而能打开心结，放下对她的执念了。他觉得自己活得像个笑话，我却觉得并非如此，令人耻笑的是很多贪婪势利的人，他们可能长得很高，心里却藏着一个卑微矮小的自己。

没有所谓正确的选择

最近和朋友聊起了“选择”的话题，大家一致认为选择意味着责任，任何选择都会产生不同的后果，所以我们每个人都要为选择买单。但是，怎样的选择才能算是正确的呢？这让我想起了一次在结伴爬山时发生的小事。

爬山的时候大家出现了分歧，四个人里有两个要走大路，一个人偏偏要走小路，而我保持中立态度，大家等我来投票选择。

选择走小路的是个女孩，我们都叫她“叮叮猫”，在四川方言里叮叮猫是蜻蜓的意思，她伶仃瘦弱的样子确实像只蜻蜓。但每次爬山越野类的集体活动她都要参加，她是个特别开朗、喜欢聚会的朋友。

要走大路的两位都是男生，对户外活动较有经验，如果想要最短时间登上山顶，走大路是最佳选择，走小路直线距离比较短，但山路崎岖，反而不能最快登顶。

叮叮猫坚持己见，她的理由是，大路已经走过几回了，如果爬山的目的只是为了登顶那岂不是无聊，走小路可以看到不一样的风景。

最后我选择支持她，于是兵分两路，我和她走了小路，两位经验丰富的男生走了大路。他们放言，我们会在山顶把好吃的都吃完了等你们上来。

凤栖山在历史上曾属青城山一百零八景之一，这里异石林立，幽谷纵横。我和叮叮猫开始的路途比较顺利，果然也看到了很多以前没见过的景致，因为人迹罕至，这些山水保持着自然的风貌，一路上拍了不少照片。但再往前走小路变成了小径，最后小径干脆也不见了，脚下杂草丛生，荆棘密布。

酷暑难当，时间一分一秒过去，我们行走的速度越来越慢，看着时间，那两位男生应该早爬到山顶了，而我们还在半山腰打转，我不禁有些心急，言语里也有些埋怨的意思。我说，如果不是支持你，我也不会做出这样的选择，现在应该是在山顶喝饮料了。

叮叮猫没说什么，只是加快了脚步。

越往前走山势越陡峭，越野几乎变成了攀岩。

我们的装备根本不具备攀岩的条件，所以尽量避开那些突兀的岩石，寻找一些可以抓握的树杈之类努力往高处移动。突然，叮叮猫脚下一滑顺着山势滚了下去，我惊叫了一声想去拉她但已经来不及，翻滚着，胡乱伸手去抓身边可以借力的东西，结果抓住了一枝荆棘，等我挪到她身边时，她的双手都已经被划出了口子，鲜血淋漓。用三角围巾给她简单包扎了一下手，两个人继续小心翼翼地前行，我忍不住说了句某禅师教育弟子的话：荆棘习惯依附别物，你却依附它，当然自讨苦吃，所以别依靠不能依靠的人。

她“扑哧”一下笑了。

然后掏出相机来，继续拍照，拍脚下的山谷、头顶的蓝天、幽谧的树林和那些花花草草。

那天我们登到山顶时，足足比他们晚了两个多小时，他们自然不会把吃的东西全吃光，给我们留了足够的水和食物，而晚上回来的时候统计了一下，叮叮猫拍的照片最多，也最好看，每张都是我们不曾见过的角度和那些不曾领略过的风景。

她的手肿得像个馒头，肯定很痛，但看着那些值得炫耀的照片，她说，值了。

大家笑她是个疯丫头，她说了一句话让我突然明白了一个简单的道理。

她说，根本没有所谓的正确选择，只有努力奋斗让自己当初的选择更正确。

就爬山选路这件小事来说，如果目的仅仅是在最短的时间内登顶，那么叮叮猫和我的选择肯定是错误的。我们的选择既浪费时间又耗费体力同时还有较大的风险，万一出现意外怎么办？但是，聚会爬山不是比赛而是带着休闲探险味道的游玩，同时大家都想拍一些好看的照片，之前的路线已经走过很多次，发现新的景致拍摄到更美的照片概率不大，选择走没有走过的路，拍到不一样的照片的可能性几乎是 100%。所以，也不能说叮叮猫的决定是错误的。

叮叮猫在滑到山谷下扎破了手的时候也后悔了，但她不像我一样去埋怨和发牢骚，既然已经做出了选择，这个选择可能不是非常正确，剩下的事情就只能是去努力让自己的选择变得正确，所以她干脆放开手脚去大拍特拍，这样反而让她成为本次爬山摄影活动的最大赢家。

其实在生活中，或者是我们每个人的人生里，很多次都会面临着这样的选择，它的目的是多样性的，目标只是个概念或者是个并不明确的指标，比如说，我要幸福、我要快乐、我要富有等等，那么要通过什么样的途径来实现便成为各执己见的问题。总会有过来人为你提供经验，也会有先行者向你宣导各种常识，还有一些并无成功经验但有很多失败教训的人为你提供各类信息的参考，令你的选择更加迷惘。我们总是试图做出最正确的选择，反而更难做出选择。

实际上根本就没有所谓正确的选择。很多经验是唯结果论的一种参考，因为他成功了，所以他做的某些事儿某个细节就成了所谓成功的条件；因为他失败了，所以他做的某些选择就是错误的，我们习惯了用这样的考量来迷惑自己。凡事的因果关联可能没有那么简单，就如科幻推理电影《彗星来的那一夜》里的剧情那样，每一个维度的自己做出差别极其微小的不同选择之后，都可能对结果产生完全不同的影响，也如《蝴蝶效应》一样，本来很小的差异，结果却偏离了十万八千里。

但是，面对选择的心态却可以找到最为妥帖的处理方法，那就是卸除选择的心理负担。

无论你做出怎样的选择，都可能迎来新的问题和又一轮选择，不论是否错误，都不要放弃正确的努力。

这样我们才能真正做到有所收获。

像泡菜那样活着

顾晓依是我在旅途中认识的朋友，名字是化名，如果我指名道姓地把她的故事讲出来的话，估计她会杀了我。

她是个摄影达人，作品很多，在某个比较大的摄影平台小有名气，粉丝数量节节攀升，所以还是很注重自己形象的。她的作品以风景为主，构图善用“三分之一规则”，也就是被拍的主体一定不在画面中间，地平线放在将画面从上到下分成三份的一条直线上，然后主体元素放在对应直线的三分之一处，这样出来的视觉效果颇具冲击力。作为一位摄影师，她既有男性的广阔视角，又有女性的细腻，因此每次发布的照片都会引得大家啧啧称赞，粉丝对她崇拜又迷恋，但并不知道她在生活中是什么样子。

因为她总会刻意避免曝光自己，也绝不会对公众透露个人生活的信息，这使得她在粉丝的心目中非常神秘。

我认识她的时候并不知道她是位“名人”，大家在卧铺车厢里睡上下铺，泡方便面的时候打了招呼，然后一路上谈天说地颇为开心，从北京到成都近三十小时的旅程里，大家从读书聊到摄影再聊到电影，就是没聊个人生活的情况。

顾晓依说她最欣赏的名人是海蒂·拉玛（Hedy Lamarr），那是一个谜一样的传奇女子。海蒂·拉玛是世界上第一位全裸出镜的女演员，拥有着惊人的美貌和八次婚姻，曾被誉为全世界最美丽的女人。但这仅是她人生的一个侧面，传奇之处在于，她竟然曾攻读通信专业，是扩频技术的发明人，这项技术被广泛应用于手机，可以说是手机的基础原理。她是 CDMA 无线数字通信系统理论来源的发明者，在手机普及之后人们才授予 83 岁高龄的她“电子国境基金”的先锋奖，去世后被追认为 CDMA 的技术鼻祖，得到了“CDMA 之母”的称号。

这样一位既有美貌又有智慧的女性确实令人赞叹与崇拜，而顾晓依最欣赏的还是海蒂·拉玛曾说过的一句妙语：电影往往限于某一地区和时代，而技术是永恒的。

套用这句话，在生活里，我们的什么才是永恒的呢？

后来我才知道顾晓依是个摄影师，我还曾见过和转载过她拍的照片，突然有些明白了她的感受。她的摄影作品很棒，但可能仅仅代表她有出色的工作能力，而在生活中她会有一个完全不一样的自我。

去她家拜访后，证实了我的猜想。

我根本不相信这是女孩子的家，脏到墙壁长霉，乱到无处下脚，传说中的拖把长蘑菇的男生宿舍都会显得略逊一筹。

门口的鞋架子上放着烧水壶，而拖鞋飞到了桌子上，桌子下面堆着吃剩的盒饭，饭盒下面是地毯，地毯的绒毛里撒满了各种果壳碎屑，那些碎屑还飘到了床上，床上的被单起了球，枕头坐在屁股底下，顾晓依蓬头垢面眯着眼睛正在擦镜头。哪里是朋友来做客，分明是保洁员上门送服务，这天我做了一下午清洁卫生工作，累到晚饭都提不起精神吃了。

清洗地毯的时候，我在墙角发现了一只落满灰尘却密封很好的坛子，搬起来摇晃一下感觉里面有液体在动，直觉又是什么垃圾想丢掉，顾晓依拦住了说，别动，放下，那是一坛子泡菜!

原来她老妈知道她生活里又懒惰又邋遢，平时根本不会下厨，但又怕她吃不好，所以经常会做些她爱吃的泡菜送过来，泡菜酸爽开胃易于保存，最主要的是带着家乡的特色，能让她感受到母爱的温暖。

她爱吃泡菜，却不会做泡菜，也或者可以学会自己做，只是懒得去学。她的懒，超乎我的想象，一个能拍出那么好看照片，每幅画面都干净精致美轮美奂的人，生活中怎么可能是这个样子?

这就是我，是颜色不一样的……泡菜。她开玩笑般说。

难怪她总对自己的生活保持低调，无论粉丝怎样央求，都不会曝光自己的居住环境，晒再多照片也不会晒出生活里的细节。

她是个属于野外的摄影师，大自然是她的广阔天地。每到一处，不用刻意摆拍，她总能找到自己的角度，呈现原始的风貌，这种呈现不是人为的堆砌与制造，而是原本就待在那里的风景，我们需要做的仅仅是发现。

她有一双发现美的眼睛，即敏锐的洞察力，通过镜头捕捉这些生动的瞬间，用照片的形式呈现，分享给世人，这也是一种具有创造性的工作，所以，她不是没有创造力的人，只是她不会把这份精力和创造力放在自己居住的环境里。

“一出门就是几个月，一去就是几千公里，人累得像狗一样，回家就瘫到床上不想起来了，哪有心思收拾房间呢？”她说。

确实如此，天才或许都有怪癖。

如果她把更多的心思耗在如何摆放家具、如何搭配服饰、如何逛街购物、如何谈情说爱上，那必然会没有更多的时间去游历和发现自然之美。人都是习惯的产物，当一个人习惯了某种状态之后，就会逐渐画地为牢，安于享乐，不再突破。

顾晓依像泡菜那样活着，泡在坛子里慢慢发酵，乳酸菌悄然工作抵制着腐败的微生物，那过程想必并不美好，甚至比较惨烈，但是我们看不到。我们端到桌子上的总是切得整整齐齐摆得漂漂亮亮的佳肴，那些泡菜已经经过了清洗和美容，有漂亮的形态鲜艳的色泽，但让我们最终沉醉的却仍是它脆爽的口感和特别的味道。

倒也不必担心这样的女孩嫁不出去，说不定就有人会喜欢大大咧咧的她，不拘小节的她，邋邋遢遢的她，世界那么大，每一款女孩都会有人喜欢有人烦，何必统一标准来要求她们必须秀外慧中、擅长家务呢？

我其实艳羡泡菜般的生活，要么发酵要么腐烂。不管怎样，结果都会酸中带点点甜。我一直是我自己的那棵菜，却努力地活得如花般灿烂。海蒂·拉玛曾说过，电影往往限于某一地区和时代，而技术是永恒的。如果人生是一部电影，那么我们都是角色，也都超然物外。仅剩的一些状态，何其珍贵。不说苦与累，只有承与受。

而这些承受的过程，也可以是开心和美好的。

站直了，就不会害怕了

“快，快跟我说话，无论说什么都行，一直不停地说，分散我的注意力，让我不去胡思乱想。”

这不是什么小说的开头，也不是悬疑故事的铺垫，只是我年轻时偶尔做的一件“傻事”，说它傻，因为我像坠入深潭的小动物一样，溺水将亡时随便抓住一个什么漂浮物便去求救，都是陌生的网友，不知对方是谁，是男是女是什么年龄，也不知道对方会对你有何看法。但这竟是非常行之有效的方式，在我很多孤助无援的时候，陌生人反倒给了我支撑，后来才发觉，我需要的不是什么帮助而只是一种宣泄的氛围，真正让自己走出泥沼的，反而是自己。

有段时间工作非常不顺利，黔驴技穷，稿子写不好，业务没进展，领导在批评，同事在挤压，总体感觉就是全世界都在欺负我，而自己有委屈无处诉，有想法不被认同，又面临经济的压力，前路茫茫。

“莫愁前路无知己，天下谁人不识君”是初中毕业时同学送给我的临别赠言，带着这句话我走遍天涯。但是，就如一句冷幽默的网络段子所说的那样，“读万卷书不如行万里路，但行万里路而不读书的话，你仅是邮差”。所以真正践行了游历天涯的想法之后会不断发觉，新鲜感与失落感同在，快乐和忧伤并行，我以为会因为漂泊而变得“学富五车”，偶尔的瞬间却突然发觉，自己只是人生的匆匆过客，把时光当成明信片随处寄放，闪亮的日子只是瞬息，过后是长久的现实性的困顿，这样的生活与其说是有价值，不如说只是自我的执拗释放，并不能给别人和社会创造什么财富。

人一旦困惑就容易病急乱投医，随便找人聊天诉苦就是其中的方式之一。

事情的转机来自一次无心的交谈，对方是个在聊天软件中随意查找而来的人，陌生人有时反而容易带来安全感，因为对方不知道你是谁，不会在你的生活与工作圈子里去八卦和传播，不会因你的悲喜而产生连锁反应，你当讲故事他当听故事，第二天可能还记得，第三天或许就忘了。

但是事有例外，这次聊天的对象竟然是个小女孩，才刚满十三岁。

我喋喋不休倾诉一通、牢骚一遍之后，她发来个憨笑的表情，说，叔叔，你喝醉了吗？

我愣了一下，反问，怎么了？

她说，我爸爸喝醉了以后就像你这样说些牢骚的话，不过他比你强，牢骚完就去想办法解决问题了，下次再牢骚的话也不会说同样的话了。

我感觉有些汗颜，忍不住问，我跟你说过同样的话吗？

是啊，她说，前天晚上你逮住我聊天说的就是这些，今天我换了名字，结果又被你逮住了。不说了，我玩游戏去了。

我哑然，感觉满脑袋黑线，恨不得挖个地缝钻进去才好。

对方才十三岁，还是玩游戏的年龄，哪里会关注你的人生疾苦，更无法感同身受。但是，即使是一个和你有强烈共鸣的同龄人那又能如何呢？你的人生是你自己的，你的路是你自己的，没有人可以替你活一分一秒，连你至亲的人也不能。所以，成熟的人可能会给你一些中肯的有建设性的忠告或有效的人生指点，但要怎么做终究是靠自己的。

而且，“牢骚完就去想办法解决问题”是多么朴素的真理啊，牢骚只能是一种情绪的宣泄，有益于心理疏导，但从来不会是解决问题的方法。如果牢骚能改变世界改变人生的话，我们每个人都坐在家里发牢骚好了，何必要去学习、工作和社交，何必去做种种努力和尝试。

小女孩无心的一句话给我上了一课，让一个成年人觉得丢脸，同时也让我发誓不再随便逮一个陌生人发牢骚来寻求自我安慰了。

逃避，是因为无法直视自我，就如鸵鸟把头埋在沙子里，不管你是找知心好友倾诉还是找陌生人牢骚，面对难题只是牢骚而不想办法去解决的话，那就是一种逃避。

逃避会让人上瘾，因为它避重就轻地让自己缓解了压力之后疲惫睡去，第二天又故态复萌，这与吸毒和酗酒又有何区别呢？

在生活中我看到过太多这样的人，工作不顺利他发牢骚，情感不顺利他发牢骚，人际关系处理不好他发牢骚，年纪轻轻就像老年人一样唠叨而不自知，真正留给自己的时间，既无想方设法去克服难题的思路，也无百折不挠去改善的行动，只有那些毫无建树的消磨。

很多人就在这样牢骚的日子中慢慢老去，归根结底只是因为没有站直，随弯就弯，心里藏着畏惧。

生活欺负的就是这样怯懦的人，所谓“困难像弹簧，你弱它就强”。

所以，我们为何不让自己站直了呢，自己坚强了，就什么都不怕了。很多时候你以为是天塌了，实际上是你站歪了。

把发牢骚的时间用在更有意义的地方，人生会增添许多附加的价值。

不开心的生产力

某天闲来无事浏览以前写过的一些短文，惊讶地发现已经超过一万篇，都是随时写随手发，随便丢到什么网站或个人空间里，无暇也无心去整理，它们是记忆的碎片，也是情绪的碎片。

而那些情绪多数是负面的，类似于宣泄，零散无序，有的极端偏激，有的又故作深刻，更多的则是无意识的自由流动。

奇怪的是，这些负面的情绪并没有使我泥足深陷，尽管我一度徘徊于抑郁的边缘，但并没有患上抑郁症，反而让我锻炼了文笔，积累了大量的素材。

这让我想起一个特别爱找我聊天的朋友，她当时还在德国。

她喜欢 blue 乐队的一首歌《One Love》，所以我叫她小蓝。

小蓝既是我的读者，也是我的朋友，更把我当成了宣泄的对象，因为那时的她很不开心。

出国之前，小蓝在深圳的一家外贸公司做财务工作，公司主要做机械进出口业务，规模大效益好，她的工作也从早忙到晚，精神长期处于高度紧张的状态。那段时间她很不开心，或许因为压力过大的缘故，常出现失眠与幻听的情况，于是不得不借助一些药物来平复自己的情绪，后来她染上了酗酒的恶习，晚上烂醉如泥，白天头疼欲裂。

在她特别消沉的日子里，她的“幸运之神”突然出现了。丁先生是华裔德国人，父母均生活在香港，他从小就被送到了德国，在那里长大读书成年就业，所以他从小就频繁往来于德国和香港之间，香港回归后他也成了内地的常客。那天他陪他的死党去看一场音乐会，小蓝陪她的闺蜜——也就是那场音乐会的萨克斯手——去参加演出，他们无意间邂逅了。

丁先生的死党看演出的时候就盯着萨克斯手目不转睛地看，一见钟情，音乐会一散场就怂恿着丁先生替自己去约对方。丁先生虽然是华人但骨子里却完全是个德国人，把约女孩这事儿办得又认真又严谨又浪漫，不卑不亢地捧着玫瑰花守在化妆间一直等萨克斯手出来，既不催促也不拘束还不尴尬，一下子获得了大家的好感。萨克斯手自然拉着闺蜜小蓝一起出去，之后四个人去了酒吧，那天小蓝又醉了，吐得自己身上都是污秽物也弄脏了丁先生的衣服。

丁先生把小蓝送到酒店里，帮她清洗，自己也洗了澡，还把衣服晾干了熨烫整齐才离开。

最后的结果是，丁先生的死党和萨克斯手并没有走到一起去，丁先生和小蓝却成了一对儿。

嫁给丁先生之后，小蓝辞职做了专职太太，去了德国。

“情绪不重要，一个人没有独立人格与思想的时候，没有自己的立场和有效的行为，他的情绪一文不值。”小蓝如是对我说。

我是个情绪特别多的人，认识小蓝那段时间正好是生活工作各种不顺利的时候，心情也每天都坐过山车，一下子跃上制高点一下子又跌到谷底，与朋友聊天几乎成了唯一平复心情的方法。我们彼此讲述各自过去的故事和现状，互相安慰与启发。

虽然如此，人还是离不开各种情绪，包括动物亦有喜怒哀乐的本能。

情绪是最方便的零成本的能量释放，它游离在感觉、心情和情感之外，人类有几百种情绪，它不可能被消灭，但可以被疏导、管理和控制。

不开心，就是最典型的一种综合情绪。

很多时候我们也不知道自己为什么不开心，找不到具体的理由，但就是不开心。

小蓝说，我也不开心，不开心的时候我就种菜。

我原本以为小蓝应该是很开心的。

她已经结束了做会计的工作生涯，找到了自己心爱的人，移居德国，海德堡的内卡河畔，一座城堡式的别墅里，楼顶天台有游泳池，楼下有花园。在顶层的卧室，躺在浴缸里可以抬头通过透明的天花板看到满天的星斗，她经常泡在水里一边洗玫瑰浴一边跟我聊天。这样的生活，对很多挣扎在出租屋与办公室、奔忙在地铁和大巴车上的人来说，简直像神仙一样的日子，她竟然会不开心？

可能是因为寂寞，丁先生忙于工作经常出差，工作不忙的时候也要定时回香港与父母团聚，所以小蓝经常要独守空房。也可能因为孤独，只身海外，巨大的文化差异，身边连一个知心朋友都没有，没人聊天，也没有小伙伴一起玩耍，肯定会倍感凄凉。也可能是在挣扎，她在戒酒，改掉自己酗酒的毛病，那些生理和心理上对酒精的依赖会时常折磨她，让她日夜煎熬……总之，印证了那句老话，皇帝有皇帝的心事，老百姓有老百姓的心事，虽然我们每个人面对的现实不一样，但却不约而同地都在不开心。

不管是怎样的原因，或许也找不到真正的原因，不开心是现实，如何面对不开心是唯一的功课。

她说她种菜，我还以为是在玩网络游戏，虚拟的菜园。她解释说，是真的种菜，把花园里的花草换成蔬菜，每日耕种。

原来在德国蔬菜很贵，种类也非常少，更多的蔬菜需要从法国、西班牙和荷兰进口，所以价格不菲，在我们看来简直就是天价。小蓝说，她种了长豆角之后不称秤按重量卖，而是按根卖，种的菜花也会按棵来卖，一小篮子菜能赚不少欧元，花园一角被改造成了菜园，她成了摆摊儿卖菜的菜农。

小蓝衣食无忧，并不缺那些钱来补贴家用，她只是给自己找些事情做。

“我想的是，既然已经不开心了，为什么还要盯着这个‘不开心’不放，围绕着它去做事，那太被动了。其实我种菜的时候也不开心，因为我根本就不会种，在娘家，在国内，我根本不知道菜长什么样儿，菜市场都很少去，现在来种菜真是一种折磨。但是，种菜至少比喝酒强，喝酒伤身又伤神，种菜能呼吸到新鲜空气，菜长大了还能卖钱。我一边种菜一边骂骂咧咧的，纯粹是一种情绪发泄，结果菜种得还挺好。这就是把不开心化作生产力了吧？”

我愣了一下，因为从没想过，不开心原来也可以是一种生产力。

我也不开心，但我没有把不开心化作生产力，不开心的时候我会抽烟喝酒，扯着别人闲聊，发牢骚或漫无边际地发散思维，聊到最后自己都不知道自己说了些什么了。

我和很多在生活中不如意的朋友一样，知道自己处于一种不正常的状态里，知道自己抑郁，但就是提不起精神来做什么改变，因为习惯，或者懒惰，或者是各种各样的理由，这种状态很不好。

“是很不好啊。”小蓝说，“抑郁啊真是个恐怖的东西，我也深陷其中。但恐怖之余竟然对其心存感激，大概是因为抑郁是最鲜活的情绪，使得原本平淡无奇的生活变得如过山车一般起伏跌宕。”

不一样的人生体验？是啊。

我们都处在人生之中，我们的生活各不相同，可能你觉得枯燥无味的东西正是我所向往的，我认为无聊恐怖的事情正是他的乐趣所在……而枯燥的情绪，向往的情绪，无聊的情绪，恐怖的情绪，各种各样的情绪，正构成了我们每个人不一样的人生。

如果把此刻你所面对或遭遇的，当成一种人生体验，你就会轻松得多。

更何况我是一个需要靠写作生存与生活的人，我为什么要任凭这些宝贵的情绪随意流走，肆意去散播呢？我可以把它转换成我的生产力，可以用文字去呈现这些体验，跟大家分享，在共鸣或抨击中变成我们为未来而努力的力量。

把它们写下来吧，可以没有章法没有头绪甚至没有目的，写日记般地记录，无所顾忌地总结，不怕犯错也不怕失败，多年之后，这些都将会是自己最宝贵的财富。

小蓝给我的启发就是，把对自己不利的情绪变成具有创造力的行为，而不是变成伤害自己和别人的错误行为。

在生活中我们也能够看到这样的现象，一个人对社会不满会去炸公交车，去残害幼儿园的小孩，这是极端的例子，但也是不善管理情绪的典型案例。也有人遭遇求职挫折后，选择自己创业，带着一股“报复”的心理，要做出个样子给世界看。

情绪无所谓好与坏，只在于我们如何去使用。所以在一次情绪管理主题的沙龙上，我给大家分享了小蓝的故事，提出一种概念，叫作“不开心的生产力”，大家莞尔一笑。

其实在生活里，我们不仅需要那些积极的欢快的情绪，也会需要消极的、悲伤的情绪，因为这样才能给我们带来丰富多彩的人生体验。而对于情绪，我们不仅要去克制，也需要发泄，更需要充分地利用。

了解情绪是我们认识自我与交际他人的重要方法，是否能做自己情绪的主人甚至会决定我们人生的成败。

幸福的厚度

仍旧是上一篇提到过的小蓝的故事，她与我聊过一些生活上的琐事。也让我有了更多的感悟。

人总会面对一些生离死别的事情，这种事情如果不是发生在自己身上，体验就不会来得那么直接和强烈，但如果这样的事情发生在你所爱的人身上，除了会有一种爱莫能助的无奈感之外，还会有一些莫名的幸福感。

这难道不是幸灾乐祸吗？

其实不然，因为往往在这样的时候，你才会感觉到自己对爱人的重要性，也才会感觉到自己存在的价值。

小蓝说，死亡的意义在于教会你珍惜，而不在于使你畏惧与逃避。

事情发生在小蓝与丁先生婚后第三年的时候，因为聚少离多，她明显感觉到了丁先生对自己的热情大不如前，她因此疑惑与郁闷，后来才得知是丁先生的父亲生病了，丁先生把更多的精力投入到了父母那里，对小蓝有些无暇顾及。

对一个少小离家的孩子来说，本来不多的父爱并没有因为时间流逝而淡去，反而因为父亲的病情加重而变得更加强烈，丁先生往香港跑的时间越来越多，而小蓝真的不知道自己该做什么和该怎么做。

我告诉她，可以什么都不做，只需多陪陪他。

丁先生的父亲很快就病逝了，葬礼在香港举行。葬礼过后，小蓝印象最深刻的不是吊唁排起的长龙、花圈围成的海洋、亲戚朋友的哭泣等等，而是丁先生的表情。他静静地坐在那里，没有说话也没有哭，像个木头人一样机械地答礼机械地烧纸钱，一直到丧事办完。

在回父母老宅的路上，夜很深，路灯光惨白，空气沉闷，汽车电台里播放着音乐，丁先生目不斜视地驾驶着汽车，一直穿过隧道，突然踩住刹车，把车停在了路边。小蓝愕然不知所措，看着他。丁先生坐在方向盘前，说了一句“我以后再也没有爸爸了”，大颗大颗的泪水滚滚落下。

“那时候我才真切地感受到了他的伤心，”小蓝说，“我一直以为他和父亲感情不好，他并不在乎父亲的去世，但实际上他悲伤得像个孩子，特别无助。”

也就在这个时候，小蓝突然发现，我们的生命里都有着不可或缺的人，不能疗治的伤，不能被替代的感情，所以我们会一直不断地让爱去更迭与延展。男女之间的爱情最终都会变成亲情，并不会因为岁月弥久而变得不再鲜活，它将会随着岁月变得厚重，变得更加安稳、妥帖，变为一种更自然的形态，沉入骨髓。

回到德国后，他们的生活有了新格局，小蓝在那年怀孕，两个人最终决定回中国生小孩，在小蓝的父母身边把孩子抚养长大。我曾以为德国长大的丁先生是个严谨刻板甚至木讷的人，出乎意料，他竟然做了跟随小蓝回国生活的决定。原来在德国长大的丁先生骨子里也藏着孩童式的浪漫情怀，他最想做的事是老了以后坐在海边和太太看太阳，回到家里有子孙陪伴，也就是中国人所追求的“与子偕老”和“儿孙满堂”嘛。小蓝告诉我，世界上第一个青年旅舍其实就诞生在德国，他们更主张人年轻时满世界壮游，成家后以家庭为核心不离不弃。

德国人认为，再好的物质条件也取代不了亲情的宝贵，所谓最好的环境，不是房子有多大，有没有花园游泳池，能不能赚更多的钱或者获得更高的地位，而是一家老小的团聚，有喜有悲的同命运、共呼吸。因为这样，大家的快乐会叠加，增值，变得更有力量，更有厚度。

相较于小蓝的选择，在生活中我见过很多截然不同的情形。一位少年时的好友，羸弱的小女孩，在父母的安排下十八岁便只身离开家乡，离开偏远的内蒙古林区奔赴澳门，寄宿在亲戚家中，在餐厅和赌场打工，年复一年日复一日，生活的目的几乎只剩下了存钱。一位旅途中结识的朋友，是传说中的富二代，父母在广东开工厂，他自己骑着摩托车天南地北地闯荡，后来去了尼泊尔。这位朋友还有一位年过四十的大哥，不顾家人的反对，离开了妻子与孩子，上了国际邮轮，目的只是到海外打工。

走出去和留下来，分开与团聚，不同的选择给我们带来不同的际遇，人们永远都会有理由来支撑自己的行为，而最终的目标可能只是追求幸福。

在快乐、投入、意义三种维度里，每种幸福都是值得去追求和庆祝的。幸福是每个人的幸福，你我他都不尽相同，因此亦无高低贵贱之分。但幸福一定是有薄厚之分的，因为有的幸福会稍纵即逝，有的幸福却具有持久的生命力，像一种不断累积的正能量，随时在消耗也随时在生长，不断注入新鲜的内容。

小蓝回国后的某天，我特意去探望她，她已经贵为人母，与曾经照片中俏丽可人的模样完全不同，她变成笑容可掬的“大妈”了。

她分享给我一段关于爱与坚守的话：

“我不是计划主义者，但每一次变化中都会有你；我不是冒险主义者，但每一次挑战都因你而起；我不是悲观主义者，但每一次失落都与你关联；我不是消极主义者，但每一次停滞都在等你。我从未失去自我，但我不能没有你；我从不肯相信命运，但命运让我遇见你。我和你，不会错过花开满地，不会放弃残雪枯泥。因为和你在一起，我感觉，很幸福。”

我一看笑了，这不是我写过的随笔吗？

每天都要死一回

偶然拨通的电话，偶尔撩动的心弦。

在一次读书与写作培训活动的结业典礼上，我认识了一位小朋友。说他是小朋友，不仅因为年龄小，才十九岁，还因为他个子小小的，完全一副中学生的模样，戴着眼镜，穿着纯白色的T恤，一手拿笔一手拿本，认认真真地听，认认真真地记笔记，认认真真地作结业报告，既有点儿不谙世事又显得有些年少老成。他的想法并不“小”，他说他要写一本关于“死亡”的书。

我向他推荐了南怀瑾先生的《人生的起点和终站》，也不知道他是否读过。

相对于死亡，在他这个年龄更容易接触和接纳的应该是爱情。懵懂初开的情怀，灿烂如花的年龄，陷入对死亡的思考未免会让生活有些滞重，触及爱情和体验爱情则相对轻松与容易得多。此话不假，就在这次活动上，他与同样参加活动的一位女孩牵了手，那女孩跟他年龄相同，也戴着眼镜拿着笔和本子。就是这样一对青春得一塌糊涂的小朋友，与尘世中万千男女一样，擦肩而过的瞬间点亮了人生的花火，我心里有一万个预料他们一定会分，但嘴上却说着一万句祝福的话。

不是我乌鸦嘴，而是曾经历过太多。

虽然已满十八岁，达到了法定的成年年龄，是完全民事行为能力人，但本质上他们还是孩子，经济尚未独立，想法也还稚嫩，欢爱示好何其简单，接下来的路则不容易。

他们一个来自长江以南，一个家在山海关以北，只不过是暑假课余活动的一次邂逅，之后便各奔东西。当然现在的爱情，地域不是问题，年龄不是问题，什么都可以不是问题——问题在于时间。他们的时间不允许彼此充分去了解，更谈不上去体验生活，漫长的相思取代不了日夜的消磨，更何况都处于相对开化的环境里，身边的同学每个都可以成为取而代之的人。瞬间的好感只是灵光一现，即使分别后时刻通话夜夜视频交谈，时间长了问候也会变得索然，不注入新的内容，谁也撑不过三分钟热血冷却后的寒冷与孤独。

所以我们才会那样地迷恋《魂断蓝桥》，那样地醉心于《泰坦尼克号》，那样地讴歌“瞬间相逢，一生守候”的爱情故事，或许只是因为那里面有着我们无法践行的期望。

时间很快过去了一年，我几乎快把这位小朋友淡忘了。有天我深夜回家，刚准备停车，包里的手机铃声响起，于是手忙脚乱地接听了电话，竟是他打过来的。

他问，大叔你打电话找我？

我没有啊，一时间没反应过来是怎么回事。

他哦了一声，说刚才出门没带手机回来看到有未接电话是我打来的，看时间恰好是三分钟之前。

三分钟之前我还开车在路上，根本不可能会打电话，而且我也没什么事要与他联络，于是恍然明白了，最近电话锁屏出了毛病，经常会无意间碰到，误拨出号码。

他淡然地笑了一下，那还真是巧了。

我顺势问了句最近怎么样，还好吧。

他的声音显得低沉而慵懒，回了句，还能怎么样，就这样呗，还活着呢。

这句回话的语气如果洋溢着欢笑则是种幽默，但弥漫着颓靡的情绪就不一样了，我察觉到了他的不开心，在不开心之中还带着玩世不恭的腔调，完全是那种对生活不满妄图游离于现实之外却又无能为力的自我排揎，他肯定是失恋了。

他自然是不肯承认的，我也不会追问，寒暄了两句挂断了电话。

午夜时分，他发了QQ信息过来，讲了大半个小时故事。

他和她分别后，起初每天通一次电话，聊人生谈文学，互相写情书，你来我往交流频繁，自然少不了海誓山盟。过了一个月后，电话渐渐少了，邮件往来也隔三岔五间断，互相都感觉出现了什么问题，但又不知道问题出在了哪里。半年之后他跑到北方去找她，她和闺蜜们一起接待的他，大家吃吃喝喝游玩得很是开心。但临别时，她说，分手吧，不必再交往。

没有理由，如果非要一个理由的话，就是不合适。

他反复质问，没有试过呢，怎么就不合适了呢?

她强词夺理说，不合适就是不合适，不用试也知道不合适。

“怎么会不合适？”电话里几乎能听到他眼泪掉落的声音，“开始交往的时候她说过追她的人很多她都觉得不是对的那个人，说我是她的真爱，为什么这么快就变了呢？她是不是有了别人，我很想问个明白。”

我问他，有如何没有又怎样呢？

他说，如果有了别人，那就不是我的错。

其实我蛮想抽这个小朋友几个耳光，然后告诉他，爱情从无对和错，只有愿意和不愿意，什么叫找到对的人，什么又叫分手到底谁的错，这些想法或者说理论都是什么时候钻到大家脑子里去的呢？

有太多的流派去解说爱情，我们早已分不清哪些是诚意的忠告哪些又是论道者主观情绪的宣泄，你偏好文艺腔，他便“你若安好，便是晴天”，你喜欢实用主义，他便“因为懂得，所以慈悲”，都说任何事只要心甘情愿就会变得简单，却没说在有对手戏的演出里要两个人发疯才能出彩。

你现在还疯着，但对方醒了，这戏也就没法演了。

你的心甘情愿在分手时变得心不甘情不愿，她的心甘情愿从愿意跟你做梦变成另筑梦境，这个时候讨论对错是为了验证自己的无罪而不必负疚，还是为了积累下次感情的经验值呢？下一次对手就变了，全新的人全新的世界，那些经验很可能毫无用处。

大家都是在分分合合中支配生命辰光的人，我们对未来怀有强烈的希望，寄托了太多功能，当警觉到未来根本不具备这些条件的时候，势必迷惘甚至崩溃。

小朋友沉默良久，然后问，你为什么用自己的照片做头像呢？一下线照片就变成黑白的，像遗像那样多不吉利，赶紧换了吧。

这就是你一年来研究“死亡”的成果？

“吉利”倒也是种文化现象，迎合国人对事情顺利合乎心意的一种期望，从而在现实中寻找些细节来做征兆，获取某些神秘的力量，补充自己欠缺的各种条件。不吉利大概就是适得其反的作用，可惜的是，不管吉利不吉利，我们终究都会死去。

无所谓啊，我说，这个世界上每天到底有多少生离死别在上演大家都不知道，我们踏过的每寸土地曾有多少生命出生与消逝也不得而知。我们每个人其实每天都要死一回，能够醒来是我们的福分，所以不怕的。

是啊，他说，这些天的感觉就是，每天都要死一回。

小朋友实在太小，大概还没看懂过《失恋三十三天》这部为光棍节定制的“治愈系”爱情电影。实际上那电影讲的根本不是治愈而是如何刷墙，之前的墙壁脏污斑驳已然不堪，你可以刮掉它也可以刷掉它，但不管怎样首先你自己得是一堵墙。

每个人的人生都在砌墙，推倒重来也好，扎实累积也好，一日千里也好，我们的人生背景就是一堵墙，大家都习惯了靠墙站着，天长日久变成了墙的一部分。

墙是没有生命的，但却有生命力，所有的坚强都是没有生命的死亡体，但在死亡体上却生长着茂盛的新希望。我们的每个昨日都已死去，每个今天都值得庆贺。

我说小朋友啊，你现在掉眼泪真是幸福的事，等你到了欲哭无泪的年龄，便会明白此刻的消沉是多么大的损失，今天的挣扎又是怎样的一种奢侈了。

他骂我一句“倚老卖老”之后，道了晚安。我想今夜他应该能睡得安稳些了。

请把爱情一分为三

大龄女青年樱子是我的死党之一，我们相识已近十五年，算起来她的年龄比我还要大一岁半，至今未婚，可谓名副其实的“剩女”了。

但用“剩女”一词描述她是很不公平的事情，虽然教育部在2007年已经把它收入汉语新词之列。从字面上看，终究是“剩下的女人”，有种被动无奈的情绪在里头，而实际上她应该是“胜女”。

“怎么活着不是活啊，干吗非得画个圈把自己框死到里面？”她轻松的一句话概括了全部。

其实这与自由主义无干，也不存在志愿于单身思想的作祟，她到底是怎样一个人，有什么想法，走过什么路，今后会何去何从，一切都让我们产生了极大的兴趣。她是个作家，自由撰稿人，经济分析师，文化营销实践者……她的名头众多，情感的花也开了一朵又一朵，却从未让我们看到结果。

她是我认识的以写作为职业的女性朋友中长得最漂亮的一个。

如果真的什么都不缺，我们反而会怅然若失，潜意识里总会有种想替她找出某些缺憾的冲动。青城山脚下，在我开的小小客栈里，两杯雀舌一下午阳光，她满足了我的所有好奇心，从自己的感情故事聊起，一段又一段的心路历程，她告诉我，请把爱情一分为三。

樱子的初恋不大寻常，十七岁时爱上了一个比她大十四岁的男人，那感觉就像喝一杯高糖的饮料，总是贪饮，却越喝越渴，越渴又越喝。当时她在读书，大叔在学校附近的工地做工程监理。那时还是没有网络和电话的时代，他们的联络仅限于她放学经过工地，他在那个时间段站在围栏口上眺望，俩人相视一笑，然后出去吃晚餐。他们的相识也是充满了“戏剧性”，她有次放学经过工地时车胎被扎破，摔了个鼻青脸肿，他碰巧在旁边就帮着她去修单车。之后总是偶尔能够碰面，她的少女之心情难自控于是发起了约会，大叔根本未设防又或者说一切都在心中不必言明，像电影《男人四十》的情节一般，小女生追大叔分分钟戳破一层纱，而大叔肯定是有家庭的。

“其实就是青春期的冲动，带着好奇又装满叛逆，大叔长得特别好，浓眉大眼浑身肌肉，笑起来牙齿洁白，身上有淡淡的烟草味。这样一个滋滋往外冒着雄性荷尔蒙的活人，是个女孩都会动心。”樱子说，“多年以后经常有小男生找我交朋友、谈心，就像是一面镜子映照着我自己，让我明白自己当初的喜欢为了什么，苦恼为了什么。时间对每个人都很公平，我也就在那时候变成了一个不解风情的剩女。”

大叔的老婆知道了这件事，带着孩子找到了工地上来，问大叔到底要怎么处理。大叔看着老婆孩子又看着她，那瞬间的眼神让她终生难忘。不是白玫瑰与红玫瑰的交战，而是家常菜和外卖的选择，其实男和女在人性上何其相似，欲望与现实生生剥离却不得不捆绑在一起。大叔自然不会为吃外卖而放弃了家常菜，而且就算选择了外卖，外卖迟早也会变成家常菜，滋味再足花式再美作料再多，家常了也就无味了。

成为不解风情的剩女之前，最后一次适龄期的恋爱是与一位图书编辑五年的同居生活。略像平鑫涛与琼瑶的相得益彰，但不属于他们那个时代和阶层。人的感情实际上也是有着时代的特色的，每个时代都有不同的风向标，那时流行“出书热”，文艺女青年以出版一本自己的文学作品为荣，各种笔会研讨会学习班创作组令人应接不暇，频繁往来之间自然会有痴男怨女们勾搭到一起。既有肉体的交换也有精神的交流，我们便当成是爱了。

贫贱夫妻百事哀，小编辑与小作家偶尔风生水起偶尔举步维艰，终于因为一件买油的事情而大打出手。他说菜市场买一桶也才几十块，你何必到超市买那一小瓶才几百毫升的，她说地沟油无处不在我成天煎炒烹炸油烟熏着致癌概率太高。口角变手脚，手脚变伤痕，伤痕变裂痕，裂痕变分裂。她背着包离家出走，他找过几次，后来就罢了。

“每个人都有自己的底线，也有自己的极限。我们都希望自己不去碰触底线，也不去突破极限，因为那会很痛很累很艰难。但如果有必要的话，就一定要去做。如果你面对的是一个车到山前必有路的人，你要么是他的车，要么是他的山，要么是他的路。”

此后，樱子再也没有与男性同居过，过上了单身的生活。

樱子说，经济问题可以用经济解决，感情问题却无法用感情来解决，感情问题最终也都是用经济来解决的。

请把爱情一分为三，因为爱情无相，每个人都有各自不同的爱情观。而爱情又有迹可循，因为大家都会从三个方面来感受爱情，性、思想、家庭。

性爱是肉体的生理需求，你对什么样的人有性欲，对什么样的人反感，自己心里一清二楚，生理反应会告诉你一切。初恋的时候，大叔带来的就是强烈的性吸引，那是一种披着爱情外衣的性欲冲动，你以为自己是喜欢他爱他，以为是找安全感之类的感觉，实际上就是找一个性欲的填充物，只有异性才能带来的满足感。

思想的共鸣，带来的是精神的快感，也就是所谓的共同语言。你和什么人谈得来，又跟什么样的人话不投机半句多？你欣赏一个人的智慧幽默或“正能量”，你讨厌一个人的粗俗愚昧与消沉？你觉得被感动或者被侮辱？不管怎样，你想法上的种种得失错漏都是精神需求的投射，这也是爱的一种重要的构成。这种爱，也是动态的发展的，无时无刻不在演变着的。

再就是家庭，也就是所谓的婚姻。家庭是集爱情之大成者，更是最落地的和最考验人性的基础工程，像一块需要辛勤耕耘的土地，你洒下汗水付出劳动，期望收获与享受，最后能得到什么并未可知。人们喜欢说“不以结婚为目的的谈恋爱都是耍流氓”，但单纯以结婚为目的的谈恋爱那就是做买卖。

婚姻是以经济为基础的物质生活，承载着精神追求，担负着性欲交欢的肉体需求，然后要共同面对生老病死的人生风险，以及各种各样的变故和大量的对幸福感的追求。

这就是大概的完整而不充分的爱情。

我们把这些鸡蛋都装在一个篮子里，叫作爱情。

这时候，每个鸡蛋你都想放在灯下看仔细，又小心翼翼生怕碰碎了，然后你又急着想吃掉这些鸡蛋，恨不得简单粗暴地打水一样，舀起来挎着大摇大摆就奔向幸福了，岂不是可笑吗？

樱子的观点我无言以对，可能大部分也正是我的观点。

把爱情一分为三和把爱情合三为一或许并不矛盾，但这也不至于成为单身的理由，因为在爱情这条道路上，很多先行者与后来人都走得蛮好，不必细究他们到底幸福不幸福，至少他们不孤独。

樱子哈哈大笑：“谁又规定我必须单身呢？你怎么认为我会孤独呢？”

在没有缔结婚姻关系的时候，带着爱的人都是我的朋友。

朋友有很多种，你喜欢的有性欲的是可以上床的朋友，聊得来的有共鸣的是思想交流的朋友，能过日子相互照顾的是亲人式的朋友，这些感觉如果完整地统一在一个人身上并且不觉得别扭，相互都认同，自然而然就成了伴侣，如果不能统一，我就当朋友，不可以吗？

你也不必担心我乱不乱，这不是跟着感觉走，只是更轻松去面对人生。我家里有个很大的书柜，我喜欢的书都分门别类摆放在每个格子里，如果我是一本书，被别人摆放在哪个格子里我并不反对，我能选择的只是接受与不接受，接受的话就OK，不接受也不必勉强。

我们每个人其实都很努力，但遇到有感觉的人，某一方面带给你好感，你就会自然而然地以这个好感为线索去探寻更多。比如认识了一个经济条件合适可以成家的，你会自然去验证他是否也是你有性欲的对象，是否是有共同语言的精神伙伴。其实一切都不复杂，因为大家都正在这样做着，只是不肯说出来或者是不好意思明示。

因为你说“爱”会高大上一些，说“结婚”会显得有责任感一些，说“性”会有些难以启齿，于是会隐讳地讲“性格”合不合。

我们的樱子并非剩下了，只是她在品味人生的时候，不希望被无谓的人来打扰。

她说，人生原本枯燥，梦想才是味道。有时候梦想的意义或许并不在于去实现，它能让我们有方向感就足够了。

女孩，你为什么不生气

这段故事发生于多年前，是我在南方工作时的经历，是一群女孩同事之间隐秘的事情。

我们当时在一个相对封闭的机房里接听热线电话，因为需要 24 小时当班，所以大家轮流上岗，不值班的女孩们就在寝室里休息。那是个三层楼的小院落，地处偏僻，相对安静，鲜有闲杂人等经过，让人觉得非常安全。更有安全感的是第二层楼驻扎着当地片区的派出所，穿着制服的警察们就在楼下办公，很多年轻的女孩对他们青睐有加，连熬夜加班都变得积极了许多。

然而在这样的环境里却接连发生了一些怪事，让人觉得非常不爽。

酷夏的季节气温很高，人非常容易出汗，女孩们值班后都会到公共卫生间里梳洗，顺便洗干净被汗湿的衣服。三楼楼顶是女孩们晾晒衣服的地方，左右各有一个通道能到天台，天台上架起一排排的竹竿作为晾衣架，上面总是挂满了五颜六色的衣服和床单，也会晒着女孩们的内衣裤。开始的时候有的女孩发现自己的内衣不见了，怀疑是被风吹掉到楼下，遍寻不见，确认是丢了。这令女孩之间产生了猜疑，内衣是非常私密的东西，或许有人手脚不干净偷去自己穿，于是身材相似的女孩互相打量，悄然留意着对方是否穿了自己的东西。都是非常年轻的女孩子，还有的是读书的学生半工半读，穿的也不是多么好的衣服，本来相处还很融洽，却因为这样的事情有了不信任与摩擦，领导对此颇为恼火，让我来帮忙做调查。

但男女有别，我实在不方便去做这样的调查，所以建议不如到楼下报警。但丢失的内衣并不值钱，没有造成什么巨大的财产损失，也不好取证，警察不予立案，只叮嘱女孩们自己多留心。

接下来又有女孩丢了文胸或袜子，还有发现自己原本洗干净了的衣服上面沾染了疑似分泌物的东西，每隔一周左右都会有这样的事情发生，大家顿时惴惴不安起来。

这座楼里有个内衣贼？

又或者说是有个龌龊的小偷盯上了这里，专门偷女孩的私密东西，用以发泄性欲？

女孩们顿时紧张了起来，心里又怕又厌，恨不能立刻抓住那个恐怖的人。

在她们中间有一位心理学专业的在读学生，我们叫她梅子，是个女汉子型的直爽女孩，性情火暴，胆大心细，学过跆拳道，曾在街头与流氓对打，平时最爱替姐妹们出头。

发生这样的事情之后她开始留心观察这里的环境，分析身边所有的人，分析的对象也包括我。“你每天混在女孩堆儿里，说不定会有这样特殊的癖好。”她半开玩笑地对我说。我立即辩解，她哈哈大笑。

玩笑总归为玩笑，她为此事还是动了心计的。她发现丢东西的时候基本都是在周末的清晨，那是人们最懈怠的时候，也是女孩们值完夜班睡得最安稳的时候。天台左右都有通道，女孩们的衣物多晾在左边，右边则更邻近楼道出口些，所以她判断那个贼是从右边楼道上来，偷完东西之后原路返回，整个过程不会超过一分钟。

她的判断是很准确的，因为有一次一个女孩太阳刚出来就去天台收衣服，几乎撞见了偷衣贼，那个人影一闪，飞速从右边楼道跑掉了。女孩吓得半死，跑回寝室大喊大叫，大家纷纷紧张地追到楼下，清晨的街上已空无一人。

梅子说，他被吓到了，应该不会再来了。

但大家还是不放心，追问着细节，多高多胖多大年龄什么样的打扮，这些女孩已把丢东西的恼火转移到对自己人身安全的担忧上，谁也无法保证这个神秘的家伙不会做出更出格的事情来。能不能想办法把他抓住交给警察？派出所的民警出了一个主意，让女孩们在晾衣服的时候用别针把衣服别在晾衣绳上，这样贼就不会那么快速地偷到衣服，同时封闭了天台右侧的通道，这样他再来也没法那么方便地逃脱了。

布置完之后，女孩们的心稍微安稳了一些。

没过两天，那个贼竟然又光顾了。也是一个清晨，一个接完电话的女孩去卫生间时发现梅子不在，然后听到天台上有说话的声音，感觉情势不对，立刻唤醒大家一起跑到天台上。

天台上只有梅子一个人，没有丢东西，右侧被封死的门已经打开了，贼从那里逃走了。

大家只关心梅子是否受到了伤害，询问细节，梅子只是说没事儿，说他真的不会再来了。我却意识到好像哪里不对劲，后来才发现到问题出在哪里，封死的门是用铁丝拧住了把手，没有工具凭人的力气是不可能拧断铁丝打开门逃走的，在门旁边有把电工钳子，是我们机房工具箱里备用的东西，没有人帮助，那个贼怎么可能这样熟悉地找到钳子这么快速地开门逃脱呢？

难道是梅子帮忙？这又是为什么呢？

我的疑惑一直持续在心里，但没有说出来，而那个偷衣贼确实再也没有光顾到这里了。

一直到了半年之后，梅子的学业结束，这份兼职也辞去不做，送别的聚会上，我们还是忍不住聊起了这件事。

“那个人到底是谁？只有你见过，你还跟他说了话，你们都说什么了啊？”大家七嘴八舌地问着。她只是摇头就是不回答，后来大家觉得无趣也就没再追问。

在一个安静的角落里，我悄悄地对她说：我知道你不会说出来他是谁，因为是你放走了他。

梅子笑了：“跟她们解释不清楚，所以我也就不解释了。是我放走了他。”

我说：“我虽然好奇，但可以不问他到底是谁，那你能告诉我你为什么放走他吗？”

梅子说，不放走又能怎样呢？在我们心理学上讲，他是一个有“性偏好障碍”的人，可能是恋物癖。他没法通过正常的性行为获得满足，所以借助女孩们那些内衣来产生“性驱力”，得到快感。这个真的跟道德无关，但又违反了道德，想解决这个问题你让警察把他抓起来？揍一顿？罚点儿钱？根本解决不了，放出去他还是控制不住要做这样的事情，而且他自己也会很痛苦很烦恼。

其实这算是病，他是个病人。这样的心理疾病治疗都以心理治疗干预为主，要通过长时间的个别或集体心理治疗才能解决，主要是去引导他回忆小时候的一些生活经历，找出早期成因，才能对症治疗。不过根本没时间，他也不愿意配合。是我放走他的，我对他说以后不要再来了，如果要找那些东西也别去偷，可以自己去买，自己在家里怎么玩都没关系，干扰到别人的生活而获得快乐是自私的行为，仔细想起来多么无聊。

梅子的话很客观冷静，与她平时的表现判若两人。

这怎么可能呢？她是那种疾恶如仇的女孩，跆拳道黑带二段，在街头打小混混就像切水果一样简单粗暴，面对一个变态佬竟然如此轻松地放走，岂不是一种纵容？

看出了我的疑虑，她正色起来。

“你了解我是什么样的性格，或者说是熟悉我的个性，但人的个性和态度完全是两回事。我的个性源于我是谁，而我的态度取决于你是谁。”

对于那些存心作恶的人，忍受与退让是一种纵容，而对于一个身不由己的病人，多一分理解和引导才是解决问题的前提。女孩，你为什么不生气？那是因为愤怒是一把双面刃，它可以成为捍卫与保护自己的屏障，也可能是伤害别人的武器。在这件事情当中，所有经事的女孩都表现出愤怒与畏惧，都希望用极端的方式来解决问题，唯独她没有使用愤怒与暴力，采用了引导的方式来处理。这源于她的心理学知识，知道恋物癖的病人本身不具有攻击性也不大可能做出极端的坏事，同时也因为楼下就有警察，她随时求助都能得到呼应。

能够明辨是非，合理使用自己的情绪，并充分利用环境的优势，这对一个女孩来讲比练习跆拳道更重要。至于那个偷衣贼之后有没有改变，有没有再犯，我们不得而知，但至少这一次他没有被辱骂和暴打，没有因偷窃而得到心理畸形的满足，更没有因为一个女性的惊慌失措产生情绪的亢奋与生理的快感，我想这对他总会有一些影响的。

一个馍的爱情

曾因工作关系去采访过一位老奶奶，她在一个小镇上生活，竟然举办了一次画展。

她不是艺术家，画展也没有媒体的参与，悄无声息，仅在坊间流传，她的画展入场门票也很有趣，来参观的人必须带一些花籽来，最好是她没见过、没种过的花。

但这好像很难，她的小院子里什么常见的花卉都有，没有细数大概也有几百种，本地人家能种的她全都种了。所以，与其说她是在办画展，不如说也是在办花展。

而我去采访她不是因为这些花与画，而是她提供的一个素材，关于生活与爱情的故事。

老奶奶自己的故事。

老奶奶生于1920年，那正是一个风云激荡的时代，她的家乡发生了一场特别大的地震，她的父母也在天灾中丧生，她由哥哥抚养长大。当时的惨境已无从考证，可想而知一个少年要带大嗷嗷待哺的婴儿得有多艰难，但好在他们活了下来。几经辗转哥哥带着她远离家乡四处流浪，后来到了北方，哥哥给地主家放羊，她则做了烧火的丫头。

爱情故事就是从这里开始的，她喜欢上了地主家的长工。长工比她大十岁，寄人檐下混口饭吃，没有家，没有钱，只有一副好身体。两个人好了以后征得地主的同意拜堂成了亲，然后仍旧给东家扛活，直到后来地主家被土匪洗劫，大家四处逃散，长工才带着她闯关东到了更北的地方生活，那时候他们已经生了两个孩子。

不像电视剧《闯关东》里那样曲折离奇富于戏剧性，他们过着最寻常的日子，春种秋收，清苦、琐碎，疲乏与无聊，当然也不励志，甚至没有温情。丈夫很快身体就没那么好了，病病歪歪，种地也开始不用心，后来迷上了赌博。新中国成立之后，禁赌工作力度空前，他因此数次入狱被劳教，家里也就剩下老奶奶一个人来支撑。

他入狱很多次，累计五六年，但他们一生却生了十二个孩子，死了四个活下来八个，也就是说老奶奶一直到五十岁的时候还在生孩子，而她的丈夫在最小的孩子生完之后不久，患了中风，瘫痪了七年，一直到死。

“我这辈子，被他坑了。”老奶奶淡然地说。

但是，她竟然没有怨言。虽然她说自己被丈夫坑了，但她并不恨他，尤其是丈夫死后的日子里，孩子都已长大成人，最小的儿子结婚之后，她不肯离开老院跟子女同住，坚持留了下来。

在这个院子里，她种了很多花草，一年四季都能看到鲜花在盛开。在最冷的冬天，室外冰封大地白雪皑皑，但室内窗台上仍旧会有花朵娇艳的颜色。

她又把那些花画下来，一个不识文墨的劳动妇女，用彩色铅笔作画，一幅又一幅，挂满房间。

有些好事的邻居和亲戚朋友起初觉得新奇，结伴过来观看，时间长了形成了规矩，来的客人都带些小礼物，后来她要求别送那些自己用不到的东西，就送花籽吧。

她把送来的花籽精心培育，静静地等待花开，花开之后她再画下来，然后等待送花籽的人前来欣赏。

就这样过了一年又一年，日子竟也过得祥和充实。

我的采访失败了，因为没能获得那种带着传奇色彩的、很有情节的故事，这做不了创作小说的素材，或许我应该再深一些去挖掘些什么，或许有隐藏在背后的悲欢离合。但是看着老奶奶脸上密布的皱纹和满头白发，却又不忍心过多打扰。

人生几近百年，经历社会的动荡与时代的变迁，离乡背井异地安家，养儿育女承受磨难，该是怎样的坚韧才能拥有最后这点儿岁月静好的晚年时光呢？我们又何必碰触那些她不想提及的往事，或许很多伤已经结了厚厚的疤，揭不开也不会再疼，但疤痕终究是不美的，哪怕并不在意甚至引以为傲，但风烛残年的女人仍旧爱美。

否则她不会将色彩斑斓的图画挂满墙壁。

临走前还是忍不住问了一句：您觉得您和丈夫之间有爱情吗？这么多年他其实并没有好好爱您，您是否厌倦了和他在一起生活？

老奶奶思维非常清晰，眼神里似乎还有一些娇羞和狡黠。呵呵地笑着回答，谁说他没好好爱我？不爱我怎么能生这么多孩子呢？

我想，这就是一位命运多舛但乐观坚强的女性的爱情吧。

年轻的时候，寄人篱下受累受苦，有一个健壮的男人可以与她一起吃苦给她一个家。成家之后虽然波折动荡，但不论走多远都还能够不离不弃。岁月消磨的时候虽然一个不务正业屡次入狱，但另一个总在默默守候。年老之后病榻之旁，最疼你的那个人会为你忠诚守候，陪伴走过最后一程。

“我有无数次都想离开他，每次他都说对不住我，哭啊，赔礼啊，跪下啊，但最后都改不了，一直到他瘫了，再也不折腾了。”老奶奶说，“但我知道他舍不得我，你知道为啥吗？我们刚认识那时候，都饿得要死了，他给了我一个馍，自己一口都没舍得吃。”

一个馍的爱情，到底是爱还是感恩谁也说不清，但一个女人为此付出了一生。其实，我们所有人都会厌倦枯燥无味周而复始的生活，厌倦那些不负责任的态度，憎恨等待，憎恨猜测、道歉和无休止的伤害以及无法兑现的诺言。但没有人会厌恶爱情，哪怕爱很微小如装满沙粒子的饭碗里的一粒米，也会小心翼翼地把米挑出来，把沙倒出去。

老奶奶心里自有无数花开，也就不会介意那些冰霜雨雪了。

没有开始，就不会有结束

不敢告白，有时候并非因为懦弱，只是缘于无法判断得失，或者说，不能准确估算出为得到而付出的成本或因失去而造成的损失。我的一位朋友就是这样的。

她叫丁丁，是一位来自湖南攸县的客家女孩。据说她的家乡山明水秀，梅树成荫，面积不大森林覆盖率却超过了60%，充分的水分滋养使得她皮肤白皙眉目清秀，临风不语也会让人感受到她那种楚楚动人的美态。而这位丁丁却一直找不到男朋友，不是与缘分失之交臂就是到了关键时刻临阵退缩，我们常取笑她是“绝代双雕”。

雕，根雕的雕，雕塑的雕，她一到关键时刻就变得像木头人，一旦失败就坐下来发呆，不言不语静静坐着能坐一天，石化了一般。所以每次约会，出门时她会发呆想很久，回来时也是发呆想很久，我们总能看到同一尊雕塑。

她的节奏也有些不同，或许源自根深蒂固的地域文化。她家乡的方言与普通话有着有趣的反差，很多词汇都是颠倒过来使用的。比如一个地方很热闹他们会说很“闹热”，一件漂亮的衣衫他们会说是“衫衣”，对一个人很喜欢他们会说是“欢喜”。

她“欢喜”的那个人是她的一位客户，因为业务缘故需要经常拜访，在频繁的接触过程中她爱上了他，朝思暮想夜不成寐，备受相思的煎熬。

我常劝她，告白吧告白吧，行就行不行就算了，何必这样纠结，折磨自己？

她却总说，不行，时机不对，我得继续观察观察。

客户年龄比她大五岁，事业小成，外表和经济条件属于中等，不算特别好也不能说差，性格温和，但至今单身，这难免让人多些猜疑。丁丁想，他是不是遭遇过什么情感挫折，要不然怎么会三十岁了还单着呢？要么他就是有什么不可告人的隐私或障碍，又或者心有所属不肯打开心扉。她拜访得很频繁，每次去之前都做各种各样的打算，而每次回来都垂头丧气。我说，你干吗不干脆说出来呢？与其这样猜测着在外围观察，不如直接真刀实枪地近距离相处，两个人到底适合不适合光凭想象是不可能找到答案的，在一起生活一两个月什么都清楚了。

她仍旧不肯，反倒对我说了一句话：没有开始，就不会有结束。

确实，没有开始就不会有结束，不论是对感情还是对工作和事业而言，这句话都是“绝对的真理”。当一个人因为开餐馆失败赔钱的时候，他的家人可能会埋怨说，当初你就不应该开餐馆要不然就不可能赔钱。而对他来说，开餐馆可能是一种出路，如果不开餐馆那就去卖彩票？反正横竖是要选择一条路的。一个人面对失败的婚姻时，尤其是女性，总会恨恨地想，如果我不嫁给你就不会这样，可能嫁给了别人情况会完全不同。她的怨恨使她完全忘记了自己当初选择时的心态，可能奋不顾身并赌咒发誓要嫁给这个人。

这样一种唯结果论使得很多人都不再进取，畏惧开创，甚至安于现状，让自己活得很被动，而稍微能自圆其说的人会给自己安一个美好的名头，叫“顺其自然”。

但是她才二十五岁啊，正是青春好年华，是可以犯错与试错的年龄，有很大的回旋余地，并且谈恋爱谈恋爱一定是谈出来的，光在那里静思又有何益呢？

丁丁的观察还在继续，某天她在客户家客厅的茶几上发现了一只安全套，这让她冒出一脑门子冷汗。她说，幸亏我小心啊！他是单身不假，但谁能保证他在外面不乱来，一个乱来的男人就算有了女朋友成了家也很难改掉恶习，搞不好弄出一身病来传染给我就惨了。但哪个规定单身男不能与安全套发生关联呢？安全套是在客厅茶几上那么“公开”的地方，很可能是他随手放的并非是使用的状态，就算是使用了又能如何，他还没成为你的“私有财产”你怎能因此给他定一个背叛的罪名。后来安全套风波消除了，因为在他们小区门口有个做公益宣传的摊子正在发放安全套，客户经过时随手领了一个，回家随手一丢，结果被丁丁给看到了。丁丁长吁短叹地说，幸亏我观察得仔细，原来他没想象中那么乱，但也太粗心了，屋子里搞得乱七八糟的，东西也乱丢乱放。

单身狗有几个不是乱丢东西的，男人没有女人那么精细和擅长整理房间，没把球鞋和方便面泡到一起就算是好的了。

继续观察，丁丁又发现了客户的很多好处，比如他有爱心，会搀扶老人过马路；他喜欢小动物，会给路边的流浪狗投食；他善于理财，存款一部分购买保险一部分投资股票，购买的几只股票都涨幅很大；他很有孝心，每天都会打电话给他母亲并按时寄去各种礼物……这么好的一个人不要错过？恰好相反，因为他太好，丁丁想得就更多，万一告白被拒绝怎么办？自己不是他喜欢的类型怎么办？没告白之前自己还可以以拜访客户的方式去接近他，被拒绝了自己连门都没法进了，以后还怎么见面啊。

她完全把自己给困到笼子里，我感觉有些爱莫能助了。

其实，她可能还不够智慧，还不能明白，在生活里我们的能力并非持久的观察，而是正确的分辨。

我们需要去分辨出他的哪些行为源自本质，哪些是他的习惯，哪些只是他的心血来潮。我们需要去分析他搀扶老人是举手之劳还是刻意为之，喂小动物是食物有余还是纯属打发寂寞的时光，投资理财是因为没人帮着打理还是被业务员鼓动着购买，给母亲打电话是母亲的要求还是他自发的意识……而这些能够更清晰地刻画出一个人的灵魂，暴露出他本质上的美和丑，也让我们更有把握找到与自己的契合点，判断出适合不适合作为自己托付终身的男人。

但不论怎样，你要开始，并且不要害怕结束。

因为结束并不代表结局，我们在生活里可以结束一段错误，结束一种状态，结束一些不应该的事情，这些结束有助于我们不断前行，朝向更美好的未来进发。

尤其是女孩，须知世间从无现成的完美天赐于己，有的只是勇敢的开拓和用心的经营，更聪明的女人不仅敢于去开始，更敢于结束与创造自己的人生。

关于爱情，云淡风轻。

你的男神，她的男人

爱情就像一道菜，心太急容易烫到嘴，行动太慢菜又会凉了，所以到底该在什么时候开始做菜又该在什么时候开餐是件让人头疼的事，然而，这又基于你的饥饿程度，如果一个人不饿，不大会在意菜到底是热的还是凉的。

小雅就碰到了她自己想要的菜。

小雅的上司林先生是同事们公认的男神，相貌英俊谈吐优雅，业务水平一流不说，兴趣爱好也非常健康阳光，每到公司夏季运动会的时候，他都会在篮球场上大展身手，那时候所有的单身女同事都像着魔了一样围在篮球场边尖声呐喊，情节仿佛回到了疯狂的学生时代。

林先生喜欢穿湖蓝色的衬衣，配同一色系的领带，穿职业装的时候简直就是时装模特的范儿。小雅在工位上经常拿出小镜子来假装在照，实际却是通过镜面反射偷偷地看他。林先生在周末的时候会穿休闲运动套装，随意的装束更凸显出他修长的身姿与健美的体魄，看着他微笑着走出办公室，小雅的心都要碎了，不知道他今天到底约了谁出去度周末。

林先生就是小雅心里的男神，而对男神的私生活大家却全都一无所知，虽然有各种猜测却都得不到证实，这更加让小雅抓心挠肝。

终于有一天，小雅在三里屯一家酒吧里邂逅了林先生。那是一家英式的酒吧，气氛有些沉闷，客人多数都在三十岁左右，男士基本都风度翩翩，女士则以已婚女性为主。小雅是陪闺蜜过去相亲的，闺蜜与相亲对象相谈甚欢，她不好再做灯泡，就端了一杯酒坐到吧台边上去了，回头的瞬间看到了林先生，颇感意外。根据以往的经验推测，林先生在周末的晚上应该是到健身房里挥汗如雨，穿得这么正式坐在酒吧里喝酒让小雅有些始料不及。小雅想过去和他打个招呼，却看到他对面还坐了一个女人。

一个非常漂亮的女人，穿着缀饰着水钻的低胸晚装，妆容精致，表情和善，浑身透着名门闺秀的高雅气质。林先生正在与她碰杯，喝完酒后看一份摆在桌子上的文件，因为隔了有些距离，小雅听不到他们在交谈什么，但能感觉得到他们的关系非比寻常。

那一瞬间小雅败下阵来，帅哥美女天经地义，像林先生那样的男神，一定要那样的女神才能配得上啊，并且那女士无名指上一枚闪闪发光的钻戒毫不避讳地向世界宣示着，我是有钱人，我已经名花有主，这个主，不是林先生还能是谁呢？

小雅这样的平凡女孩，朝九晚六搭地铁上下班，工作日忙得像条狗，周末休息蓬头垢面窝在床上看美剧，未来的走势好一点儿就是嫁给同乡的暴发户，普通一些就是嫁给处境相似的IT男，与男神谈恋爱简直就是白日梦。

小雅默默地转过身去，独自喝完了杯里的酒，没等闺蜜同行，独自回自己的出租屋了。

而实际的情况却与小雅的想法恰恰相反，林先生对面的女士确实是他的老婆，一家上市公司董事长的千金，他们已经分居三年，这次短暂的碰面不是鸳梦重温而是谈离婚事宜，虽然一切在彬彬有礼中进行。事后，林先生在离婚协议书上签完字，独自在酒吧待到半夜，酒后驾车回家路上被警察逮个正着，罚了一千元，扣了六个月的驾驶证。之后他宿醉未醒，第二天敲碎了自家的玻璃，窗台上的酒瓶掉落砸到楼下的行人，于是发生纠纷，动手打了人，被拘留了半个月。

在小雅心里，林先生是一个像梦一样的男神，而在他前妻的心里，他只是一个靠岳父才爬到枝头的凤凰男，同时还是个易怒、冲动、不负责任的烂酒鬼。

这不是一个狗血的电视剧情节，而是我身边的一位朋友的感情经历。

小雅后来还是与林先生交往了起来，结局可想而知，甜蜜期稍纵即逝，之后不断摩擦不停争吵，男神的光环退散得无影无踪，她成天抱怨，矛盾升级，被林先生打得鼻青脸肿，除了向我抱怨之外几乎哭诉无门。

我劝她分手吧，何苦为难自己。

她执拗地说，经过一次婚姻的男人应该成熟了，他一定会懂得珍惜我。

很明显，小雅已经走进了误区，而一切缘于她，太饿了。

像小雅这样的女性，外貌不出众，工作很普通，家境也非常一般，虽然是独生女没有什么生活压力，但只身在外打工的生活给她造成了太大的压力。当生活过于平淡或曲折时，人们会不由自主地冀望爱情出现奇迹。爱情就像是太阳，让一切原本平淡无奇的事物变得闪闪发光，包括人的缺点也会视而不见，因为那束光太强。林先生在公司里所保持的职业形象是一种工作的需要，并不能代表一切，而健康的体魄和热爱运动等，恰好证明他的个性易冲动的特点，并且有把冲动转化成暴力的条件。但他是男神，爱慕的光让他变得光芒万丈，变得几乎完美，其实投射的只是小雅对爱的憧憬和对感情生活的向往。

对前妻而言，林先生就是个男人，他们经历过一段五年时光的婚姻，两年相处三年分居，而在那两年日子里，林先生的一切缺点甚至是缺陷都暴露无遗。他任性酗酒，心胸狭隘，暴躁冲动，自私故我，甚至达到了无法与人和睦相处的地步。一个在工作场合表现得越出色的人往往就会在家庭生活中越无能，因为人的精力是有限的，把全部耐心与热情投放到工作里，压力无处宣泄，势必会投放到家庭中。

男人是一种好面子的动物，当他在公众场合彬彬有礼沉稳处事时，尤其是分居三年的苦楚不得释放还要高姿态淡定签署离婚协议书，之后肯定会“狠狠报复”，用一些极端的方式来找到平衡。

但世界上会有人能妥善处理好这些微妙的情绪，一个情商高的人能够在不伤害自己和他人的前提下顺利度过情绪的波动期，懂得把事和人一分为二来看待。前妻是前妻，可以告一段落，小雅是小雅，可以发展未来。

而小雅切入的时间却非常不明智，恰好是林先生拘留结束的日子，她每天开车去接他，带他到公司，下班又送他回家。林先生那种极其好面子的人虽然心知小雅的一片好意，知道她是想用温情帮自己渡过难关，但潜意识里又觉得自己再次丢了尊严，又让一个女人看到自己最不好的一面，想起这些他就会心乱如麻，不得安生。

并不是经过一次婚姻的挫折之后他就会更加懂得珍惜，相反的，他很可能因为手足无措而激发暴戾，这个时候根本不适合去谈情说爱，更承载不了小雅对情感生活那么多的冀望与需求。

小雅仍不肯迷途知返，她的理由是，努力并不一定有回报，但在努力的过程中会遇到与自己同样努力的人。同样想变得更好，这样会让彼此都能进步，如攀登阶梯一样去遇到更好的人。

这又是个致命的错误，前提是，他也同样努力吗？

想让自己变得更好，肯定是大家的共同心愿，但凡事只有想法而无对策是不可能实现的。

林先生在小雅的心目中已经曾是“最好”的人了，达到了男神的级别，当男神变成男人，再往前的每一步都只可能是发现缺点，而不是看到进步。如果小雅最初见到的林先生是男人，之后相处不断发现他成为男神，那情形就会截然不同。

所以如果小雅聪明一些，便不会这样执着，并且用一种自我催眠的方式，在承受着暴力的同时，还鼻青脸肿地认为大家都在进步。

对于一位女性而言，对暴力的妥协本身就是一种退步，不要因为太过于渴求爱情生活而饥不择食地盲目珍惜。

生活不是电视剧，不会让你遭遇的曲折坎坷都那么理想化，也不会安排一个让你满意的戏剧化的结局。爱情确实像太阳，但是当太阳的光芒落到山后，一切恢复原状。你会发现柴米油盐仍旧是柴米油盐，心甘情愿原来是自我麻醉。在小雅这个年龄里，会发自内心地去憧憬这样的体验，因为哪怕是做梦，那也得梦一场。但是林先生会陪她做这个梦吗？不大可能。他已经历过了，知道梦里有多暖，醒来后就有多冷。所以如果一定找人陪你做这个梦，那么一定要有所准备，或者说有把握，梦醒时分也正好是美梦成真的时候。

想要有人带我走，去不一样的世界

表妹十六岁初恋，十八岁嫁人，不用担心她未到婚龄是非法结婚，在有些少数民族地区女性最低婚龄是十八岁。

但十八岁真的太年轻，哪怕生理上已经成熟，心理上仍旧带着孩童般的天真。她的男友是个社会闲散青年，依靠家境做些生意，算得上是衣食无忧，找到一个身份地位稍微比他低一些的女友并不困难，他选择表妹的原因是，表妹长得很漂亮。而表妹选择他的理由也很简单，因为他“又帅又坏”，正是那种最容易让小女生怦然心动的男孩，杀马特非主流也掩盖不住原本英俊的面孔，行事不羁，带着痞痞的社会习气，走到哪里张扬到哪里，既有面子又有安全感，表妹被迷得一塌糊涂，不顾家人反对爱得死去活来，终于下嫁。

无论男女，都会有一段叛逆的生长期，越是遇到反对就越是执迷，被告知前面有个坑但她一定要跳下去，因为她认为或许坑里有不一样的风景，甚至那风景是别人不会发现而自己一定会发现的别有洞天的幸运。

天真是无忧无虑的通行证，但同时也是打开灾难的任意门。

对于很多女孩来说，没有什么是比失去青春更令人悲哀的灾难，更灾难的则是，在自认为会无怨无悔的青春岁月里留下太多的遗憾和悔恨。

表妹的婚姻只维系了三年，之后因双方各自长大而各奔东西。男方仍旧年轻潇洒可以自在行走，表妹却无法拾回曾经的云淡风轻——因为她做了母亲。

婚姻的产物是一个嗷嗷待哺的孩子，一个年轻得原本应该在菁菁校园里一边做实验一边谈恋爱的女孩，不得不背负起抚养后代的责任，故事讲到这里便多出很多艰涩。

或许生活原本平淡无奇，狗血一点儿能让我们在自己的电视剧里好好过一把主角瘾。表妹的劣势是年轻，优势却也是年轻。虽然二十出头就已为人母，但毕竟青春逼人，在别的女孩还懵懵懂懂试探爱情的时候，她已幸福甜蜜过，在别人为爱所困患得患失时，她已经历过了撕心裂肺的离异，在别人还在犹豫是不是生个孩子时，她的孩子已经背着书包上了学堂。这样一位年轻漂亮的妈妈，哪怕单身，也会使很多人羡慕。

就是这样有失有得，一转眼过去了十年。

十年之内，表妹曾再度经历感情，追求者甚众，条件各异，她几度选择。

经济条件好的人年纪大并大多拖儿带女不好相处，年轻的欠缺包容性介意她再婚带孩子，地方就那么大，可选择的弯来绕去也就这些，表妹原本以为自己年轻可以轻易地重新再来，没想到其实与其他离婚的女性一样所面对的都是这些翻来覆去的问题。

之后，她自己也迷惘了，彻底地不知自己应该何去何从了。

春节假期难得一次相聚，我见到了久别重逢的表妹，她仍旧年轻美丽，带着一些别的女孩没有的成熟风韵，静静地坐在沙发上与我聊天。

我问她：你最想要的是什么，现在？

她想了一下，有些不确定地回答：爱情。

我又问她：你认为的爱情是什么呢？

她答：我说不清楚，大概就是，想要有人带我走，去不一样的世界。

我想，这代表了很多很多人的爱情观，他们心里的爱情，就是“去不一样的世界”。是啊，现实生活中总是有着那么多的不如意和不开心，在不一样的世界里，一定不再烦恼，心有所依。爱情是心灵的旅行，如果你无法背着行囊走遍天涯，那就去谈恋爱吧，恋爱里的风景总会给人新的发现与体验。然而，这个爱情所构建出来的不一样的世界又会是什么样子的呢？它的生命力有多久，它的存活条件是什么，它又需要你怎样的付出和努力呢？

找一个人带你走其实很简单，不一样的世界却很难。仍旧是长途旅行，随团走的大爷大妈无论到何处买回来的都是一大堆从义乌批发出来的小工艺品，无论见识过怎样的奇观，回到家里最关心的仍旧是油壶未满、米缸已空、鸡零狗碎、婆婆妈妈的事情。因为他们的生活格局已经形成，他们的人生观价值观思想道德情趣爱好都不会发生怎样的转变，定了型，风景就只能是风景，而非自己的世界。

那么，对年轻人而言，你想得到不一样的世界，其实内心潜藏的是想拥有一个不一样的自我。

而这个不一样的自我，又岂是别人能够给予你的呢?

女孩子总会去轻易地依赖一个人，并把依赖养成习惯。而当这份习惯需要改变的时候，精神支柱都会倒掉，于是心若空井，无限寂寥。其实表妹很不错，坚强独立，工作认真，一个人拉扯孩子也能过得很好，但她就是没能学会独立行走。日子能过，精神却残缺，也就难怪她总是找不到下一位理想的爱人。

我告诉她，你应该追求的不是爱情，而是生活状态。

人总是生活在某种状态中，从一个状态切换到下一个状态。生活的道路总是过于曲折，于是大家就想在感情路上找个捷径，幻想着一下子碰到了，一下子谈成了，然后就天长地久一辈子了，但这根本就是在自欺欺人，并不符合事物的发展规律，几乎是不可能的。如果可能，那就是你的条件具备，他想要的恰好你都有，你想要的恰好他也都有。两个人只有同步发展，才会不离不弃。这个节奏一定是和谐同步的，你快我慢你会停下来等一等，我快你慢我会适当调整步伐。这不是牺牲而是珍惜，如果两个人都想活出自己的节奏，那就必定会分手。

因此，对待爱情的诉求虽然非常感性，但支撑在背后的应该是更加客观的理性，这个理性除了物质条件的交换之外，还得带着发展眼光去考量其他的条件。

这种考量的基础就是，你必须具有独立自主的精神，有一个自己的世界，有对未来世界的规划和期望，而非盲目地等待碰到一个什么人，带你去一个什么新的世界。

谈话时间不长，表妹会心一笑，大家再次告别。

再一次见面的时候，她已经离开了家乡，换了一份新工作，有了全新的状态。

不再为感情的事所扰，她说，人总是越努力就会越优秀，越优秀就会越独立，越独立就会有越多自由的选择。

那个不一样的世界，其实在自己手中。

谁带我去不重要，因为他会在那个世界里等我。

人性膨胀的危机

前不久有个恶搞死神的网络视频让我开怀大笑，说是死神为了业务达标而疲于奔命，不仅替客户交了房租水电费找了新工作，还要替他找女朋友对付讨债的债主等等，这样客户才能心满意足地死去，死神才会被评为优秀工作者。这让我也想起另外一个关于死神的小故事来。

说是有位水平很高的科学家一直潜心研究人类的克隆技术，就在自己即将成功的时候患上了重病，于是死神登门拜访，他很不服气，说我马上就能成功了，到时候你根本带不走我，求你再给我三天时间。这位死神跟上面那位视频里的死神一样，希望死者能够心服口服地死去，于是就答应了他。同时打赌说，不管出现什么奇迹，我都一样能够把你带走，否则我就辞职。

死神离开的瞬间科学家身体立即康复，于是在这三天之内他夜以继日地加班工作，终于实验成功，攻克了克隆人的技术难关，然后立刻克隆了十个自己，足以以假乱真，甚至连死神也分辨不出哪个才是自己要找的科学家。

死神很是无奈，准备悻悻离去，十一个一模一样的科学家高兴得鼓起掌来。

这时死神回头问了句："打败我你们一定很开心，今晚准备去哪里庆贺一下呢？"

其中一位科学家立即跳了出来说："肯定是去喝一杯威士忌，还要找一位美女陪伴……"

话音未落，死神一把抓住了他："没错儿，就是你了。"

一句话暴露了自己的本性，而这种本性很可能只是一种生活习惯，一种为人态度或者是一种思维上的特征。这位得意忘形的科学家忘记了掩藏自己的喜悦，通常在面对成功的兴奋时刻也是人性最为膨胀的时刻，会放松所有警惕，对身边的危险视若无睹。

而这个故事还有另外两个版本。

其中之一是，死神分辨不出哪个是真正的科学家，所以心生一计，说："伟大的科学家你真是个天才，克隆出来的复制品几乎是完美的。不过可惜啊，我发现了一个瑕疵……"

科学家忍不住跳了出来叫道："这不可能！我的技术是非常完美的，瑕疵在哪里？"

死神自然一把抓住了他："你就是这个瑕疵啊。"

人性的弱点往往会在一句奉承或批评之下暴露出来，这位科学家接受得了赞美却承受不住批评，被死神轻而易举地诈出了真实的自己。

另外一个版本是就在死神焦头烂额的时候，一群记者蜂拥而至，举着照相机疯狂拍摄。一个记者拉住门边的科学家赞美说："您太伟大了！克隆出这样完美的作品，真是个天才！请问您是如何攻克难关的呢？”

真正的科学家非常不满，一着急就冲上前去推开了复制品，大声怒道：“我才是创造这些克隆人的科学家，这些都是我的作品！”

死神也就在这一瞬间带走了他。

科学家的暴露缘于自己的争名之心，当自己的成果被他人贪占的时候，情急而争，却忘了眼下比名誉更重要的是生命。他原本可以等死神走了之后再向媒体澄清，而且可能克隆人冒充自己接受了采访的话，死神带走的就将是克隆人而不是他了。

现实生活中我们不会时刻都面对着死神，但很可能时刻都面对着各种各样的赞美、批评和误解，往往在这个时候会因为自己的不沉稳而方寸大乱，暴露出人性的弱点。

我们经常会在收获成功时得意忘形，面对指责时急于辩解，被人争功时头脑发热暴跳如雷，而忘记了冷静思考与沉着周旋，甚至对隐藏在身边的危机都不能顾及。

而往往就是在这样的时候，危机会趁势而发，给我们深刻的教训，令我们付出沉痛的代价。

让往事变成经历

朋友的奶奶去世了。他回去探望之前曾跟我聊过天，大概讲述了一下奶奶的生平，自是从旧社会到新时代的跨度，带着老年人强烈共性的历程，如今已是颐养天年的状态，但毕竟九十多岁了，突然犯病，大家都已预料到此次很可能是永别。果不其然，他回家后有段时间没有联系，再通电话时平静地说道，奶奶走了。

我回了句，节哀顺变，保重自己以慰老人家的在天之灵。

我经历过很多生死，包括去面对至亲的人离世，所以能够体会到那种悲痛之情。但这世界上有些悲痛是安慰所不能抚平的，只能靠自己去慢慢战胜。这就像是怀里揣了一块冰，旁人再三鼓励说你要加油把冰丢掉，它不应该揣着，很凉，很伤身体，但他仍旧揣着不放你也没办法。还有的人会出一些主意，比如，你多吃点辣椒这样身体会发热，你多喝热水来升高体温，既能抵御寒冷也能迅速融化掉冰块，但不管怎样，他仍旧抱着冰，仍旧需要自己去发热融化掉这块心里的冰，这种事，哪怕最亲的人都爱莫能助。

所以这样的时候，过于去安慰鼓励和关注，反倒显得客套生疏了。

只有那种凡事做足表面功夫的人才会刻意地展现关怀，询长问短，嘘寒问暖，陪你流泪。一般较为感性的女孩子会如此去做，男人与男人之间有时候一句话点到即止。并且，老太太九十多岁体弱多病，撒手人寰反倒摆脱了病痛的折磨，继续活着的人会记得她的好，带着她的心愿更好地活着，这样才是正确的。

我是不是心太硬了？

回到北京后，与朋友相聚，喝杯小酒免不了再次提起了奶奶，一个跨世纪的小脚女人，刚刚告别人世的先行者。

因为酒的缘故，朋友情绪有些激动，回想起自己童年时得到奶奶的呵护与照顾，想起了很多子欲养而亲不待的遗憾之事。他们这一代人，正处于父母投奔经济大潮而离乡打拼，子女交由乡下老人代养的阶段，所以小孩与老人之间感情尤其深厚。他又讲起奶奶年轻时的事，裹着小脚嫁进财主家，原本心想当了少奶奶，谁知时运不济，爷爷过早去世，于是少奶奶沦为农妇，劈柴担水种地放羊，什么苦都吃过。这样的一辈子岂是一个“累”字了得？而实际上这也是绝大部分中国人共同的经历。但凡家里有老人的，讲起往事，富贵贫穷，欢喜悲哀，每个人都会是一本写满时代记忆的书，每本书读起来都有似曾相识之处。我只是倾听着，任由朋友的情绪宣泄。

说到最后他泣不成声，几乎要捶胸顿足了，我才不得不阻止了他心里对自己悲伤扩大化的暗示。

人有一种习惯，在放松的时候容易扩大自己的感受，虽然年轻的朋友并不能做到“不以物喜，不以己悲”，但过多的负面情绪会造成身心的损害，也会影响到正常的工作与学习。

我告诉他，对于往事，其实我们不必耿耿于怀，如果是美好的那就叫作精彩，如果很是糟糕那就叫作经历。

经历，是一种财富，对于很多老人而言，可能一生除了拉扯儿女之外别无建树，平凡到功过都不必言说，但却给儿女留下了一座丰碑，铭刻的是满满的人性之美好，爱之奉献。这份恩情使得我们学会了善良，并把这份善良嵌入骨髓，潜移默化地成为本性的一部分。有人说，一个再坏的人如果懂得孝顺那他本性就不会很糟糕，一个罪大恶极的人对所有人都凶残暴戾，但很可能会对生养自己的人温顺如绵羊。那是因为这个人曾把一生毫无保留地奉献给了他，这种爱，是人间最为珍贵的礼物。

然后朋友问我，你能不能写写我奶奶，写她的经历，你可以把我写得不好些，多么叛逆多么不懂事，给老人带来过很多伤害，让她操心，但请你把我奶奶写得好些，她吃过那么多苦，无私奉献，但又那么坚强……我沉默了良久。

我其实并不推崇这样的故事，也不愿意去弘扬这种价值观，过多展现一个一辈子奉献自我的贤妻良母的形象。虽然她值得尊重和感佩，但却有些悲凉。在我们讴歌与赞扬、树立和传承这种牺牲精神的时候，对一个女性其实是极其不公平的，因为奶奶或母亲在人们的刻板印象中已经成为固化的概念，她牺牲了自我，然后让男性来回报，让自己来尽孝，人们甚至连她的名字都不会记得。

在人们的称呼中，奶奶就是奶奶，她没名字，别人叫她的时候，她也是某某某的媳妇，某某某的婆婆，某某某的奶奶，不论是尊称还是习惯，她都变成了一个符号，一类女性的缩影。其实，她应该是有名字的，她有她的故事，她的自我，她的经历。

她的经历不应该是一篇作为衬托儿女或孙辈的感恩与悲痛之情书写出来的纪念文章，她会有她的精彩与坎坷，而这些我并不知道。

在我看来，对一个人最大的尊重，是记得她的名字，知道她的快乐与悲哀，感同身受的同时能给予自己力所能及的关爱。而这些我仍旧是做不到的，既然做不到，我又有何资格去评说一位素未谋面并且已经仙逝了的老人呢?

其实，在过去或者未来的时代里，物质生活的贫富都是次要的，有钱没钱都在过日子，最为宝贵的仍旧是精神财富。如果这位老人是快乐的，那么她并没有特别不容易也没有特别伟大，只有平凡如泥土般的可爱与可敬。

而对于我的朋友来说，此刻面对的是他自己人生中有些糟糕的往事，这些往事就是他的经历。

没有经历过生离死别的人，永远都不会长大。

爱其实是一个变量

总有人吵着说，我要找真爱！

我认识的一个年轻朋友就是这样，虽然已满十八岁但还是个不能完全自立的学生，家长对他干涉不多也默许了可以试着去谈谈恋爱，于是他便开始了与无数青年一样的寻爱之旅。

电视剧看多了，心里揣着不少别人的故事，而自己实际懵懂得一塌糊涂，追求一个未果，追求另一个不成，于是变得消沉起来，最后总结了一句，她们都不是我的真爱。

真爱？我看是“真我”而已。

一个人追求爱的前提一定是找到真正的自我，连自己是什么样的人都不清楚，你究竟想要什么也会不确定，这个时候你的爱怎么可能辨出是真是假，怎么会区分出它到底是一时的情绪使然还是具有生命力的选择呢？

很多人都觉得谈恋爱就是两个人互相喜欢，没有那么复杂，愿意就在一起，不愿意就不在一起呗。这确实也是一种答案，简单粗暴且最有效的评判标准，但却忘了谈恋爱要花费大量的时间，精力财力物力，还有情感的投入。当一切成本都投入进去之后，就不再是说分手就分手那么容易了，轻则劳心费神，重则伤筋动骨，还有闹出人命的。

爱其实是一个变量，相互喜欢很可能变成一个喜欢另一个不喜欢了，也可能变成一个喜欢但另一个去喜欢别人了。愿意就在一起，也可能变成你愿意他不愿意，他愿意你不愿意了。并且其中会掺杂着双方父母等有干系的人的影响，工作变动的影响，但凡生活上出现任何的变化都可能本质或细微地影响到恋爱双方的状态，不确定因素之多，几乎是世界上所有变量中最容易出现变化的人际关系，所以怎么会轻易地一蹴而就呢?

因为懒惰，大家把所有恋爱失败的原因都笼统地归结到了一句话上说，这不是我的真爱。

而下一个目标自然也就变成了，我要找我的真爱。

乖乖，能不能别拿这句话来侮辱自己并不发达的情商呢？你其实找的不是什么真爱，而是在找自己对未来的规划以及能合作完成这个规划的人，最好的是他的规划跟你一样。

人过于理智就不会有人生的乐趣，过于浪漫又会太不经风雨，在理智和浪漫之间，在情欲肉欲与安全感的综合指数里，找到那个合拍的人，那就是爱了。

其实，世间感情，分分合合，当事者刻骨铭心，事过后兀自回味——不过是一场沾花带雨的梦。我见证过很多感情，别人的和自己的，多少次理直气壮地来，百转千回地去，就像一种修炼。可最终，能握在手里的又是什么呢?

年轻无畏，也具有无比的杀伤力。未曾经历过感情的人正努力把理论换作实践，爱与被爱，伤与受伤，都是那样踊跃，那么的无辜。感情是有时代特征的，是个年代的产物，而每个人，只是社会洪流里的一个小小水滴。很多问题，在过来人的眼里和心里根本算不上是问题，所以当与我谈起这些问题时，一方面总保持着某种自发的超然状态，一方面又尽量感同身受地去体会。相识——同窗也好，同事也罢，街头的邂逅，日久生情的玄妙，一切统称因缘分开始的际遇，开始爱的人没有一个不是存在侥幸心理的。然后相处——都说相爱容易相处难，相处难在复杂，因为那是两个人人性与人生的交织摩擦。不是有了爱就有了全部，爱情在生活面前像个小小的孩子，一日不呵护就会哭鼻子，一时不照顾就会反目。如果爱是一朵娇艳的玫瑰，那么玫瑰花开，必须是所有使玫瑰开放的条件都已达到。想摘取花朵不是那么容易的，瓶子里的花最终的命运都是枯萎，有鲜活生命力的花一定是种在泥土中，有阳光雨露空气水，要施肥除草捉虫，种花的人要熬过五冬六夏三秋之后，才能迎接一个短暂的花期。正因如此，还有什么好抱怨的呢？看一场电影，故事总是浓缩的，再投入再忘我，落幕时还是要走出影院来。所以无所谓你伤我、我伤你，你我缘已尽情未了云云，真是大把大把的时光逼的，大段大段的闲情烧的。这不是不尊重感情，也不是不懂得珍惜，实在是在爱的游戏里，很多人玩的不过是受伤罢了。

而受伤又是一种使人乐此不疲的游戏，统一特点是身不由己。善于表达的人无时无刻不在寻找和制造话题，常有着不可抑制也无法自察的瘾症。无数张脸孔布满泪痕，无数次开口都是伤心，我想我若是变成飞鸟，翅尖掠过的风都是带着咒语的——因为听过太多，因此烙入了骨骼。说爱，笑谈爱，爱是什么呢？谁知道谁懂得谁能驾驭得了呢？爱不过是一种体验，因年龄不同、身份地位不同、所处环境不同而不同，它本身就是个变量，却偏要以恒久的方式来演绎、来要求。所以任何一个人都称不上是爱情专家，任何人的爱情也都不具有参考价值。

爱情难吗？说难其实又并不难。

当你矢志不渝去追求天长地久的爱情、渴望忠贞如一的爱人、向往“执子之手与子偕老”的人生时，首先记得爱是一个变量就行了。

爱情总是千变万化都没关系，我问这位年轻的朋友：“地球一直在转，你为什么不头晕呢？”

他想了半天没有回答，我只好替他作答。

你一直跟地球同步运行并已经适应了这种转速，甚至能够利用这种转速，伴随着它从出生到死去。

我想，这就是爱了。

伤疤是你最美的妆

军训的时候男女分作两列操练，男生女生朝两个方向齐步走，走出十米后向后转，继续往前走，然后男女就都面对面了，保持着一脚的距离，教官才喊立正，这个时候青春期的男女们不得不硬着头皮两两相对着，几乎贴到对方，谁也不敢抬头看对方，心里小鹿乱撞。

这是缺德教官的故意捉弄，他知道私底下这帮人小鬼大的少年早就蠢蠢欲动，对漂亮女孩垂涎欲滴，而真的让他们在大庭广众之下近距离接触，反而因为害羞而回避。

一时间尴尬无比，教官开始训话，大意就是你们到这里来要好好训练好好学习，别整那些乱七八糟的事情。

而我却一句都没听进去，因为与我面对面的女孩，正是我们班里最漂亮的那位，班花。

班花有双清澈的大眼睛，长长的睫毛，红润的嘴巴饱满又性感，让人多看一眼都会脸红心跳。那一年我才十七岁，情窦初开，还根本不知道怎样跟异性打交道，此刻尴尬得要死，只好使劲埋着头不敢抬起来，脑子里一片空白。

教官喊了一声“稍息”，我们下意识地动了一下身体，我抬头看了一眼班花，发现班花也正在看我，真美，但左边一束刘海却从帽子里窜了出来，很长，耷拉着遮住了半边脸。

后来我才知道那是故意的，因为她的左脸靠近耳朵的一侧，有一道不大不小的伤疤。

这不是写小说，我不会把它加工成故事，我们也没发生过什么故事，总之班花虽美却有缺憾，她心里一直介意着脸上这条疤，或许这已经成了她的心病吧。

如果她是那种长相平庸的女生也许就不那么介意了，因为那道疤呈半月形，虽然面积有些大，但颜色比较浅，完全可以通过化妆掩盖起来，相貌不出众的女孩化了大浓妆也会与平常判若两人的。但碰巧她是班花，清水出芙蓉般的美女，皮肤白皙，化了妆反而艳俗无比，她也就不方便每天涂脂抹粉来掩盖疤痕。

男生们晚上在寝室里卧谈时，总避不开去评比选美，绕不开她，也就绕不开她脸上的疤。

真是一种遗憾，我们都为之惋惜，试想她也肯定为此苦恼不已。

而关于疤的来历，大家自然有诸多猜想，有人说肯定是小时候不小心摔倒了碰的，有人说可能是烫伤，也有人说估计没那么简单，她太漂亮了遭人嫉妒，也许是被坏人故意毁容……

人们在相对私密的场合里议论起别人来通常不会嘴下留情，尤其是一群不谙世事的野小子在谈论女生，有追求班花未果的人甚为恶毒，干脆说那疤是被她前男友强迫留下的印记，暴力的产物，就像是盖了一枚私章，让她一辈子不许勾引别人。

没有人意识到这种语言暴力会对一个女孩造成多么大的伤害，

直到有天这些闲言碎语传到了她的耳朵里。她把寝室的门紧紧关闭不让任何人进，而她的哭声在走廊中回荡了很久。

这是我读书时做过的唯一一件让自己不能释怀的错事，把别人的痛苦当作消遣，让一个无辜的女孩再次受伤。然而她并没有记恨于心，相反在毕业纪念册上写下了大段大段祝福的语句，还送了一张自己的艺术照给我留念。照片中的她仍旧美丽令人赞叹，微微侧着脸，柔光让皮肤光滑洁净，看不到那道疤。

毕业后再也没有见过她，我错过了所有的同学聚会，但从同学那里了解过她的情况，相夫教子工作生活，或许她早已忘记了当年的这件小事。

但我忘不了令人羞愧的小事，总谴责自己的不应该和不懂事。

她的疤是小时候玩耍时为救弟弟而被破碎的玻璃瓶划伤留下的，对于一个美丽的女子而言，舍己救人却让自己容颜受损是多么残忍的事，但也正因如此，她反而更加美丽了。

有时候，伤疤也是人最美的妆容。

当我们看到凯旋的军人身上的伤疤时，心中洋溢的一定是敬佩与赞叹，不会觉得它丑陋。当我们看到为他人捐献器官的爱心人士身上的手术刀疤时，心里充满的也会是感恩之情，不会觉得它丑陋。当我们看到为保护他人利益而受伤的英雄身上的伤疤时，更会崇敬与疼爱，不会觉得它丑陋。人的血肉之躯在漫长的一生中难免会留下无法抹去的印记，每道疤痕的背后都会藏着一段故事，那些岁月的痕迹即便并非传奇也不值得歌颂，但至少我们应该为其遭受的痛苦感到悲悯与同情，而非无情的嘲弄。

非常感谢班花的宽容，在这些宽容中，使得我的心灵得到了一次净化。而肉体的伤口终会愈合，有很多人心灵上的伤却常常被撕开，痛楚绵延。

有一天我看到了这样一句话“你跌跌撞撞，落得这一身伤，就当是为了青春，落下的残妆”，立刻被触动了，分享给朋友，同时也就想起了她。

我想，下一次同学聚会我一定要去碰碰，看能不能遇到班花，再次对她说声对不起，然后请她吃大餐。

成长，失去勇气的一种选择

今年秋季例行回家乡探望老妈，顺带着小住一段时间享受一下绿草蓝天的环境，也就无可避免地见到一些老朋友。有一位姐姐在刚到这里来的那年就认识了，她嫁给了我们的邻居。我还记得她初为人妻时娇羞的模样，小心翼翼地伺候着公婆，懵懵懂懂地讨丈夫的欢心。时间过得很快，上次见面她已经变成了“中年妇女”，丈夫突发脑溢血住院，她忙里忙外的同时还要盯着女儿高考，自然憔悴不堪。这次再见面又时隔几年，丈夫早已痊愈，女儿已经毕业，她也开始发福，眼见着就要从“中年妇女”往“广场舞大妈”的方向狂奔而去。

她自然是不甘心就这样老去的，于是我们见到她时她穿着最时尚的裙子，染了最炫目的黄头发，拿着最新款式的包包，土豪气派闪亮登场，但看到我的一瞬间就败下阵来，无奈摇头叹息，你怎么还这么年轻？凭什么？

没有凭什么，生活无标准答案，有的只是一个又一个选择。

这次见面聊到的话题并不轻松，她吐出一口积压多年的怨气，说要离婚。

离婚？在当今时代虽不是什么惊天动地的大事，但在她身上我知道绝无可能。

离婚的理由也很简单，除了那些鸡毛蒜皮的摩擦争吵和矛盾之外，还有一个重要的原因，丈夫有了“外遇”。说得细了，那些外遇算不得什么严重的出轨，只是与别的女人打打擦边球，似乎也未发生过什么实质的事情。“岂能尽如人意，但求无愧我心。”一般在遇到这种根本不会伤筋动骨的交流时，我都会用这句套话给人以安慰，但她或许并不需要安慰，她要的只是倾吐与释放。我们吃饭喝酒唱卡拉OK，玩得很是尽兴。临别时她说，其实很多年了，我都知道他在外面有人，也有太多机会我抬腿就可以走人，但是……现在不行了，走不了，离开这个家我可能会一无所有。

她来的时候也是一无所有的，从农村到乡镇是一种改变，从女孩到女人是一种成长，但为了这个成长她付出了青春与梦想，彻彻底底变成家庭主妇，洗衣做饭带孩子，并且承受着花心丈夫的背叛，可谓如履薄冰，步步为营，也就从一无所有变得拥有了很多。

事实上她也挺成功的，公婆虽然难伺候但对她并不敢为难，因为怕她抛弃丈夫孩子走掉。丈夫虽然花心但身体不好，尤其是生病之后，恐怕有那个心思也没有那个力气了。孩子拉扯大了也不再用她操心了，还能帮她打打下手。她开了一家小店生意不错，腰包里有了钱人自然硬气起来。

我想她其实是一个很有方法的女人，能够在并不乐观的条件下创造条件，不仅让贫寒之家步入富户之列，还能让花心丈夫俯首称臣。从不识字到做老板，其间的成长不言自明，她付出了太多努力，而这份成长是需要很大的勇气的。

而她的很多勇气其实来自不怕失去。无所谓拥有，自谈不上失去。在最初的婚姻里，她还是个野性十足的蛮女子，稍微不顺心就想回农村的娘家，公婆有脸色她可以丢掉丈夫孩子跑掉，她不在乎，别人反而畏惧了。做生意的时候亦如此，本钱没有几个，赔了就赔了，所以对客户的无理要求一概拒绝，自己能做的事情尽心去做，反而因为专注而把小店搞得风生水起。

时光如电，当拥有越来越多，她也就像一颗已经生根发芽的种子，开始长在了家庭里。年龄越来越大，事情越来越多，生意越来越火，她自然越来越难舍，也就越来越害怕失去。成长，带走的不只是时光，还带走了当初那些不害怕失去的勇气，所以她只是在发牢骚，根本不可能离婚的。

就如我们在年轻时的漂泊，一只背包一双脚，天涯海角都可以去，不仅仅是因为年轻有冲劲，还因为“条件具备”。而当我们不断成长与拥有之后，买的东西越来越多，房子车子各种生活物资，拖着这些东西你漂泊得再远也只能是暂时的，最终还是要回来。

所以所谓的成长，其实只是让自己拥有的更多，而所谓的拥有，则是自由向自我的约束一步步进行妥协。当自我的约束不具法力的时候，自然会有情感、利益、身体、年龄等等诸多要素来对你“盖棺论定”。

人不会永远年轻，只能拥有相对的淡然心态。当你明白成长其实有利有弊的时候，就已经是在成长了。

把记忆还给过去

小A是我认识的朋友里面最纠结的一个人，她相貌虽不美艳但身材高挑皮肤白皙，性格虽不完美但直言快语做事干脆，才华虽不出众但至少聪慧伶俐弹得一手好吉他。而说她纠结，主要是情感问题，年近三十仍形影相吊单身一人，所以每次看到我就是倾谈心事，谈来谈去的话题仍旧是她的前男友们。

男友一号是海归，年龄比她小但长相老成，两个人在读书会相识，因为同看一本书而“深入交流”，之后迅速坠入爱河。短短的三个月内爬雪山看星星点篝火放气球，天南海北地转了一圈，一来补偿了海归年少出国不识祖国大好河山的亏欠，二来在旅行中能更多地了解彼此。不是有句话说，想真正了解一个人就跟他一起去长途旅行吗，经过了解，男友一号的浪漫与细心把她迷得灵魂出窍，旅行结束后立即到了谈婚论嫁的程度。然而这段恋情遭到了男友家长的强烈反对，父母不想儿子娶一个外来的媳妇。男友一号左右拿捏无法抉择，她一气之下提出了分手。她感叹，这个男人还称不上是男人，只能说是个男孩，虽然浪漫细心但太懦弱没主见，经济又不独立，只能遗憾地说再见。

男友二号是个有过短暂婚史的医生，成熟潇洒高大英俊，经济条件不错也没有小孩，两个人经人介绍相识尝试着相处，先同居过起了柴米油盐的日子。起初她自由惯了并不适应两个人的生活，而医生男友却不介意，把她当宝贝一样宠让着。时间长了她也逐渐进入了角色，觉得洗衣做饭这些事儿让男友来做实在不妥，既然两个人在一起那就必然得分工合作，于是开始操持家务，一切做得井井有条。但仍旧是好景不长，做医生的难免会有洁癖，总会指摘她地没擦干净，碗筷没消毒，卧室收拾得不规整，东西乱丢乱放太邋遢。再后来言语不合升级为争吵，小摩擦不断大是非倒是没有。某一天她下厨做一道红烧带鱼，稍不留心糊了锅底，整条走廊都弥漫着烟火气息，他多说了两句，她不再忍受，离家出走。大概是碍于自尊心，男友二号并没有去找她，她也没有回去。一年同居就这样散了，提起难免伤心。这个男人其实哪里都好就是太死板太倔强，跟他过日子像走进了坟墓。

男友三号是个演员，但不是明星，属于入得厅堂下得厨房的好男人，拍戏忙一段时间回来后，要浪漫有浪漫要实际有实际，而且从不对她挑三拣四。可她却找不到安全感，因为虽然他的戏不多但行踪太飘忽，今天这里明天那里，夜不归宿是必然现象。演艺圈美女如云，假戏真做也非稀奇之事，男人越好风险就越大，哪怕再信任恐也有百密一疏的时候。她逐渐养成了查阅男友电话通讯录的习惯，看到头像是女的就忍不住多问两句，开始时男友还会耐心解释，后来干脆无语，再后来把通讯录里的头像全换成了哈士奇。她还想掌握男友的微博、微信、QQ 等一切通信工具的密码，对方不给她就怀疑里面有猫腻。后来男友无法忍受向她提出了分手。她说，其实是我的错，我占有欲太强了，应该给他留一份私人空间。其实他哪里都好，就是太花心。怎么证明人家花心呢，不花心为什么不敢秘密共享？

我对她有些无语，但通常都不予置评，只是倾听。

如果当初海归能多一份坚持，自己也不会放弃。她说，其实以他的条件找份像样的工作并不难，而且我也工作，完全用不着父母来帮忙，我们的生活能过得很好还能帮助到家里。就算是觉得儿子应该找个本地人，但那毕竟是儿子自己的人生，他老妈也不是本地人啊。而且我也有错，我不应该赌气分手，我应该给他更多鼓励和信心，坚守在他身边。他从国外回来还不能适应国内的生活，我怎么这么不理解他呢？唉。

其实我一直在等医生来找我，她说，我们在一起生活都习惯了，虽然有时候枯燥但其实很温馨，他很严谨死板却喜欢听我弹吉他，吃完饭散散步回到家里坐在阳台上我一边弹琴他一边喝咖啡，那瞬间好像世界都特别美好。他责怪我这不好那不好很正常，因为他有良好的生活习惯，做医生的不严谨怎么行呢？最主要的他懂得尊重我，就算我再不好他也从来没拿他前妻来跟我做过比较，这样的男人其实很了解女人的心。但是，他为什么要跟我赌气，等我让步呢？只要一个电话过来说声对不起我可能就回去了。哦，不对，我关机关了好几个星期。唉，都是我的错。

演员忙的时候太忙，闲的时候太闲，聚少离多难免让我担心，我当时应该经常去探班，看看他在片场都在做什么就行了，干吗总是猜疑。真的是错过了一个好男人，唯一一个既懂浪漫又下厨房的好男人，他认识那么多漂亮女孩都没跟人家谈恋爱，偏偏选中了我，可是我竟然不懂珍惜，我真傻……

我通常会用“缘分未到”之类的套话劝慰与开解，但她仿佛陷入了怪圈，自责自责再自责，言谈必会提到三位前男友，一会儿想到他们的好，一会儿想起他们的坏，想到无计可施的时候难免多喝两杯号啕大哭。后来她又谈了一位男友，但与我聊天时话题仍旧是前三任，并且把现今的男友与前三位进行比较，事无巨细从头到脚，三位前男友的优点再少叠加起来也会比现男友完美，三位前男友的缺点也正是现任男友的不足之处。比来比去把现男友比得更加不堪，更为糟糕的是，她因此感觉痛苦，甚至变成了一种折磨。

终于有一天我忍不住狠狠地批评了她，你为什么总要拿过去的记忆来折磨现在的自己呢？

过去再美，都已过去，记忆就像口香糖，嚼到无味也舍不得吐，对口香糖也是一种侮辱。

其实在爱情里，很少有泾渭分明的是非，更不存在必然的尊卑。如果你把爱情当生意经营，那么一定有赚有赔，赔的肯定是自己，因为你太计较。如果你把爱情当赌局对待，就一定会有输赢，输的也肯定是你自己，因为你太在乎。如果你把爱情当电影来看，那么一定会有曲终人散的结局，走的人也肯定是你自己。爱只是一种生活态度，是两个人一时的冲动与长久的磨合，共同面对与解决问题的合作关系。你根本就没诚意，以为自己在认真谈恋爱但其实只是在贪婪地掘取人生的滋味。哪里有甜就往哪里吸吮，吸到了苦就吐掉。当味道已经不再，又开始回味曾经的大快朵颐，天底下哪有这样的美事儿让你去占?

你可以用年轻作为挡箭牌来开脱与防卫，但不能用不成熟做借口继续放肆。每个人都不完美，每段感情都可能会有遗憾，你为何要把遗憾撕成黑洞，随心所欲地让自己陷进去，想哭就哭，想笑就笑，想拿谁比较就拿谁比较呢?电视剧看得再多，你也不能把自己当女主角一样成天上演肥皂剧，更不能从这部戏里跳到那部戏里去搅局。

让记忆变成过去，别再折磨自己，真的爱惜自己的话，你一定要学会吃一堑长一智，放过别人也放过自己。

是放过不是原谅，虽然你每天都在自责，实际却早已原谅了自己的任性与漂浮，随意地停留在生活的表面去人云亦云。选择可以很轻松，而轻松的选择必然会有极其不轻松的发展，人生的功课每一项都无法缺席，爱情这一章每一节人们都无法逃离。互敬、互爱、互信、互勉、互助、互让、互谅、互慰，缺一节都要在今后的日子里补上。

小A的纠结其实一直是在补课，这是一种自我的完善与进步，但首先要做的一点就是把记忆还给过去，让经验成为常识。在爱情生活里，我们需要的仅仅是道理，而非没完没了的故事。

帮助别人就是帮助自己

我最落魄的一段时间里，曾以为自己是天底下最倒霉的人。首先是亲人的离世，弟弟年纪轻轻就因心肌梗死而离世，我连他最后一面都没有见到；其次是工作的不顺，辞职后想创业却因不谙市场操作规律盲目投资导致债台高筑；再次是信任的崩塌，有传言说我是骗子，使得合伙的朋友临时放弃。多重打击下我旧疾复发又添了新病，精神也处于严重抑郁的状态。那段时间我过得是非常混沌，每天失眠，感觉午夜与白天没什么分别，愈是更深露重，愈是心思敏锐，那些思绪，不用梳理也能成行。窗外静穆得像是被尘世遗忘，不知自己此刻坐在哪里，又想不管坐在哪里都是坐在自己的情绪里。于是就非常渴望一种无我的状态，向往没有情绪，认为忘记自己才能够无喜无悲、无得无失，无所谓跟自己和别人计较。可同时又特别执拗地把持着属于自己的完整，认为命运不公，这种挣扎到午夜更是纠结在心头难解难分，而窗外又非常安静，静到仿佛能够听得到指间流光的簌簌声响。

这时候我认识了一个人，一个陌生的网友，喜欢午夜打电话跟我聊天，一聊就是几个小时，不管我是否耐烦他就是不挂电话，有时候我甚至在电话里发脾气，大喊大叫与咒骂，他都静静地听着。我并不了解他，为什么这么有时间来找我聊天，怎么会这么闲，而且我的作息毫无规律，他也仿佛跟我一样没有规律，难道他不用上班下班、不用生活吗？

后来我才知道他是个残疾人，小儿麻痹后遗症，自己一个人生活，下班后除了看电视上上网之外就没别的事情了，行动又不方便所以很少出门活动，打电话聊天是他的一种爱好或习惯，只当是打发时间了。

他对我说，人的最大不幸在于，不幸的时候总认为自己是天底下最不幸的人。

我反唇相讥说，不管别人是怎样的不幸那都是别人的事情，但没有人能替我承受我的不幸。

他说，你说得没错，确实没人能替代你过你的一生，正因如此，你为什么不去面对呢？

我感觉自己根本无法面对，生活已经如此不堪，穷困潦倒贫病交加，前途一片迷茫，唯一能够聊以自慰的恐怕只有午夜的通话了。但我又特别烦他，烦他无微不至的关怀问候，烦他把我吵醒让我去吃饭，烦他在电话里催我去睡觉。他说，你才三十岁啊，这么年轻，就算你不为自己着想，也要想想你的母亲，她有多么不容易。其实很多时候我们之所以要面对不如意的生活，不仅仅是为了自己，更是为了那些深爱着你的人。

“真的，我都不相信这个世界上除了我妈之外还有谁是最真心对我的人。”他带着感叹。

原来，他曾有过一段刻骨铭心的爱情，对方不嫌弃他身体残疾，特意离开了家乡到他所在的城市里生活，朝夕相伴互相照顾，一时间让他感受到无比的温暖。然而五年的相伴并没有得到圆满的结局，终于有一天他深爱的人悄然离他而去，同时带走了他的存款他买的汽车，他变得一无所有。

“我一直不愿相信这是真的，我以为我们会相伴一辈子，但实际上只是一场骗局，她骗光了我所有的钱，也毁了我的希望。”他语气平静地讲述着这些，“我已经是个残疾人了，辛辛苦苦存了些钱并不容易，还指望能老有所依，但事实就是事实。那时候我妈每天都守着我，怕我想不开自杀。记得一夜之间她的头发全白了，我第一次看到，人真的能一夜白头。”

“小时候我常埋怨命运对我不公平，别的小孩都跑跑跳跳自由自在的，我却不行。我学他们的样子去奔跑，一跑就摔倒，一跑就摔倒，根本连站都站不稳，那时候我突然明白了，我跟他们不一样。我今年四十岁，经过了多少挫折和打击你并不知道。简单说一件事儿吧。有一年冬天我们那里突然降温，很冷很冷，然后下了很大的雪。我们南方下雪的时候不多，所以大家看到了雪非常兴奋，我却一点儿也高兴不起来，因为路很滑，我拄着拐一步一滑的特别费劲。下班后快走到我家门口时，有个下坡的台阶，堆了很深的积雪，我一不小心一下子摔倒在雪堆里了，就扑腾着想站起来却怎么也站不起来。旁边正好有几个小孩在打雪仗，玩得很开心，看到了我。你猜怎么样？”

我脑海中浮现出红领巾小朋友做好事不留名之类的情景。

“结果不是。小孩子没有帮我，反而是看着我哈哈大笑，就像看到了一个很好玩的东西。我从小就见惯了别人对我的围观与嘲笑，但我并不憎恶他们。他们是不懂事的小孩，如果我是小孩，可能也会因为看到一个大人摔倒了爬不起来的狼狈样子觉得好笑。所以我有办法帮我自己，我就抓雪球丢他们，跟他们打起了雪仗，大家玩得很尽兴，衣服都湿了。玩累了要各自回家了，小孩子自然而然地把我当成伙伴那样扶了起来，送我到了家门口。”

突然的一瞬间，我感觉到了一位兄长心灵的温度，原来他坚强得成了习惯，宽容又乐观，这样才能使自己在逆境中不断前行，同时懂得去动脑筋想办法，而非一味地怨天尤人。

正如他说的那样，我现在就像掉进了一个雪堆里，挣扎着想爬出来，但根本连站也站不起来，狼狈不堪，不想办法自救，别人又怎么去帮你呢？

而且，并不是每个人都有去搀扶你的义务，甚至他们根本不知道你处于困境之中，反而觉得你是在玩耍，觉得好笑。他的解决办法也很简单，与和你视线能够交汇的人产生互动，成为朋友，在大家一起努力的过程中自然会有人拉你一把。哪怕那些人只是不懂事的小孩子，只看见他们的嘲笑而看不见他们的天真，是我们偏激的错误。

可是，你为什么会这么耐心地跟我通电话呢，你也没有义务来拯救我啊？

他说：“这段时间正好是我工作最不顺心的时候，年终业务考核，领导将做岗位调动，我虽然是老员工但身体情况在这里摆着，很可能会把我淘汰出局。这是一种危机，我必须得调整我自己，用最好的心态来面对一切。人与人不一样，我鼓励自己的方法是通过鼓励别人来鼓励自己，就像一个边学边教的老师那样，当我把道理讲给你听的时候，也正是说服我自己的时候。我们通话这么久，我的心态也变得非常好了，所以我还应该谢谢你。”

每个人都有每个人的理由，在这个世界上我们既是独立的个体又相互影响，我认为我自己非常倒霉，但实际上凡事都有因果。弟弟心脏病是先天的，生老病死是人生常态，不管他多么年轻多么可惜，逝者已矣不用想不开。创业本身就具有风险，只想享受成功的喜悦不想承担失败的痛苦，是多么幼稚的想法，每个人都应该为自己的选择买单。合伙人的谨慎是正当的，他的钱也不是大风刮来的，投资的风险评估必不可少，并且在我当下的状态中强硬支撑盲目注入资金，只会让损失扩大。造谣中伤我的人也并非空穴来风，有的因为误会有的因为嫉妒，也有的纯粹是以卑劣的手段来赚人眼球，博取一点儿卑微的关注。一切全想通了，虽然过程持续数月，而一瞬间的通透让我成熟了一大截。

非常感谢这位朋友，让我没有陷入自怨自艾的怪圈里，不再沉浸于“我的不幸是天下最大的不幸”的自我暗示中，让我冷静下来，重新思考，不断去总结与发现生活的滋味。

世事无常原本就是常态，旦夕祸福自该从容应对。

就这样，我慢慢调理好了身体，选择了一份简单却忙碌充实的业务员工作，重新开始了生活。

在业务员的工作中我不断扩展人脉，得到了客户的赏识与推荐，结束这份工作后进入媒体工作，然后一步步边做边学，继续游历，选择了最向往的自由撰稿人的生活。

而这一切离不开一位虽然身体残疾但人格高尚的朋友的帮助，及时的提点与鼓励是身处困境之人的指路明灯。帮人亦是帮己，也是我帮他度过那段迷惘的时光。而又如他所说的那样：不要以为我是平白无故像天使一样出现，其实我是你的读者，看过你一篇文章觉得很好奇，鸡蛋好吃我就很想找到那只下蛋的母鸡，所以才通过网络找到了你。

其实你还是自己救了自己。

锁在柜子里的杂志

小时候我很喜欢那些明星，注视着电视荧屏中他们的一举一动，模仿与学习，崇拜与梦想，当然也会像其他发烧友一样关注他们的八卦新闻、收集他们的海报照片等，那应该是很多人少年时共同的经历。然而因为家乡地处偏远，当时经济也不发达，很多新鲜的东西都不能及时到达，尤其是明星们的海报纪念品之类的东西。小伙伴里有个非常“神通”的家伙，他竟然收集到了很多新鲜的画片，把明星的照片贴满了本子，令我艳羡不已。

我问他是从哪里搜集到的，他秘而不宣，不过后来我发现了他的“秘密”，原来他订阅了一本娱乐杂志，那些丰富多彩的图片都是从杂志里剪下来的。

但我没有钱去订阅杂志，所以只能看着他收集本越贴越厚而自己无计可施，这种干着急的状态终于有一天得到了“恰到好处”的缓解，因为我发现姨妈家里订阅了这本杂志，而且不仅是一本，她已经收藏了厚厚一摞，都放在客厅茶几柜子的抽屉里。

一次我趁姨妈午休的时间偷偷打开了抽屉，翻看那些杂志，看到中间夹页里有张刘德华的海报，实在忍不住心里的喜欢与据为己有的贪念，就胆战心惊地把海报撕了下来，藏在怀里偷偷带回自己家里。晚上，我把刘德华剪下来，贴在精心准备的本子里。第二天，我让同学们“羡慕嫉妒恨”了很久。

之后的两次，我故伎重施，又扯了几张彩页，但心里那种忐忑却越来越强烈，总感觉是在偷东西，而这样做仅仅是为了满足自己的虚荣心。

过了一段时间，我又去姨妈家里玩，又是午休时间，姨妈家里的人都睡觉了，我心痒难耐，再推开客厅的门，琢磨着去翻那些杂志的时候，赫然入目的却是一把锁头。

朱漆的茶几柜门被安上了门鼻，一把黑黢黢的铁将军牌锁头把柜子封得死死的，不用说，杂志看不到了，更不可能撕彩页，那瞬间我的心突然不再忐忑，而变得凉凉的，羞愧难当。

此后我仍然会去姨妈家玩耍，但从不踏进客厅半步，因为那把锁头一直悬挂在柜子上，隔离了我的亲近之心。

我仍旧会收集明星的画片，贴到心爱的本子里，一直到成年之后不再需要这样的心灵慰藉，而那些画片都是从“正当渠道”获得的，我其实很害怕再做错了什么事，被人上了锁，隔绝了我对这个世界的探索和追求。

而那把锁带给我的感觉，一直从少年时期到了现在，都在反复回味，都在试图想明白到底是对是错，谁对谁错。

当时是个物质欠缺的年代，精神生活也不丰富，一本杂志带来的是崭新的信息，是生活中不可多得的娱乐享受，但是，它确实不贵，块八毛钱，不至于为此而给漂亮的实木家具钉上丑丑的门鼻儿挂上不和谐的大锁头。那种锁头一般都是用来锁仓房的，体形硕大，似乎快把柜门坠掉了。

我一直很愧疚，倒不是因为撕了杂志的彩页，而是对不起那只柜子，让它从精致的家具变成了一个滑稽的牢笼，并且时刻提醒着我，犯了一个低级的错误。

但这样的提醒确实过于沉重，我已知错，痕迹却不可消除。

我曾在想，如果我订阅了那些杂志，翻阅后一期一期放在柜子里，喜爱而做珍藏，当然不希望它受损伤。如果有人偷偷撕里面的彩页，我一定会生气，但对方若是个不懂事的小孩，我一定会询问其原因，到底是胡闹捣蛋故意搞破坏，还是另有原因。如果是我这种原因，我可能会赠予一部分明星画片，也可能通过其他成人的方法来帮助其实现小小的梦想，并教育他偷撕杂志是错误的，虽然这与偷窃财物有所区别，但仍旧是一种盗窃行为，需要改正。

我不会挂上一把锁，那样太粗暴，太震撼，也太讽刺。

庆幸的是，这样一种警告确实有效，时刻提醒我不要犯错。

我并没意识到自己受到了伤害，等我察觉这其实是一种成年人对小孩的残忍拒绝时，心里早已释然，毕竟是我先伤害人家的。

而亲人之间的距离却不知不觉间变得很远，不再信任，甚至不愿往来了。

题外的话是，今年我在厦门遇到了一位读者小女孩，她羞涩腼腆，年纪轻轻却已经在工厂里打工了，见面时犹豫再三向我提出一个“请求”，希望我能寄给她几张签名照留念。

因为很忙，我回到北京后忘掉了这件事，而她一直惦记着，后来忍不住在微博里又发了私信来问，我心里突然充满了歉意，立即去办了这件事。

我不是偶像，也不是明星，但我的读者会希望拥有一份心存美好的纪念，我想当年我收集明星画片的时候也是同样的心理吧。但是，那些偶像明星的粉丝众多，如果每位粉丝的要求都去回复与满足，他们也就不用做别的事情了。

每个人在成长的历程中都曾有过一些小小的微不足道的心愿，或许我们当年并不能分辨出哪些是合理的需求哪些又是不情之请，但不能因为一时的贪慕而伤害到别人。同时，当我们面对少不更事的错误时，也不要简单粗暴去对待“熊孩子”，他们需要时刻的警醒，更需要呵护与引导，而非把他们的好奇之心锁在漆黑的柜子里。

很多时候，我们会去想抱一抱小时候的自己，因为我们可能都曾是不被欢迎的人，只能自己去接纳自己。更多时候，我们则应该去抱一抱身旁的人，让他感受到我们的尊重与欢迎，微笑面对那些可以忽略不计的小错误，别轻易把你心灵的杂志锁在柜子里。

不一样的双胞胎兄弟

有一对双胞胎兄弟，是我在医院里认识的，他们的父亲重病入院，需要治疗很长一段时间，于是他们轮流着到病床前守护。

他们的年龄都是十七岁，长得几乎一模一样，又留着相同的发型喜欢穿同样的衣服，所以大家经常分不清楚谁是弟弟谁是哥哥。我在陪护临床的病人，经常接触到兄弟两个，时间长了发现了他们各自的特点，于是就能轻而易举地把他们分辨出来了。

哥哥比较沉稳，遇事不慌不乱，喜欢先去观察研究做准备工作，然后按部就班去完成，弟弟则比较毛躁，解决问题不大爱思考，总是临时抱佛脚，经常手忙脚乱。比如同样是看着父亲输液的吊瓶，点滴快结束时需要叫护士来更换，哥哥的处理方法是针扎上的同时去看药瓶上的说明书，看它的容量和滴落的速度来估算打完这瓶药水所需的时间，然后给父亲准备好要喝的开水，要接尿的夜壶，如果中途是午饭时间需要去打饭的话，他也会提前把饭盒洗好放在床头柜上备用，这样他就可以安心地坐下来了，捧着一本书慢慢看，偶尔抬头看一下药瓶，摸一下父亲的手，从容而安静地陪伴在父亲身边。而弟弟完全不同，护士来扎针的时候他紧张地观察是否扎错了血管，药水开始滴下的时候他总是不停去调节控制滴速的旋钮，坐下来之后要紧盯着药瓶生怕什么时候滴空了自己没发现，当父亲口渴时忙拿暖水瓶倒开水，水一时凉不下来他就急躁埋怨，父亲要撒尿他钻到床底下找夜壶，如果碰到中午要打饭的话就更烦乱，饭盒没有洗，饭票也不知道塞到了哪里，他就气急败坏地敲桌子，仿佛自己受到了很大的委屈一样。

我想这是件有趣的事情，因为他们出生在同样的家庭，受到的是同样的教育，面对的也是同样的处境，但呈现出来的情况却完全不同。

据说，像这对兄弟一样的双胞胎虽然有很多方面都极其相似，但实际上早在胎儿发育的时候就已经有了差异，尽管他们基因先天相似，但后天仍然是独一无二的生命体，是不大可能完全一样的，尤其是性格。

我一直以为他们两个人里哥哥聪明一些，因为他懂得先后有序地照顾好父亲又不耽误自己的事情，而弟弟笨一些，照顾父亲本就有些枯燥辛苦，他还把自己的心情弄得很糟糕，同样的一天哥哥可能看了一本书而他什么事都没做成。但后来发生了一件事让我疑惑了。

他们的父亲一天夜里突然病情恶化被送进了抢救室，兄弟赶来的时候天还没亮，父亲已经因为抢救无效而过世了。哥哥突然情绪崩溃，扑在父亲身上号啕大哭，弟弟却没有那样束手无策，反而安抚着哥哥和母亲。望着他好像瞬间长大的样子，我有些恍惚，总不能确定自己的判断，或许我也认错了人？

第二天，他们家里应该是忙于办理后事，医院里结算等事宜都由弟弟来处理。他顺利办完手续之后到病房里收拾东西，丢掉一些不要的用品，带走了父亲平时的衣物。我忍不住叫住了他，寒暄了几句。

我问他：“平时都是你哥哥来办这些事，今天怎么是你来了？”

“他病了，”弟弟告诉我，“累的。其实我俩谁来处理都是一样的，这些事就是跑跑腿，费些时间就完了。”

“可是他平时办事好像……利索一些，你总是一副气急败坏的样子，你妈不怕你办不好吗？”

他笑了，解释说：“我性子急爱发脾气，但不代表我做不了事啊。其实很多事情都是我在跑腿，我哥哥反而办不成。比如平时看着打针伺候我爸的那些事，我爸已经病了好几年了，我们家人都很累。我哥那个人做什么事都井井有条的，但就是不会照顾他自己，尤其是不懂发脾气，总是憋着自己，想发火的时候不敢发火，想哭的时候不好意思哭，太压抑了。所以我爸一走他就崩溃了。我跟他不一样，有什么不顺心的事立刻发泄出来，过后就忘了，心里没什么负担，我爸病了这么久自己也很遭罪，现在算是解脱了吧。我不像我哥那么伤心，我想得开。”

我心里豁然明白了，原来聪明的人是弟弟，而笨一些的其实是哥哥啊。

双胞胎兄弟里，哥哥虽然稳重但却“死心眼”，凡事都想求得四平八稳，反而给自己造成了很大的心理负担，情绪像一根绷紧的弦，虽然把父亲照顾得很好，结果父亲去世了自己也累瘫了。弟弟则更懂得“张弛有道”，不把负面的情绪积压在心里，该发泄就发泄，虽然照顾父亲的时候不那么周到，但心里明白父亲终将离去，自己要“保存实力”来照顾妈妈和哥哥。

他们兄弟两个让我思考了很久，想起了关于爱、关于亲情的很多问题，还有一个爱自己和爱家人的话题。如果一个人不能够好好爱自己，怎么可能去做到爱家人呢？哥哥虽然轻手轻脚照顾婴儿一般呵护着父亲，但是处于弥留之际的父亲根本觉察不到，他连扎针都感觉不到疼痛了，因此有些照顾成了无用功，哥哥的做法甚至是一种强迫式的自我交代，认为这样才是照顾与孝道，有做给旁人看的嫌疑。弟弟虽然发脾气，但会观察注意不影响到病房里其他人休息，虽然手忙脚乱，但正借此让自己分散注意力和缓解压力，虽然对父亲有所埋怨，但不会辱骂与虐待，并且正在替父亲完成照顾家人的使命……

我想，这兄弟两个在今后的人生中，差异会越来越大，命运肯定会完全不同。

同时我也想，我们在分析与判断别人的表现时，不能过于主观臆断，每个人的背后都可能有自己的故事和一些虽然朴素却很实用的处事方法——这些方法的表现形式是各种各样的，我们不能因某个瞬间或看到某种自己觉得不合时宜的状态而轻易下结论。

当你想起不堪的往事

一位朋友才华出众，在某门户网站做编辑，平日保持着博学又斯文的形象，与同事相处尽显风度，与领导交流也时刻记得拿捏分寸，因此颇得赞誉。

某次编辑部聚餐，大家都在太阳伞下喝啤酒吃烧烤，他多喝了两杯有些飘飘然，于是大声地讲起了笑话。正这时领导进门，他背对门口并不知道，讲得兴起大家也没提醒，眉飞色舞回头一看，领导正在他身后哈哈大笑，他有些尴尬刚想解释些什么，突然鼻子里喷出一个鼻涕泡来。

原本是这两天感冒鼻塞，刚才又喝了酒，怎么也没想到在这关头会打酒嗝，一股胃气喷上来，愣憋出一个大鼻涕泡，他羞得恨不能挖个地缝钻进去。领导也很尴尬，不过毕竟成熟老练，顺势抽出一张纸巾递给他，他拿着纸巾擦着鼻子向卫生间跑去，久久也没出来。

一直等领导走后，同事也散得差不多了，他才悄悄出来收拾东西，谎称有事而匆匆离去。

事后的很长一段时间他都耿耿于怀，越想越觉得丢脸，尤其是在领导面前出糗，感觉自己斯文的形象因此被一扫而光了。

年底时公司又搞聚会，按照惯例接待客户来宾的事情都会由他来负责，这些来宾都将是未来一年重要的客户目标，而这次领导安排了别人，他的心里更加七上八下，暗想，一定是自己的形象毁了，让领导心生厌恶，所以才会调换了别人来做接待。鼻涕泡虽然是正常的生理现象，但说深了可以解释为自己得意忘形，这样不稳重怎可能被托付重任呢?

他为此烦恼不已，索性告病不去参加聚会了。

年底聚会结束后不久，这位老兄在厕所里又遇到了那位领导，说来也巧，领导在蹲大号但厕所内的纸巾没有了。领导隔着门板喊，谁在外面，帮我拿点儿纸过来。他立即屁颠屁颠跑去拿了卫生纸来塞给领导。领导出来后一边在洗手池洗手，一边与他交谈，细心的他发现领导的裤脚是湿的，于是提醒了一下。

领导笑了，说，岁数大了，撒尿把裤腿都淋湿了。你帮我看看走廊里有没有外人，没有的话我溜过去，办公室里有我备用的裤子。

经过这件事之后，他对领导的印象不觉有了改观，也不再是敬畏回避的状态，相反觉得这老头很和蔼，像自己身边那些小区里锻炼身体的老大爷一样可以亲近。

领导经常叫大家到办公室里闲聊一些与工作无关的话题，有时甚至有些八卦。有一次领导突然聊到了一个话题“哪件事让你觉得最难堪”，大家七嘴八舌说了一通，他笑了笑没有说话。领导说：“我岁数大了，出的丑比较多，最难堪的记不起了，最近难堪的倒有一件事，在厕所尿了裤子还被咱们同事给撞见了。”

大家哈哈大笑，并不以为然，他却心领神会。

领导说："这都不算什么。我发现大家说的难堪的事，都是一些鸡毛蒜皮的小事，跟个人的能力与品德都没关系。我年轻的时候在报社做记者，竟然不懂印刷，到出片的公司去人家问你这稿子用什么做的，我说用电脑做的。人家问是用苹果机还是PC机，我很生气大声跟人家说，我都说了用电脑写的你还问什么问！"

"当你想到这些尴尬的瞬间你会怎么办？"领导说，"我有一个好办法。每当想起那些让自己觉得愚蠢的不可原谅的事情，我就想象着那一幕定格了，变成了一张照片，然后照片泛黄，卷边了，被火烧成了灰烬，烦恼也就随着灰烬一起飞走了。不要不相信，你们试试？"

大家都闭上了眼睛，而他也在脑海里幻想起自己冒鼻涕泡的那幕情景，无比尴尬的样子，突然定格，变成了黑白照片，然后烧掉……心里突然觉得非常释然。

"原谅自己，再好好去做。"领导说，"咱们是做编辑的，如果被这些小细节绊住了手脚那岂不是成了笑话吗？"

但实际上，领导的裤管不是尿湿的，而是他自己用水淋湿的。

他发现这位编辑朋友虽然才华出众，但性格却过于偏激，又极其虚荣，凡事都力求完美，根本容不得自己有任何闪失，而这样的人难成大事。

不拘小节是一种豁达的态度，太过率性又容易失仪，两者之间要找到合适的平衡点才能够使我们收放自如，而这种收放自如又是建立在有明确自我定位的基础之上。

领导首肯的是一个人的工作能力，形象再完美甚至苛刻到每句话每件事上，就会变成和平时期的“装在套子里的人”，这样即便你才华出众也不具创造力。一个连鼻涕泡都耿耿于怀的人，还能指望他去不顾颜面开展业务拓展的工作吗？

好在这位领导善为人师，懂得去循循善诱，帮助年轻人找到缺点，不断突破自我。

如果你心里有些不能释怀的事情，想起不堪的往事觉得很丢颜面，不如让它定格变成旧照片，然后将其烧掉，化作灰烬随风飘散。

原谅自己，再好好去做。人们认可的永远是你真实的才干与风度，而不是你孩子气的出糗的瞬间。

谁来分享女神的生日蛋糕

有位电台DJ朋友因声线优美语言睿智而备受听众喜爱，主持的午夜谈话节目也成了名牌，她的名字亦被戴上了“名人”的光环，一时间拥趸者众多，追求者甚众。

那年她过生日，粉丝们组织着为她庆祝，在夜场搞了一场隆重的派对，颇有纸醉金迷之感，我也应邀参加。在场内鲜花与掌声必不可少，蛋糕也是重要的道具，大家玩得很是尽兴。午夜散场，大家各自收拾东西回家，她环顾四周叫上了我和另外一位电台实习生女孩。当时我与那位女孩都是初入社会懵懂无知的“菜鸟”，根本不敢想能够得到女神的青睐可以同车而行。我们出门前，她又发现生日蛋糕没有吃完，还剩下一大半没人动过，于是打了包一起带走了。

女孩子都很注重自己的身材，她根本不碰蛋糕类的东西，这样一位名人干吗这么小气，蛋糕留给谁吃不可以呢？我和实习生不明就里地想。坐在车上心情非常激动，偷瞄着她的面容，猜测着她会把蛋糕分享给谁。

当时她有很多绯闻，我们猜想她应该是准备把生日蛋糕分享给自己的绯闻男友。但是没有，她开着车经过立交桥的时候突然把车开到了桥下面，踩了刹车，让我把蛋糕送到桥下面去。

原来在桥洞里面睡着一个流浪汉，当时初冬天气已冷，流浪汉蜷缩在破被套里已经睡下。我蹑手蹑脚地把蛋糕放在他身旁，心里突然有了一种感动。我想，等他醒来一定会非常惊喜，不会知道蛋糕是从何而来，更不会想到蛋糕是这座城市里颇有名气的电台 DJ 的生日分享。

“我过来的时候就看到他睡在桥底下了。”她说，“我们吃不了丢掉也浪费，但对他来说可能明天就能吃一天，而且我希望我许下的生日愿望能够跟更多的人分享。”

我们都不知道她到底许了什么愿望，当时心里除了一些感动还有一些质疑。

作为一位“名人”，自然会很注重自己的言行，希望通过一些善举来塑造善良美好的形象，也就是所谓的作秀吧，谁能知道她心里的真实想法到底是怎样的呢？但不管怎样她的举手之劳是好的，至少能够给流浪汉带去一份可口的早餐。所谓“锦上添花易，雪中送炭难”，今天的生日派对上，很多人慕名而来送鲜花送礼物，簇拥着一颗耀眼的明星，在快乐的气氛中不断增添更加快乐的元素，这些都是锦上添花的人。但谁曾想过当年她初入电台时曾备受冷落呢？我和那位实习生女孩就如当年的她，渺小卑微胆怯，遇到一点儿恩惠就战战兢兢，就像在寒冬里衣衫褴褛的流浪汉，谁能及时地雪中送炭呢？

而实际上她回程捎上了我们，完全是因为我们顺路，并且夜已深了没有公交车可以搭乘，打车还要多花钱。她把生日蛋糕分享给流浪汉也仅仅是善意之举，如果要作秀，干吗秀给我们，完全可以在记者与媒体在场的时候大做文章……这一切是我在多年以后才感悟到的，因为那时她已经离开了电台，卸去了“名人”的光环，隐居在西藏，一边做着公益一边开着小小的客栈，她连名字都改了，对任何人都不曾提起光鲜的过去。

我因自己对她的误读而感到汗颜，有种“以小人之心度君子之腹”的羞惭。生活总会被五光十色的误解掩盖，在揣度和猜测中逐渐失去最初的美好，人与人之间的信任也变得越来越难。然而，并非所有的善举背后都有目的，也不是所有的示好都深藏阴谋，我们应该活得明朗一些，简单一些，快乐一些。

我才明白，她的午夜谈话节目如此深得人心的原因，或许并非仅仅因为声线优美语言睿智，更多的是她有一颗单纯善良的心。这个世界没有几个人是傻子，每个人都有自己的判断能力，都善于捕捉分析和总结，当所有揣测用尽之后，唯一能够取得信任和建立美好关系的方法，只能是你本性的善良。

初识栀子花香

从排版工作室回来，快到立交桥的路上，路旁一株梧桐树下，一个老婆婆坐在树荫里。她的面前放了一只红色的塑料桶，桶里显然有水，水里插满了细碎的野菊花。那种菊花很不起眼，花朵很小，叶子也很干，但一看就知道有很旺盛的生命力。卖花的老婆婆竟然有些羞涩，只是坐着，并不吆喝。她看到我驻足，便打招呼：

“这种菊花虽然不漂亮，但是味道很香呢！就是我们乡下人经常泡茶喝的那一种。”

我闻了闻，果然有种药香。

在这个疲于奔命的城市里，人们匆匆忙忙，有几个能忙里偷闲为一束野菊花停下脚步呢？利益之争是不可回避的现实，空隙里人们泡吧喝茶打牌吃饭，那些原始而古朴的生命早就成了强弩之末。看着老婆婆红润的脸，明显带着乡下人的纯朴憨真，我心底有了某种难以名状的感触。我顺势地问：

“这菊花有什么功效呢？”

她乐呵呵地说：“说起来可能是迷信呢，不过你们城里人也叫传说。人家说这菊花是观音菩萨的玉净瓶里滴下的水长出的，小孩子感冒头疼的喝了就好。嗯……能驱毒、清热吧……呵呵……”

她的语气勾得我也笑了起来。便买了两束，握在手里，陡然感觉像是回到了小时候一样，在那宽阔的草甸子上疯跑，采一人抱野花野草回来插在瓶子里。

刚一抬脚老婆婆又叫："小伙子，你回来！"

我奇怪地回头，停下脚步。

老婆婆笑眯眯地从花丛里又拿出一小把花来，不是菊花，是另一种白色花瓣的大花。送给我，说："这花特别香，送给你，回去送给你女朋友，保管她喜欢。"

"是吗？"我有点儿惊喜地接过来，把花放在鼻子下闻，果然，花香四溢！

"是什么花？怎么这么香？"我问。

老婆婆说："这种花主要就是以香出名的啊，它就是栀子花。"

这便是我第一次见到栀子花的经历，没想到竟然是一位老婆婆赠送的。

栀子花是产于南方的一种花卉，我是北方人，多年来只闻其名不知其形，如果不是这次偶然的相遇，可能在路边看到它仍不认得。没想到它这么香，据说还有人拿它来做菜吃。

而更令我暖心的还是老婆婆热情的赠送，有句话说"赠人玫瑰，手留余香"，老婆婆大概并没有听过这样文绉绉的话，但她却本能地遵循着"付出了给予了自己也会有快乐"的原则，把栀子花送给了我。

只不过小小的善举，却让两个人心情都明亮和充满快乐，人与人之间的交流正是这样简单而微妙。在当今时代里，我们都习惯了步履匆匆，见惯了人间种种，难得的是仍旧保留一份质朴的情谊。

“赠”字由两部分组成，“贝”是有价值的东西，“曾”是一种归属的描述，也就是把曾属于自己的有用的东西无偿送给别人的意思，而这种相予，竟能收到“1+1>2”的效果，那么我们又何乐而不为呢?

好心情也是一种价值，带给自己和别人好的心情，会使我们的生活升值。

年轻的护照

我曾有一个盖满邮戳的本子，那是一本游记，最初的灵感源自《西游记》中唐三藏西行取经的重要道具——通关文牒，每到一处都要盖个章以示经过。其实通关文牒是古代进出关戍时的通行证，每到一国都需加盖那个国家的印玺才能生效，按照当今的说法就是出国护照。

决定开始漂泊生涯的时候我就想，行万里路总是要有一个凭证，那时候还没有微博微信，甚至都不会上网，没钱买相机，也没有手机，不像如今这样方便，随手就能秀自己的动态。而一个本子成本不高，随时随地写写画画，经过当地邮局进去盖个邮戳，既能留念又能做凭据，真是极好的创意。

本子上很快就盖上了各种各样的邮戳，而盖戳的时候也出现过各种情况，有的大城市见惯了明信片式的留念方式所以挥章就盖，有的小镇子还会把本子里的内容再三“审核”一下方才盖章，生怕出现什么纰漏，而更多乡村则连邮局都找不到。我就这样一边打工一边漂泊，一个邮戳一个邮戳地盖着，后来到了南方的一座城市。

在这座城市我结识了新的朋友，有了新同事，其中一个与我年龄相仿的男生特别喜欢这本游记，尤其是上面的邮戳，感觉太酷了。他也很想尝试那种漂泊的生活，把很多无聊的时光用各种各样的经历塞满，但他没有那个勇气。有一天他提出了一个请求，希望我把这本游记送给他，我断然拒绝了。

在我看来这属于不情之请，游记对我来说是珍贵的东西，漂泊一路最后可能什么都剩不下，但至少还有游记能证明自己曾经经过。男生被拒绝后感觉很丢面子，从此我们之间的关系也变得尴尬起来，不再亲密无间。后来有一天碰巧是我们两个人一起值夜班，消夜的时候喝了几杯啤酒后我睡着了，醒来后发觉自己的行李被翻过，但什么都没丢，唯独不见了那个游记本子。

我的第一反应就是他偷走了我的本子，立即起身质问，他显得很委屈，不停辩解着，后来升级为口角，就这样我们的友谊彻底完结了。

而那个本子一直下落不明，我离开这座城市时，没有再去邮局盖章，也没心思再去重新弄一个本子来延续这个做法了。

后来有了网络，有了相机，有了能拍照拍视频的手机，有了各种各样记录和分享的工具，写字盖章虽然是种情致，但不快捷不方便，也不一定美观，所以我与绝大多数人一样玩了微博微信，晒照片秀足迹，游记也变成了帖子，或直播或分享攻略。那本遗失的游记也变成了记忆，几乎被淡忘。

有一天我收到了一个快递，是个小纸箱子，拆开厚厚的包装，那本游记奇迹般地出现在我的眼前，我吓了一跳。

游记的纸张已经变脆变黄，字迹不再鲜亮清晰，邮戳的油墨也斑驳模糊了，但那些被淡忘的往事一下子重新浮现在眼前，如黑暗中擦亮的一根火柴，引燃了心里的五味。纸箱子里还有一封信，正是当年的男生写来的。

原来游记真的是他“偷”走的，说“偷”或者并不准确，而是借看的。

他在信中说，当年出于好奇与羡慕，一直想仔细地把游记看一看，甚至是研究一下，但我视若至宝不肯撒手，尤其是在拒绝他的赠送请求之后更是随身带着，这让他越发感兴趣。于是趁那晚夜班我睡着之后他偷拿出来看，本想看完还回去，但我醒了之后反应那么强烈，还吵到隔壁的同事过来围观，他没有勇气承认自己“偷”了东西，更不好意思把东西交出来，就咬牙坚持着不承认，一直把本子留到了现在。

这么多年来，他跟我一样也去过很多地方，看过大海爬过雪山，到国外转了一大圈，所过之处所遇之人与所经之事比我的经历更丰富多彩，但每每沉静下来总是怅然若失，也总想能够挽回友谊。所以他一直在默默地关注着我的动态，还通过我参与的社会话题查到我的联系方式，通过朋友打听我的地址。他鼓起很大勇气才把游记寄还给我，写了这封里面有三十五句“对不起”的信……

但其实我心里早已释然，甚至还有些愧疚。

当时太过年轻，那样锋芒毕露，得理不饶人，面对是非寸步不让，根本不给别人台阶下。

人年轻的时候难免会犯错，有些错并不是大是大非原则性的错误，没必要撕破脸皮去质问与追究。

因为朋友之间总是需要一些相互的关照与体谅的，否则就无法做朋友了。

我想，我们每个人都曾有一本游记，上面记录的是自己年少懵懂时的想法、思考和情绪，汇集成一本年轻的护照。这可能是自我保留的一份珍存，同样也需要分享的快乐，如果特立独行只是为了让身边示好的朋友尴尬，那还有什么意义呢？

对于正在书写这本游记的朋友而言也如此，逼仄到别人无言以对之后，自己也就没有了回旋的余地，接下来的结果只能是失去。就如我这个本子，好借好还的话，它仍旧可以陪在我身边，延续我的记录，盖上更多的邮戳，或许并不会因时代的发展而被更多新鲜的事物取代，因为养成了习惯。但不经意之间我失去了这个习惯，它与我离散这么多年，虽然失而复得，那颗年轻的心却已不再。

宽以待人不仅仅是考量一个人的胸怀，更是为自己留有余地，我们因为年轻而锐意故我，也因为年轻不断收获和失去，那么何不做个大度的人，让收获更多、失去更少一些呢？

一场大雨带来的启迪

十多年前的夏天，在酷热的长沙街头，一个失魂落魄的年轻人顶着太阳缓缓行走着，那个人就是我。

当时特别沮丧，刚被一家公司辞退了。其实也不算是辞退，是因为公司经营不善团队解散，我也就再一次失业了。我是漂泊游历来到长沙的，举目无亲，也没有朋友，几乎什么社会关系都没有，而且语言不通，身无长处，顿时觉得前路茫茫，失去了方向。快走到白沙井的时候，我连续拨打了三个电话，分别给这家公司的老板、自己住的出租屋的房东和一位跑销售的人，但都遭到了拒绝。给老板打电话是想问他公司能不能重新开张，给房东打电话是想缓交一下房租，给销售员打电话是想让他帮忙介绍新的工作，得到的回答却都是“NO”，瞬间我的心就凉到了谷底，感叹人与人之间怎么会这么冷漠。

是啊，再看看周围的环境，大家行色匆匆，各忙各的，互相都是陌生人，见面不会打招呼，偶尔撞了一下连句“对不起”都不会说，微笑更是奢侈的表情。

在都市的钢筋水泥丛林里，时刻演绎着弱肉强食的法则，哪怕再好的朋友也会渐行渐远，我突然想起读书时同学说的一句话：世界上没有永恒的朋友和敌人，只有永恒的利益。利益相同了就是朋友，利益相争了就是敌人，没有利益关系了就形同陌路。

这句话是那么残忍，扼杀了我心里残存的希望。我原本不相信世界会是这样，可是眼下不是这样又是怎样的呢？

太阳越来越晒，我也越来越晕，好像中暑了。

就在这时，一阵突如其来的大雨把人群全都赶到了白沙井上面山头的小亭子里了，人们也就难得地亲密接触起来。

平常行色匆匆的都市人总保持着一段距离，哪怕在公共汽车那么拥挤的环境里，也都各自怀揣着心事。但在这里不一样，游客、散心的市民、打水的人，挤在一个四周透风的亭子里，像一群落难栖息的鸟儿。

雨很骤很密，檐下开始滴水，一只毛被打湿的狗被主人牵着，烦躁地来回走动。那些贴靠在一起的人，有衣着休闲的老年妇女，有时尚前卫的少年，有看似农民工的男子，还有我。我隔着雨幕看对面灯火璀璨的贺龙体育场，新建的体育场如水晶宫殿般光华耀眼。

空气中有雨的味道，茵茵绿草被雨淋得散发出油一般的光亮，不远处的石砾路被洗得无比清新。

靠近的人们没有选择，无端地享受起这过于亲密的距离。每当风向转变，被风带过的雨丝飘进亭子里，人们都会像一排波浪躲避，挤向背风的方向。有个个子矮矮的女孩靠在了我的胸前，我低头看她，她抬头看我，眸子清亮如星。

那几个健壮的青年，一眼就能看出不是当地人。他们不在意服装的搭配，也不讲究语言的艺术，却无比快乐。他们互相拉扯和嬉闹，靠近了搞“性骚扰”。我笑着看他们，小女孩则对他们怒目而视。

那个被称呼为“娭毑”的打水人，一边骂着这鬼天气，一边看着自己的塑料桶。

那些看来是同行的男女，一定是被介绍着来看白沙井的，他们定然没料到会被淋成落汤鸡。

雨雾掀起的清凉让我的大脑一下子沉静了下来，就在一瞬间，我好像突然想通了一些东西。

因为酷热难当，大家自顾不暇，也根本不可能聚在一起，而下雨是另一种情境，大家都要躲雨，所以也就格外亲近起来。人都是环境的产物。

老板解散我们团队，是要公司能够继续维持下去，保证基本的运营不会垮掉，我们部门原本已经不能创造效益，员工都在混日子，我是老板也会在有危机的时候首先裁掉这些人。房东拒绝我缓交房租的请求也不是不近人情，他要养家糊口，两个孩子都在读大学，老婆又身体不好，开支很大。而那个做销售的朋友也不是什么朋友，只是向我推销过产品，他自己卖东西都难，怎么能有精力和经验带我这个新人呢？

大家的拒绝都情有可原，各自处在各自的环境里。危机就像是这场雨，有的人拔腿狂奔逃避到远处，有的人选择抱团共同栖息在亭子里。公司现在遇到了危机，老板解散的这群人就是拔腿逃跑的人，我既然无处可去，为什么不选择回头和他们共同面对呢？

于是，我又拨通了老板的电话，跟他讲了我的想法，我愿意回公司换个部门工作，从最底层做起，不要工资，只要能提供给我吃住，我会把一切做好。

不谈待遇吗？不急。我相信老板，而这并不是相信他的良心，而是相信利益。如果我做得好，有起色，证明我是个有足够能力的人才，老板想要留住人才一定会来跟我谈待遇，因为没有工资留不住任何人。而如果我没有能力，无法帮他渡过难关，我也没有脸面去谈什么待遇。

仍旧是同学那句话，世界上没有永恒的朋友和敌人，只有永恒的利益。既然还有利益可以成为做朋友的条件，我们何必要歧视利益，我们只需创造共同的利益，那么就不会缺少朋友。

就这样，老板接受了我的申请，同意我回去试试。这时候雨仍旧在下，我的心情却已经晴了。

这场雨下过之后，秋天也就要来了。

白沙井水冰凉清澈，如秋雨般清净。

在亭子里，人们借着体温在取暖，尽管十数分钟后各奔东西，谁都不会记得这一幕，也不屑谈论这一幕，但我却记忆至今，记得一场大雨带来的启迪。

当一个人误入迷惘无助之地，可以不必怨天尤人地盯着眼下的困难不放，多为身边的人设身处地想一想，找到与他们有共同利益的地方，寻求新的合作机会，或许，你会走出一条新路。

另一场大雨带来的回忆

谈完事情已是晚上十点多钟，浑然不觉外面下起了雨。喧嚣的北京街头仿佛瞬间变得沉寂，悠唐广场前的大屏幕闪烁着冷光，世界杯的赛况回播无人围观，卖伞的老太堵在门口吆喝生意。我意兴阑珊，还没从谈话中完全抽离，索性顶着雨进了地铁站。穿越了小半个城，再来到地面时夜已深，雨越发大了。

没带雨具，单车停在地铁口，若是弃单车而打车回家，明天还得返回取车，太麻烦，索性顶着雨往回骑吧。雨越下越大，路面积水成河，整片天地都变成了水的世界。一路骑行一路就想起了十七年前的一个雨夜，何其相似的场景，何其相似的心情。

那时刚到长沙不久，人生地不熟，好不容易找到份工作，是一份没固定时间的工作，经常昼夜连轴转，有时进机房时还艳阳高照，出来已是繁星满天；有时午夜急匆匆赶去上班，第二天顶着烈日打着呵欠回家。但那时的劲头很足，从未感觉到累，每天都有新收获，未知的世界在辛勤的耕耘中徐徐展开，每个阶梯的爬升都让自己倍感欣慰。工作在留芳岭，租住在樟木坝，骑单车肆意纵横，长沙的大街小巷我都熟稔于心。当时的樟木坝还算郊区，大块的菜地旁一溜小平房，天气好时鸟唱蛙鸣，落起雨来就变成一片泽国。那天下班赶上大雨，急着回家，便骑车顶雨前行，经过杨家山时已经浑身湿透，连内裤都湿得滴水了。劈头盖脸的雨水先是温热后是冰冷，再然后变得寒冷入骨，眼前一片迷蒙，街上的水汇流成河，茫茫天地辨不清方向。雨点很大，溅起路面上层层水花，啪啪的响声传得很远，没有行人也没有车，只有自己顶着雨往前骑。但心里却很兴奋，用现在流行的说法是“就这个 feel 倍儿爽”。那年的六月酷暑难当，路边的梧桐树仿佛都被晒干，奔走在生活路上的我们时刻都煎熬在南方恐怖的高温里，骤然降下的这场大雨让所有人都雀跃起来，而我想，我恐怕是与这雨水最亲密的人了，因为所有人都在躲雨，只有我在狂风骤雨里蹒跚前行。

年轻的时光就像阳光一般滚烫，也像大雨一样酣畅。在工作中我结识了新的朋友，他们有文化、有见地也有才华，短暂的相遇不及深交，却在摩擦中留下耀眼的火花，照亮彼此成长的痕迹。多年后他们有的成了著名的主持人，有的成了歌手，有的成了演艺明星，有的成了传媒人士。他们不断给我教益与指导，让我如初生婴儿般蹒跚行步，从一个遥远北国边陲大山深处走出的无知青年成长为自由撰稿人。那场大雨冲洗掉我很多天真与浮躁，锻炼了我的意志，激发了某些斗志。终于冲出雨幕回到温暖而潮湿的小屋时，我浑身疲惫，拎桶水冲洗身体，空气中弥漫着令人永生难忘的泥土与身体混合后的味道，还有雨点砸在瓦檐上清脆的声音。

今天的雨像那天一样猛烈，今天的我却已回不到当初。这些年来已走遍万水千山，从不谙世事到波澜不惊，是一种历练，也是一种消磨。我艳羡年轻朋友们的激情与努力，却又常常觉得自己已经有心无力。我习惯蜷缩在空调房一角的办公椅上轻敲键盘，叼着烟写写稿子玩玩游戏。我几乎足不出户，出门就是飞机高铁，跑到一个遥远的地方继续龟缩。我常告诉自己，你已不再年轻，不再需要为热情践行，为梦想打拼，却忘了与其羡慕别人为梦想发疯，不如拾起自己已经丢失的梦。

一场大雨带来的回忆，也是一次微妙的心灵变革。我的汽车早就丢在停车场里落满了灰，还好今天骑了单车，还好今天下了雨，还好我还有我。

隐形的翅膀

她从我身边经过，并没有发觉我在观察她。也许世界本就是如此，谁也不能永远关注谁的到来或离去，谁也无法决定谁的存在或消失。

偌大的候车室里有些冷，中央空调在闷热的初秋大显神威。那个没有双臂的女孩穿着一件粉白色的乔其纱衣在人群中穿行而过。那是一件低胸的背心，领口、肩膀和衣襟上都有蕾丝花边，而这些细碎的花边并没有遮挡住她的残肢与疤痕，或许她本就是故意要暴露给人看的吧。

而她的下身穿着一条绷紧的牛仔短裤——印象中只有特别开放且身材骄人的都市女孩才敢穿它。她残缺却很健康，短裤下面两条修长圆润又青春无敌的美腿，有阳光般的肤色。我的目光再次回到她的上半身，她的背心，齐着肩膀的地方，可以看见里面光秃秃的，像是被斩下来的，躯干上只有些瘤状的疤。她很像是一棵长在草原上的没有枝叶的树，给人视觉的概念里有些不自觉的凄楚与单薄。她那样年轻，面容姣好，亭亭玉立，甚至化了淡妆，眉毛是修过的，鼻翼的两侧，有香粉的层次感。她的唇色却是自然红润的，没有涂抹什么唇膏。她很干净。她的脖子上挂了一只敞开了口的黑色挎包。她在人群中穿过，平静地行乞。

这是我第三次见到她了吧？三个时间，三种场合，三处地点，她仿佛是三个截然不同的人，唯一相同的是，她没有双臂。

第一次见到她是在冰河迪斯科里。午夜、音乐、灯光和啤酒，那些擅长调动气氛的DJ用肢体与音乐掀起一阵阵的高潮与热情，生命力旺盛的红男绿女们释放着体力、情绪和各种味道，空气里摇曳律动着形形色色的躯体与灵魂。我坐在最靠近舞池的桌子后面，与伙伴们喝酒聊天，看舞池里的放浪与疯狂。又一波劲爆的乐潮涌了过来，这不是全球最热的“摇头乐”吗？迷走神经牵引手指与脚掌，血脉的跳动开始和着节拍了——然后，看到了她，被几个人簇拥着推上了观众席领舞台。灯光神经质地扑闪，她的长发遮住了半边脸。然后看见她的身体像装了弹簧般颤动了起来，也像是装了机关的灵蛇。她摇头、甩头，长发飞了起来，在空中划着弧形，仿佛一把舞动着的扇子，又仿佛一面迎风招展的旗，仿佛能听到那发丝划破空气的嘶鸣，带着燥热又决绝的风。

身边的朋友停住了舞步，关注她，说：

“她好像没有手。”

实际上，她不是没有手，而是整条手臂都没有，两条手臂都没有，齐着肩膀下来就是空的了。我们呆呆地望了她很久，她一直在音乐与灯光组成的世界里迷醉地、忘我地舞蹈着。

她的动作其实很简单。

拥挤的舞台上没有多少施展的空间，自娱自乐的迪斯科也没有什么章法要遵循。所以她站稳身子，修长的腿微微叉开，腰往前倾，重心下移，这样保持住了运动的协调，转动脖子，以逆时针的方向摇头，匀速加速度，然后是甩头发，长发在风中散开，张扬着，随着旋转的角度如源源不断的旋涡。音乐的节拍推动着她机械地周而复始，她闭着双眼，仿佛忘了世界的存在。

从侧面看她，有一种青涩的冷艳，也有一种质朴的含羞。她到底是谁，是怎样一个女孩子？看样子只有十七八岁，衣装时尚，身材匀称。这一天她穿着一件长袖的紧身罩衣，身上的玲珑曲线凹凸尽现。左右两条空荡荡的袖子都折了起来，袖口塞在牛仔裤的口袋里。这样，斑斓的舞厅里，不留神的人不易发现她的残缺。她与所有青春少女一样尽情地在黑夜里沉浸与释放着，那异样的风采不经意地碰撞了我一下。我始终没有忘记，一个没有双臂的漂亮女孩，在舞厅里用头发狂傲而自我地舞蹈着。

第二次见到她的时候，是一个周日的中午，距上一次大概相隔一个月。我懒洋洋地从服装市场门口往火车站的方向走，一路上有很多小贩摆放的小摊子。有的只是在地上铺了一块布，上面摆着零碎的小玩意儿，随意捏成形的橡皮泥娃娃，或者大街小巷都可以看到的塑胶弹力球等。然后，在一根贴着性病专家字样的白纸招贴的电线杆子下，我看到一个娇小的躯体不自然地蜷缩着，因为蹲下去的姿势很不一样，我留意了一下，原来是她。

她蹲在那里，身子大幅度地倾斜着，这样才可以保持平衡。她的披肩长发扎了起来，在脑后束成了一根马尾巴，但仍有几根碎发飘在额头前，遮住她的眼。头发碰痒了鼻尖，她只能晃一晃头把头发摆开。这一次她没有化妆，我看见她的五官很是精致、清秀，小小的鼻子两侧有些淡淡的雀斑，腮上还有软软的汗毛，笑起来的神情很甜。

但是，她是谁呢？她怎么会没有双臂了呢？

她的面前也铺了一块布，上面放着些发卡、耳环之类的小饰物。原来她是在做生意。但是她没有手，怎么能给人家拿东西呢？怎么收钱找钱？城管来了，她又怎么收摊子逃跑呢？我很疑惑。我蹲在那里假装看饰物，而实际上在偷偷地观察她。她脖子上挂着一只黑色的挎包，挎包的拉链没有拉上，里面是花花绿绿的一些钞票，都是小面额的零钱。

我流连了一阵，并没有合适的东西要买，便起身离开了。再回头，她仍蹲在那里。这种姿态与一个月前舞厅里见到的那种激进的姿态比较，简直判若两人，我有些恍惚了。

前往武昌的火车 13 点 38 分开，我拿着报纸坐在候车室里等车。大约在 13 点的时候，她出现在人群里，开始乞讨。看样子她已经很熟练了。她以甜美的道谢和温和的微笑及残疤的躯体触动了人们的同情——说实在的，我没见过比她更干净更漂亮的乞丐了。每当有人往她胸前的挎包里丢进钞票时，她都行礼，说谢谢，普通话很标准。每当有人拒绝施舍的时候，她也会行礼，说谢谢，并且绝不会纠缠。我盯着她看了很久，努力地想判断出舞厅里的她、街边小摊子旁的她和在这里讨钱的她究竟是不是同一个人。肯定是同一个人，却非常难以置信。

我被生活搞晕了，也许是因为我太平凡了。

不知不觉间她站到了我的面前。她低声说："先生，帮个忙吧。"

那语气很像是商量一件事情，不是索取和讨要，于是我看她，她也在看我，然后目光里突然有了分笑意。

我往她的挎包里丢硬币，她说谢谢。

其实，我好想问她一些问题。

比如：

请问，你的手臂怎么没有了？什么时候失去的呢？你痛苦吗？

请问，那夜在冰河蹦迪的人是不是你？你怎么能保持平衡的，天，我看着头都很晕……

请问，那小摊子赚钱吗？

还有，你每天能讨多少钱呢？还有，每天都是谁帮你洗洗涮涮的，你好像很爱干净……

当然，我都忍住了，什么都没有问。

也许一切都如她寻不回的双臂一样，会成为没有谜底的故事吧。

我很欣赏她的状态，那是一种不卑不亢的生活状态，看不见因为残缺而导致的沮丧，也没有因为困境而造成的颓废。每个人的生命都可能遭遇不测，大家对"不幸"的定义各不相同，失去双臂显然是不幸的。然而比不幸更加不幸的则是让残缺延续，我曾见到过因为残疾而放弃生活的人，是如何迁怒家人折磨自己；也曾见到过有人因为残疾而放弃尊严，耍赖撒泼借题发挥敲诈他人。而这个女孩不一样，虽然只是短暂的三面之缘，是她在三种情境下的状态，却描画出她不同的人生角色。摆小摊儿的她是自食其力的创业者，行乞的她是化劣势为动能的社会活动者，跳舞的她是自由快乐的年轻人。

虽然失去了双臂，但她却有双隐形的翅膀，那就是对生活的热爱，对自我的永不放弃。

黑皮肤的“白娘子”

了解那个女孩，开始于一次恶意的玩笑，而我当时并未觉察到自己的恶意。

一伙同学拉帮结伙，都是十七八岁的年龄，还没有学会怎样去尊重他人，我们总是簇拥着，排异与附和，从未意识到要去照顾别人的感受。事情开始于她转学到来。

“大家好，我叫白洁，原来在镇中学读书，今年暑假刚搬到城里……”她的话音未落，底下已经有人开始窃窃私语了，几乎就在她说出自己名字的同时，啧声四起，夹带着一些坏笑，只是碍于班主任老师在场而强忍着没喧嚣起来。我知道大家在笑什么，我们之间只需一个眼神就已心领神会，苍天大地啊，长得黑黝黝的像煤炭一样的小女孩，竟然名叫“白洁”？！真是莫大的讽刺。

这节课大家都心不在焉，我和小伙伴们传起了字条，中心思想就是谈论新来的同学白洁，她的衣服多么土，她的个子多么矮，最主要的是她长得多么黑。

在普遍认为“一白遮百丑”的年代里，能黑成这样也算是奇葩，她就不能做个美白敷个面膜什么的？不用说了，肯定是个乡巴佬，更奇葩的是这样的人竟然跟我做了同桌。

下课之后，没有人与她交谈，同学们都像躲瘟疫一般小心翼翼地与她擦肩而过，各玩各的去了。当我挤出人群来到我们的据点——篮球场旁边的看台时，他们几个顿时发出一阵不怀好意的哄笑，弄得我面红耳赤。笑什么笑？不就是打过赌说新来的同桌是女的我就追求她吗？这下给自己挖了一个坑，她估计是全班最丑的女生了。

食言就要请客，当天兑现，这晚KTV花去了我近一个月的生活费。

我对白洁的厌恶自此开始。

我一直想怎么捉弄一下这个同桌，但总找不到机会。文具盒里放毛毛虫？太小儿科了。头发上粘口香糖？不懂事的蠢孩子才这样做。我们早已不是没有思想纯粹顽劣的孩子，有着自己的喜好与判断，也大概明白同学之间最好不要撕破脸皮，更何况是对一个女孩子。但是，我真的厌恶她，她皮肤黑，牙齿龅，个子矮，一双大眼睛总是滴溜溜转着观察周围的人和事，更可恶的是她一点儿也不矜持，干什么都积极主动，上课提问声音很大，课间操幅度很大，惹得人人瞩目，真是个令人头疼的同桌。

终于机会来了，教师节庆祝晚会，每个班级都要准备节目，我通常是活跃分子，这次决定把出风头的机会留给她。

“白洁，我看你能歌善舞的，教师节晚会你表演一个节目吧？”

“真的？”她喜出望外，丝毫没有觉察到我的“险恶用心”，“那我表演什么好呢？”

“嗯……老师们都喜欢经典的东西，电视剧啊什么的，白娘子怎么样？”

“对，大家都爱看，排个小品吧？”她闪烁着大眼睛思索着，“编个什么故事好呢？”

“不演小品，来个歌舞吧，你一个人表演。”我说，“就唱首《千年等一回》，你扮成白娘子边唱边跳就行，保证火。”

她迟疑着：“能行吗……”

我一直认为这只是个玩笑，并无恶意。她本就是个性格外向的人，班会积极发言，课文大声朗读，有表现的机会绝不错过，那么让她表演节目等于是成人之美，但又不能让她真的大出风头，要让她出丑，因为她使我出了丑，虽然她并不知道。

白娘子是什么人？峨眉山上的白蛇精，美艳动人，婀娜多姿，哪里是平常女生可以模仿得了的。她皮肤黑，个子矮，心态就如那些一心想出风头的人，浑然忘我而不觉自丑，我就是要她引来大家的笑话，算是一种报复。而她竟然真的听信了我的话，把节目报上去了。

自习课上她设计着舞蹈动作，戴着耳机把《千年等一回》听了一遍又一遍，还不时向我“讨教”，这里挥一下袖子如何？那里转一个圈如何？我只是应着，嗯嗯，不错不错。心想到时候有你好看，全校几千个人围着你，看一条胖黑蛇吧。

这还不算，她竟然扯着我到她家里看她排练，说要多听取意见。我借口有事推脱掉了，心想这事我撇得越清越好，到时候出丑了跟我无关，得到喝彩则是我推荐之功啊。

一个星期后教师节的庆祝晚会开始了，这次场地没有选择室内体育场，而放在了室外大操场上，组织者别出心裁搞了一个火堆，说是弄篝火晚会，还请来一支专业乐团助兴。节目精彩自不用说，但我的心思全然不在，只是满场了在找白洁的身影。

她竟然不在，躲哪里去了？难道是怯场逃跑了？那就不好玩了，还等着看你的笑话呢。

快到她的节目上场了，我有些急，担心她不来，缺席的话老师会责怪我组织不力。正焦急着，白洁的闺蜜来了，也是刚结识不久的新朋友，对我挥手说白洁让我过去接她。

我跟随着她走到人群外，教学楼后面一棵树下，我看到了盛装的白洁，顿时惊住了。

真的是盛装，一袭白衣，长发披肩，微风拂过，她像一只妖精般在风中挥手，袖子被风掀起，袅袅娜娜。

但仍旧是黑，即便一身白纱，即便穿着高跟鞋改变了身形比例，脸仍旧是黑的，这不像是白娘子，倒像是印度舞姬。

原来是纱太长，走路不方便，叫我来帮忙扯着。我咬牙配合着，把她送到了操场演出台子上。

没有璀璨的灯光，只有忽明忽暗的篝火，皓月当空，她的出现让同学们出奇地静了下来，瞩目期待表演开始。这时我才发现她的脸上多了一道白纱，竟然戴面纱？！万万没有想到，她如此聪明，懂得扬长避短。身材矮小穿长裙高跟鞋，束起高高的发髻，皮肤黑她略有风情地用面纱挡住，龅牙厚唇圆脸都不见了，只露两只乌黑的大眼睛，左顾右盼透着机灵。随着熟悉的音乐响起，人群沸腾了，开始拍手，她将手中的飘带舞起，或起或伏，动静有序，围着火堆旋转着旋转着，大家都看呆了……

不用说这个节目取得了成功，雷鸣般的掌声停下来后，她拿起话筒朗诵了一首苏轼的《水调歌头》，应着明月，答谢师恩，然后从容退场。

我跟随着她往教室走去，竟然有人追上来合影留念，夸赞她的节目好看。

败了，我完败而退，心里涌动的不知是什么滋味。

在教室里卸了妆，我才认出她穿的那件白纱衣竟然是一块窗帘布，用别针别成了衣服的样子，怪不得如此飘逸又舒展自如。她微笑着看着我，眼神很是狡黠，嘴角浮起一丝倔强的笑容。

“其实弄篝火晚会是我的主意，”她说，“每年教师节很多学校都是在场馆里面演出，没什么新意，今年正好赶上月圆之夜，而且咱们学校这么宽敞，操场是沙地，周边都是树，不搞篝火晚会太可惜了。篝火晚会还有一个好处就是不好架设灯光，这样大家也就看不清楚脸，只认出大概的样子，我再戴上面纱，谁能看出来我到底是黑还是白？”

“我从小就黑，遗传父母的基因，天生长得黑没办法。读小学的时候就有个外号叫小印度，所有人都取笑我，有的当面不说背后说。那又怎么样，曼德拉还是黑人呢，但并不妨碍他成为领袖。我个子矮，但矮个子的人比比皆是，一个人的高度不是身高来决定的。我知道你其实是想给我出个难题，看看一个长得黑的白娘子大家会不会接受，其实这不重要，接受不接受我都是我，但作为一个节目来表演，我总能想到办法解决自己的难题。不就是联欢一下、娱乐一下嘛，如果弄成一个恶搞的节目，我就来恶搞。我不认为我认认真真地搞笑，大家开心一下，会贬低我的价值。”

我的汗一下子冒了出来，只感觉脸颊发烧，心里顿时充满羞愧。

“其实我得感谢你给我创造这次机会，让我能迅速融入新环境。这次排舞，白纱的窗帘是找刘静借的，高跟鞋是小美的，面纱是小胖子拿来的他老妈的纱巾，伴奏带是班长帮我弄的，你更不用说，设计动作的时候给了我不少意见，刚才还帮我托着纱裙……我真的特别开心，大家都没有排斥我，相反都给了我鼓励和掌声。谢谢你，今天我请客，等下约上他们咱们一起去吃饭。”

这顿饭吃得真是千滋百味，但毫无疑问，这些人都成了白洁的死党。后来白洁做了我们的班长，再后来，毕业了，她仍旧在我们的生命里扮演着重要角色，求职时帮着出谋划策，婚姻出问题时跑来耐心调解，各种各样迷惘无助的时候她总给我们正能量。

实际上，曾跟我一起出鬼主意要捉弄她的人，也正是她要感谢的人。借窗纱的刘静背后曾说她丑，借高跟鞋的小美则嘲笑她矮，小胖子嫌她黑，班长觉得她太张扬……她并非不知道，只是她选择了从另外的角度与我们相处。

她懂得人与人之间总会有小小的龌龊，总会有并非恶意的恶意，在少不更事的时候她比我们成熟得多，也更加通透。同时看似大大咧咧的她又藏着小小的伎俩，每次都小心翼翼地把劣势化作优势，唱歌跳舞不行但朗读是她的强项，篝火和明月秒杀白娘子的尴尬，多年后大家都记得她当时朗诵的那首《水调歌头》，每次聚会时都会让她再读。而我始终忘不掉那个皮肤黑黑的白娘子，挥舞长袖带起的呼呼风声。

用智慧去赢得尊重，前提是你受得了小小的委屈，亦能用宽容去化解讥讽与排揎，小小女孩书写了一个大气的人生。

文字是我的情人·代后记

我是一个酷爱码字的人，这仿佛是一种天性。从识字初始我便把文字当成了自己的情人，与那些长长短短的句子谈情说爱，抒发着喜悦与哀愁，也寄托了很多梦想。然而文字背后却深藏着很多东西，那可能是年少无序的情绪，也可能是岁月沉积的思考，更多的则是无法言明的依恋。

相当长的一段时间里我迷失在成长的路上，这时我的文字情人也变得陌生。我开始懒于书写，忙于生计，随波逐流，辗转于一座又一座城市。但冥冥之中，那些文字仍旧会来找我，它们驻扎在记忆里，以清晰和模糊的方式交替，这很奇怪，仿佛印证了自己仍然对爱一无所知。我的情人时而如纳帕草原的鲁茸西洛般歌声嘹亮，在粗糙炽烈的阳光下快乐春墙；时而如深深庭院里浅唱低吟的白衫少年，高高擎举着镶嵌着十三鳞的合卺杯，目光略醉。我的情人脊背上绣着匹鸟，从基诺山走到桑竹达板，从极光绚烂的冻土走到海苔密布的天涯。我的情人总是走来走去，一刻也没有停留。我的情人总在逆光的窗台上拉着空弦，那些不成旋律的音符飘落如红残绿褪。我的情人总在荒野的石鼓上铭刻记忆，字迹间长满潮湿灰尘。

或许我从未真心地拥抱过我的情人，在梦里也没有，因为它时常使我精力充沛也时常让我心情败坏。我的情人疯狂地挥霍着它的象征资本，又从不对未来做任何预言。我的情人习惯了为欲望而战，一次次泣血垂败，一次次铩羽而归，像个高明的编剧，套路与元素总是有限，只有无限组合。于是我的情人信奉没有新鲜的故事，只有新鲜的嘴唇，在盲春的年份里也不放弃春种秋收与春华秋实。我的情人永不疲惫也不倦怠；我的情人也会偶尔失去纵深，在曲尺柜台前一醉千愁解，三杯万事和。我的情人如不施化妆土的定窑瓷器坚硬而脆弱，也如错过发轫期的颓唐浪子，在衣香鬓影之间品味残酷的尊严。

情人离我很远也时刻伴我左右，反反复复做着遥远的蔓延。它的心里总镂刻着得失更迭的联珠花纹，耳畔摇曳着一派风雪驼铃。它的手指撩拨过我的迷走神经，谈笑里隐藏过尖端放电的眼神。它伟岸得令人窒息，卑微得草细尘轻，终究被岁月打磨成一种忘我表达。狂热与冷漠，厚重或轻薄，我的情人是带刺的玫瑰而不是水晶泪滴凝成的花朵。

文字就是我的情人，它使我在寒冷中镌刻温暖，孤独时簇拥繁华。我的情人沉睡于无边的海，而我却一直醒着。于是，在某个月朗星稀的夜晚，在静寂沉睡的北京，我重新拾起了对它的爱，开始向往事致敬。

往事并不如烟，心思也不如麻，但梳理起来却像是在荆棘丛中行走，弯弯绕绕，躲过那些会让自己受伤的刺，拾取细碎的沙砾般的故事。

有一些故事，是从心尖儿上剔下来的肉，很疼，还带着体温。有一些故事，是在岁月中萃取的感悟，纪念着或者抒发着，只是为了平衡。有一些爱，原本不是爱，只是因为不舍，或是因为遗憾。有一些思考，它能使人沉醉，过后一旦清醒，才发觉应该成熟。人总是相似的，没有三六九等的人格，只有三六九等的生活。快乐与伤悲、得到与失去的基本原理是那样一致啊，否则，昨夜怎会欢笑多于眼泪？

是的，昨夜一位朋友曾掉下了眼泪。我知道，与其说是我用文字碰了一下他的心，不如说是我们同在一个屋檐下，看过同样的风景。

肖红袖

2017年元月于北京

图书在版编目（CIP）数据

所有的简单都不简单 / 肖红袖著．— 西安：太白文艺出版社，2019.3

ISBN 978-7-5513-1620-0

Ⅰ．①所… Ⅱ．①肖… Ⅲ．①随笔—作品集—中国—当代 Ⅳ．① I267.1

中国版本图书馆 CIP 数据核字（2019）第 008001 号

所有的简单都不简单

SUOYOU DE JIANDAN DOU BU JIANDAN

作　　者　肖红袖
责任编辑　马凤霞　曹　甜
特约编辑　肖　瑶
整体设计　Metis 灵动视线
出版发行　陕西新华出版传媒集团
　　　　　太白文艺出版社（西安市曲江新区登高路 1388 号　710061）
　　　　　太白文艺出版社发行：029-87277748
经　　销　新华书店
印　　刷　三河市中晟雅豪印务有限公司
开　　本　640mm × 960mm　1/16
字　　数　212 千字
印　　张　19
版　　次　2019 年 3 月第 1 版　2019 年 3 月第 1 次印刷
书　　号　ISBN 978-7-5513-1620-0
定　　价　29.80 元